创意写作书系

文学的世界

The World of Literature

刁克利◎著

中国人民大学出版社
·北京·

图书在版编目（CIP）数据

文学的世界/刁克利著. -- 北京：中国人民大学
出版社，2022.12
（创意写作书系）
ISBN 978-7-300-31176-0

Ⅰ.①文… Ⅱ.①刁… Ⅲ.①世界文学-文学欣赏
Ⅳ.①I106

中国版本图书馆 CIP 数据核字（2022）第 203841 号

创意写作书系
文学的世界

刁克利　著

Wenxue de Shijie

出版发行	中国人民大学出版社	
社　　址	北京中关村大街 31 号	**邮政编码**　100080
电　　话	010 - 62511242（总编室）	010 - 62511770（质管部）
	010 - 82501766（邮购部）	010 - 62514148（门市部）
	010 - 62515195（发行公司）	010 - 62515275（盗版举报）
网　　址	http://www.crup.com.cn	
经　　销	新华书店	
印　　刷	北京联兴盛业印刷股份有限公司	
规　　格	145 mm×210 mm　32 开本	**版　　次**　2022 年 12 月第 1 版
印　　张	9.875 插页 2	**印　　次**　2024 年 1 月第 2 次印刷
字　　数	202 000	**定　　价**　78.00 元

前言

　　名著是一种标尺，标出了文学的高度。名著是一种传承，维系着文学的命脉。阅读和欣赏名著，就是寻找一种进入文学世界的路径，寻找一种标示文学作品的尺度。了然和洞悉名著的创作，就是找到作家的秘密和文学的活水源头。进入文学的世界，这种途径有路可循；分享创作的秘密，这种活水源远流长。寻路名著的创作，可造就有觉悟的欣赏者；懂得名著的欣赏，可成就有艺术眼光的创作者。

　　本书共分十一章，以"寻找心目中的文学"为导论，梳理我们与文学的缘分，以及不同时期人们对文学的理解与期待；以"文学之外"作结语，论及其他学科对文学的冲击与影响。主要内容分别从情节、人物、主题、视角、风格、象征、背景等多方面依次展开，剖析大家耳熟能详的名著名篇：《静夜思》《哈姆莱特》《失乐园》《我的爱人是红红的玫瑰》《老水手谣》《红字》《白鲸》《汤姆叔叔的小屋》《简·爱》《呼啸山庄》《一位女士的画像》《海的女儿》《汤姆·索亚历险记》《哈克贝利·芬历险记》《德伯家的苔丝》《麦琪的礼物》《警察与赞美诗》《儿子与情人》《虹》《恋爱中的女人》《喧哗与骚动》

《献给艾米丽的一朵玫瑰花》《老人与海》《未走之路》等，探讨作家的创作过程和特色。接下来阐述诺贝尔文学奖的标准与理想，以及美国国家图书奖、普利策文学奖的评选，并探讨文学奖项与经典的关系、文学名著作为经典确立的过程。最后论及时代、地域、哲学、宗教、美学、科学、心理学、语言学、接受美学等与文学的关系，提出如何在阅读和写作中探索思想的疆域，倡导构建自己的阅读书系，并最终写出属于自己的文字。

这种以文学作品的逐项分析为切入点的写法，亦是写作与欣赏要遵循的策略。创作与欣赏的初期宜合乎庖丁解牛的意境，即所见非全牛，要亦步亦趋、逐点逐项地拆解、分析。待工夫化成，则整牛现也。后三章倡导几个观念，如所谓经典，既有固定之标准，亦受制于其时其事，还受阅读风尚和文学类型变迁之影响。然而，从文学的特质和传统出发，作家又要有直面现实人生且超拔于时代的勇气和力量。换言之，凡具经典品质的作品，都应经得起不同时代、不同阅读风尚的考验。始于文学，终于文学，亦当了解其他学科对文学的启发和影响。文学从来都不孤立，这是笔者在"文学之外"想要传达的观念，也是"工夫在诗外"的意思。

本书强调文学的诗性。文学必须借助语言作为媒介进行创作。所谓诗性，就是文学作品附丽于同时又超越语言层面的华美品质。所谓诗性，人人生而有之，如稚子打量这个世界的眼神和那眼神里流溢出的光彩，也如智者目视远方的深邃，仿佛不能相信这个世界只是自己的所经所历、所见所闻。他们都相信，尽管眼前的世界已经足够纷繁宏大，然而一定还有更纷繁、更宏大者。除却自己的见闻，他们愿意相信别人的见闻；除却自己的经验，他们愿意相信别人的经验，以及对这种种见闻和经验的描述。所谓诗性，就是对这种超越自己的见闻和经验的信任和领悟。化入寻常生活，诗性亦通诗意和诗兴，它可以使我们的人生更加超凡入圣，让我们能够品味现实生活的意味深长。把它化入我们的阅读和写作，则能帮助我们洞悉文学的秘密，领略作家和思想家心之所系、情之所至。诗性就是文学的特性，诗性彰显文学独特的美与魅。寻找诗性，是一种贴近我内心的表达。笔者也借此提倡大家寻找自己心目中的文学，诗性就是笔者心目中文学的尺度。

这本书是 2013 年版《诗性的寻找：文学作品的创作与欣赏》的修订版。这次修订有增有删，使各章节在内容和篇幅上更加均衡合理。同时，也是为了和下一本书《作家的诞生》形成对应。《作家的诞生》是从经典作家的角度讲创作，探寻作家创作理念的形成与发展，总结作家生涯要面对的问题与解决之道。这本《文学的世界》则是从读者的角度讲经典阅读，把重点放在作品上，讲文学名著的构成要素，解读作品的创作技艺与欣赏路径。两本书各有侧重，构成了作家与作品二者的平衡。无论阅读还是创作，我们都是文学的同路人。

刁克利

2022 年 10 月 2 日

目 录

第一章　导论：寻找心目中的文学

诗是最快乐最美好的心灵中最快乐最美好时刻的记录。

——雪莱：《诗之辩护》

帕西·比希·雪莱（Percy Bysshe Shelley，1792—1822），英国浪漫主义诗人，代表作有《解放了的普罗米修斯》《西风颂》《致云雀》等。

对于创作者，文学是一种职业，他的教育背景、阅读体验和人生经历都会影响他的写作。对于研究者，文学是一种专业，涉及他如何阐释和批评文学、编撰文学史、展开理论探索。

对于普通读者，文学是一种爱好，从对文学的阅读和欣赏中，看到与自己相同或不同的人，读到与自己经验相同或不同的事，到达自己不能到达的地方，得到比个人经历更加丰富的人生教益和感受。文学是看世界的窗口，是观察生活的角度，是一种生活态度，是梦想的化身、变形与实现，是一种审美的、浪漫的、多彩的人生体验。

文学给人以超越现实的可能。通过文学创作和欣赏，可以延展生命的厚度和宽度，享有文学带给我们的更为广阔的视野，体会我们的思想可能到达的远方。

我们如何与文学结缘

我们为什么喜欢文学？我们在人生的不同时期对文学有什么期待和向往？小时候我们对文学的最初印象是什么？现在我们心目中的文学又是怎样的？这就是我们与文学的缘分。

我们大部分人最早接触的成篇文字，一般都是文学作品。每个人小时候都听过故事、读过唐诗、看过童话。回想童年时代，文学给我们一种什么样的印象？比如童话，在我们幼小的心灵中，那大概是另外一个世界，里面的人物跟爸爸妈妈都不太一样。那个世界显得遥远而且梦幻，又与我们的天性非常贴近。文学在童年大概就是一种幻想，是自己用想象创造的另一个遥远的世界。

到了少年时期，虽然学校的功课越来越多了，但是我们还会读文学作品，而且是大量阅读。少年时期的文学是什么呢？少年总是多愁善感的，有时候郁闷，有时候激愤；既有莫名的冲动、不知所以的行为，又有澎湃的激情和无尽的梦想。为了弄清楚自己和周围的世界，我们可能写日记，跟自己交流，寻找情绪的宣泄和冲动的出口。这时，文学给我们打开了一个看世界的窗口，让我们看到了跟校园不一样的地方、跟同学不一样的人物、跟老师和家长的行为不一样的做事方式。

在阅读的过程中，我们会把作品中的一些话当成座右铭，或者把其中的人物当作倾诉和关切的对象，也会把我们的想法，尤其是那些无以名状的思绪写下来。凡目有所及，皆能触动心灵；凡心有所感，亦可记述成篇。这是少年时代的文学。这种倾诉和宣泄实际上是在寻找一种跟自己一样又不一样、既想标榜自己的个性又想找到共鸣的文字。如果我们读懂文学，就会发现，其实没必要那么执着于自己的个性。文学作品中，每个人都那么个性鲜明，而很多人又没有那么大的不同；每个人的个性都可以理解，而很多的不同又可以沟通。这样，文学能让一颗激动的心慢慢平复下来。

长大之后，文学对于我们意味着什么？学习和研究文学的人可以把文学研究当作一种专业、一种工作，成名的作家还可以依靠文学立世扬名。大多数人不会再在文学里寄予很多梦想，而更多的是把它当作现实的参照。这时候看文学，看到的是一个和现实密切相关的世界、一种似曾相识的生活；里面的人物和自己一样，也有很多的梦想和无奈。这是成年人眼里的文学。他透过文学打量这个世界，对人物、故事的兴趣可能有所减少，而对这个世界的关注则可能逐渐增多。于是，文学变成了一种参照，让他看到别人时想到自己，设身处地，推己及人。此时，在文学中，有一种智慧慢慢增长。

文学也可以是一种心灵的交流、倾诉和聆听。如果一个人朋友很少，家庭成员也不多，他可能会感到寂寞。此时，如果他想找到很多朋友，招之即来、挥之即去，最简单的办法就是到文学作品中去寻找。他可以从中看到和自己不一样的人，并借此反思自己的状态和生存的世界。这时，文学是一位寂寞中的朋友。此外，他也可以借助文字写下自己的心境。写作就是对自己的心灵、对这个世界的聆听和倾诉。

这样，随着人生阅历的增加，我们对文学的理解也在不断丰富。我们发现，理解文学可以有很多不同的角度，每一种角度都能有不同的收获。

随着年龄的增长，大多数人的想象力越来越匮乏，寄予希望的东西也越来越少，甚至不再希望，甚至停止想象。总觉得社会上都是很现实的东西，人们为了生活奔波，慢慢地离文学越来越远，看文学作品也越来越少。为什么会这样？是我们的梦想消失了吗？没有。是童话世界遥远了吗？好像是。那么，随着我们越来越关注现实的东西，越来越关注身边的人和事，文学在我们生活中好像分量越来越轻，甚至不存在了。

其实，我们不但要在生活中为文学留有一席之地，还可以把它当成一种安身立命的方式。一个人饿得头晕眼花，工作也没有着落。他躺在废弃的仓库里，身边只有一只小老鼠在那儿蹦蹦跳跳。他心想：小老鼠，我比你都饿得慌。一个人在这种处境下，会有什么感觉？一般都会感到绝望。但对一个有想象力、有文学创造力的人来说呢？他的现实生活很无奈，只能看着一只老鼠解闷。看着看着，他觉得这只老鼠越来越好玩：它的眼睛圆溜溜的，一刻不停地眨巴着；嘴巴那么尖，总是在忙活；胡子那么长，好像故作深沉和聪明状。这是不是他饥饿困顿中唯一的伙伴啊？他觉得，这只小老鼠不是他寻找食物的竞争对手，而是一个可以安慰心灵的朋友、一个很可爱的形象。这就是米老鼠的由来，米老鼠的形象就是这样创造出来的：先有漫画——一个卡通形象。然后有了第一部电影。接下来，有了更多的故事、更多的形象，拍出了更多的电影。再后来，一座座梦幻的迪士尼乐园落户在世界各地。一只令人讨厌的老鼠能变得如此可爱，源于文学的创造力。一幅卡通画能够衍生出规模巨大的产业链，都是基于想象力的成就。

还有一位单身母亲，失业在家，独自带着女儿生活。她住的地方又小又冷。她只能时常到附近的一家咖啡馆去，将女儿放在桌边的婴儿车上，在女儿的吵闹声里写作。现实世界让她沮丧，然而，她却能想象出一个跟这个世界不一样的离奇的魔法世界，那里有一所学校，学校里有一群孩子，也许自己的孩子也在其中。她的孩子也许上不起现实世界中学费昂贵的私立学校，但是，她希望在那个离奇的魔法世界里，孩子们过着充满奇幻色彩的生活，骑着扫帚就能够飞上天去，球场也可以移到半空中，孩子们在天上打球。这是一个完全凭借想象力构建的世界。这就是哈利·波特故事的由来，一本一本的书就这样写出来了。通过哈利·波特系列作品，J. K. 罗琳可能成了世界上最富有的女人之一。

为什么罗琳的想象力可以挣钱？其实，我们大家都有想象力，只是随着年龄增大，想象力越来越匮乏。

在这个讲求现实的时代，我们内心对文学的需求并没有减少。我们依然需要想象力，依然渴望生活的激情，依然需要梦幻的力量。物以稀为贵。想象力越缺乏，就越值钱。作家们把想象力保留下来，并且尽情发挥。所以，想象力就是创造力，它是作家的创造源泉，是从无中创造出有。靠想象力写作也是一种生活的手段，可以把它当成一种职业。

在想象力贫乏的时代，越来越多的人与文学渐行渐远，但仍然有人写作，仍然有人在从事与文学相关的工作。这些人包括作家、编辑和评论家等。这些人保留了与我们一样的梦想、对现实的关照、对生活的热情，也延续了我们的文学梦想。但是，以文学为业需要多方面的训练和素养。

文学是什么：从《静夜思》说起

有人说，文学是一个民族语言的精华体现，真正的作家都是语言大师。有人说，文学是一面镜子，是对客观世界的反映。有人说，文学是一盏灯，是诗人和作家心灵的表现。有人质疑文学能否表达真理。还有人看重文学能否教导人生。文学让人成长，对文学的理解伴随着我们阅历的增加而不断加深。从文学中，我们读到的是不断丰富和充盈的人生。

文学在不同时期带给我们不同的印象。那么，文学是什么呢？对这个问题，每个人都有自己的想法，在不同阶段也会有不同的答案。从我们熟悉的一首唐诗说起：

> 床前明月光，
>
> 疑是地上霜。
>
> 举头望明月，
>
> 低头思故乡。

> ——李白：《静夜思》

小时候读这首诗是什么感觉？不识字的时候，听家长读。这首诗合辙押韵，朗朗上口，我们领略到了汉字的声音之美、音韵之美。等到自己会认字的时候，看到这首诗五个字一行，四行共二十个字，工整匀称，看起来很舒服，我们领略到了汉字的形式之美、结构之美。等到明白它意思的时候，知道这是一首思乡诗，我们明白了月亮和思乡紧密相连，而且情景交融，睹物思情，让人浮想联翩。

一个人在外地求学或者工作时，可能看见月亮就联想到故乡，这就有了对家乡的思念和眷恋之感。感触越深，思念越切。等到恋爱了，月亮就不仅代表思乡，还会让你想到一首歌《月亮代表我的心》，月亮代表矢志不渝、相互信任的爱情和心愿。当亲人、朋友不在一起的时候，你会想到"但愿人长久，千里共婵娟"，月亮代表对亲人的思念、对家庭团圆的美好祝愿。

再拓展一下思路，月亮还代表什么呢？在茫茫宇宙中，它是围绕着地球旋转的一颗非常荒凉的星球。当然，也可以把它看作地球那脉脉含情、无怨无悔的恋人。对于天文爱好者和宇航员而言，它激发着人类的探险精神。至于镜中月、水中月，还可以代表一种近在咫尺却遥不可及、似在眼前却无从触摸的影像。月亮就这样不断拓展着人们的情怀、视野和思想。

随着一个人的经历不断丰富，这个人对同一首诗、同一个形象会有不同的理解。如果你的欣赏能力达到了一定程度，某一天，看到了月光，你脑子里想到的不一定是这首诗的每一个字、每一行诗句，你也不一定要把这首诗完整地背下来。你只是静静地体会：在安静的月夜，你独坐床前，思绪万千，但是又有一种说不出来的感觉。看到月光，想不到语言，只是感受到这种状态，非常舒服而无以言表。这时，你体会到的是一种意境之美、情致之美、思想之美、境界之美。所谓大美无言，正是此情此景。这样，对一首诗的理解达到了一定程度，你感觉到的是只可意会不可言传的意境和心情。

不同的心境下，同样的文学作品会带给我们不同的印象。这首大家耳熟能详的唐诗让我们依次感到了音韵之美、结构之美、思乡的情绪之美，以及对爱情的朦胧、坚贞地向往与无怨无悔地守望，还有对家人、对亲情的祝愿，兼之以一种空灵的、思绪涌动却大美无言的格调之雅和境界之美。

一个时代、一个民族甚至整个人类，对一些共同的意象都有大致相同的理解。这个对月亮的比喻，我们称之为月亮之喻。我们中国人都知道月亮代表思乡，看到月亮能够想到故乡。这是我们民族意识的传承。不同的民族对月亮的象征和意象有不同的表达和理解。但是，世世代代通过口头表达、通过文学作品，它的象征和意象能够被大家接受和理解。这是人类集体无意识的传承，是不同民族的文学能够沟通的共同基础，也是整个人类能够相互理解的共同基础。

通过《静夜思》的例子，我们发现，在不同的年龄段，人们对文学有不同的理解和期待，这种理解和期待随着我们阅历的增长而增加。再回到之前的问题：文学究竟是什么呢？

首先，文学是一种语言表达。所以，大作家都被称为语言大师。比如鲁迅、老舍、沈从文、汪曾祺，他们的作品都有一种独特的语言魅力。提到莎士比亚，在对他的很多不同评价中，有一点绝对没有异议，那就是：他的戏剧代表了英语语言的巅峰，代表了英语语言最优美、最深刻的表达。所以，要精确地领会一个民族的语言内涵，最有效的途径就是阅读这个民族最优秀的文学作品。

其次，文学是一面镜子。这个镜子之喻来自柏拉图的《理想国》。柏拉图在谈及艺术家的模仿时，说他们采用了一种常用而且容易实现的方法，就像是"拿一面镜子四面八方地旋转"，马上就造出了太阳、星辰、大地，包括人自己、其他动物、器具、草木等。镜子是西方关于文学的最古老的比喻之一。文学的世界就是现实世界的一面镜子。现实生活是什么样，作家通过自己的观察进行提炼总结，通过形象和人物的塑造，就会创造出一个忠实反映现实生活的文学世界。镜子之喻发展到后来，带来一个文学创作的高峰，就是现实主义。

在文学描写中，现实主义手法看重的是如何把现实世界描写得准确具体、惟妙惟肖。现实主义小说家详细地描写街道、房屋和树木的位置和状况；刻画人物时，会描写这个人穿什么衣服、戴什么帽子，以及人物的发型、口音和五官长相等。作家会把外在的东西描写得非常细致。这也可以解释一个现象：现实主义作家的作品被改编成电影的很多，其中一个原因就是这样的作品有画面感，人物的衣着打扮、场景布置都有原著可依。

再次，文学是一盏灯，是诗人心灵的表现。以玫瑰花为例，不同的人对于一朵玫瑰花会有不同的看法。而一个诗人看到玫瑰花，则会想到爱情，想到很美好的象征。通过一种东西想到另一种不同的东西，这就是诗人的才能。所谓灯的意思，就是诗人用自己的心灵来表达他对这个世界的看法，而不是说世界是什么样就把它写成什么样。诗人按照自己的理解来描写这个世界：他觉得这个世界是什么样的，在作品中就把它描写成什么样。这是因为，在写作的过程中，诗人投射了自己的想象力和情感等，把这个世界变成自己希望看到的、希望传达出来的样子。十九世纪苏格兰诗人罗伯特·彭斯有一首诗歌，叫《我的爱人是红红的玫瑰》：

> 哦，我的爱人像一朵红红的玫瑰，
>
> 含苞初放在六月天；
>
> 哦，我的爱人像甜甜的曲子，
>
> 奏得曼妙又合节拍。
>
> 你是多么美丽啊，我的好姑娘。
>
> 我的爱多么深情真挚啊，
>
> 我永远爱你，亲爱的，
>
> 直到大海枯竭水流干。①

读了这首诗之后，我们再看到玫瑰花，就会想到爱情的坚贞和美丽。这是诗人对我们的影响，改变了我们对花的一般看法。

这种文学理念最伟大、最辉煌的成就，体现在浪漫主义的文学创作当中。英国浪漫主义诗人华兹华斯在《〈抒情歌谣集〉序言》中说过一句话："诗是强烈情感的自然流露，它起源于心平气和时回忆的情绪。"② 诗人的感情经过沉淀之后，慢慢地会有所感悟、有所收获。华兹华斯写《我独自漫游，像一朵云》就是这样。有一天，他出去散步，看到了很多水仙花在湖边盛开。他很高兴。回到家之后，很多次，在百无聊赖的时候，在孤独寂寞的时候，他不时想起那片水

---

① 本书作者自译。

② 章安祺．缪朗山文集：第 3 卷．北京：中国人民大学出版社，2011：16.

仙花：

> 后来多少次我长榻横卧
>
> 百无聊赖情绪低落；
>
> 它们便闪现在我的脑海，
>
> 做我孤独中的佳友良伴；
>
> 我的心也随之充满快乐，
>
> 和着水仙起舞翩翩。①

　　水仙花还是湖边那片水仙花，但经过诗人的思想沉淀和诗意描写，我们再看到水仙花，就会感觉它能够给人带来安慰，能够让人的心灵重新振作起来。那么，一个人在什么时候写诗比较好？比方说，在失恋时很难过，是不是当时就要写失恋的感受？不一定，最好在平静之后写回忆起来的情感。也就是说，经过一段时间的沉淀，那种感觉会慢慢地回到你的心中。

　　中国有一个说法，叫"诗言志"。"诗者，志之所之也。在心为志，发言为诗。"②（《诗大序》）"诗"就是文学。"志"就是自己的心理、意志和情感。"在心为志"，即在自己的心里就是一种意志和情感。"发言"就是用语言表达出来。"发言为诗"，就是用诗歌的形式把内心的情感表达出来。反过来想，意思就是：诗表达内心的情感，抒发诗人的情怀。

---

　　① 本书作者自译。

　　② 转引自：王运熙，顾易生. 中国文学批评史新编：上册. 上海：复旦大学出版社，2001：38。

文学并不是实际的生活。一般来说，文学来源于生活，又高于生活。那么，这高于生活的文学能否反映现实人生的真实呢？这就是下一个问题：文学之真的争论，即文学能否反映真理、文学能否表现现实。这个争论始于柏拉图。

柏拉图说文学不真，不能反映真理。他为什么说诗（文学）不真？这源于他的"模仿说"。他认为，只有理式世界才永恒存在、唯一真实，现实世界则变动不居。现实世界是对理式世界的模仿，文学世界是对现实世界的模仿。也就是说，文学是模仿的模仿，因此文学不能表达真实的存在。他认为，从荷马起，一切诗人都只是模仿者。无论模仿德行，或者模仿他们所写的一切题材，都只得到影像，并不曾抓住真理。因为这样一个理由，他要驱逐诗人出理想国。

亚里士多德解决了诗人之真的问题。他的看法是，文学能够反映真实的东西，表达生活的可能性。他的道理是，如果这是现实中有可能发生的事情，通过文学把它描写出来，它就是真实的，尽管这种事情不一定真的会发生。只要有这种可能性，有必然的因果关系，文学就具有真实性。所以，他说诗比历史更加真实、更有哲理性。历史记录具体的真实事件，文学则表达普遍意义上的真实。这就是文学之真。

下一个问题是文学之用。文学到底有什么用？我们一开始就说，可以把文学当作心灵的伴侣，也可以靠写作来安身立命。实际上，理论家关注的不是这个角度。他们关注的是文学对国家有没有用、对人的心灵教育有没有用，文学能否启迪心志、教化民众。所谓文学之用，在于对人心灵的塑造。柏拉图说，如果诗人能够证明文学有用，就可以把他从理想国门外召唤进来。古罗马诗人贺拉斯说，文学作用的特点是寓教于乐。文学当然能够给人教益、给人好处，但是，它的方式是让你愉悦，让你在愉快的阅读中自然而然地受到启发。所以，文学还应该是美的，让读者觉得愿意读，能够在潜移默化中对读者的心灵起作用。

文学是镜，还是灯，是一个可以相伴终生的朋友。在人生的不同阶段，这个朋友会带给我们不同的启示。文学之真，真在哪里？文学之用，用在何处？随着阅读的深入和阅历的增加，我们对这些问题会有自己的答案。

对文学的期待

看到《红楼梦》中黛玉焚稿，很多人潸然泪下。读过海明威的《老人与海》，不少人把"一个人可以被消灭，但不能被打败"当成座右铭。看了《平凡的世界》，很多人都被一种温情的力量打动。文学贵在使人产生同感和同情。

我们会不会把文学中的人生当作自己的人生呢？如果有人和林黛玉一样缠绵悱恻、肝肠寸断，如果有人读完《少年维特之烦恼》就穿着小说中描写的和维特一样的衣服，步其后尘而自杀，这样的读者让人绝望。他们与文学的距离太近了。

那么，如何阅读和欣赏文学呢？首先，要和它保持一个适当的距离，旁观世界，洞彻人生，在阅读欣赏和设身处地二者之间找到一种平衡。让它观照生活的同时，也要认识到，它是另外一种生活、另外一个世界。文学可以让我们得到慰藉，但不要和它距离太近，起码不能像那些读完《少年维特之烦恼》就自杀的少年一样。这不是我们希望看到的。通过文学的阅读与欣赏，把文学看成一种态度、一种观察世界的角度、一个了解生活的窗口，或者是探索人类精神深处及远处的一种可能性，由此提升我们的人生品位、境界和智慧。专业的文学阅读和批评是为了锻炼一种眼光，即观察世界的一种方法，学会分析、阅读、阐释和批评文学，研究文学的特点、文学与其他学科的不同。

其次，文学欣赏要有亲近感。阅读的目的就是寻找自己心目中的文学，欣赏的快乐在于找到了自己喜欢的文学。不同经历、不同年龄阶段、不同职业文化背景的人对文学的理解各有差异。通过阅读，慢慢地深入自己的内心，找出自己喜欢的作家、作品，找到自己阅读文学、体会生活和观察世界的角度，以及一群与自己志趣相投的心灵之友。

再次，文学欣赏有路可循。我们提到的文学，主要就是文学作品。没有作品就没有文学，作品是文学的体现形式。文学欣赏应该关注文学作品由哪些要素构成、阅读作品应该从哪几个方面入手。作品的情节、人物、主题、视角、风格和象征，甚至背景，对理解作品有何影响？一部作品有多少种不同的观察角度？如何成为被广泛认可的经典？等等。这些就是本书的主要内容。

到现在为止，我们应该有一个总的印象，那就是看待文学的角度有很多。文学可以启发观察世界的多种视角和多种可能性，而且各有各的精彩。文学可以是一种人生的参照，可以是一种业余的消遣与爱好。从文学作品中看到和自己相似的人，我们会感觉欣慰；看到跟自己不一样的人，也许感到振奋，也许看到另一种生活的希望。要改变我们生活的现状好像有些难度，这需要我们提高学历、变换工作，需要很多时间投入，但是通过文学改变我们对生活的看法，则没有那么难。

　　文学给人一种超越现实的可能。每个人心里都有一种自己希望的生活，希望得到更好的东西、更好的状态。文学大概就是为数不多的能够带我们进入理想状态的方式之一。亚里士多德说，文学描写可能发生的事情。所谓可能，就是不一定实际发生，却合乎情理、有可能发生的事情。所以，文学能够给我们带来一种可能性，让我们有可能到达自己在现实生活中到达不了的地方。

　　文学是生命的延展，它使人生更加丰富。通过文学延展生命，丰富人生体验，领略各种精彩，就是文学欣赏。所以，文学欣赏在于寻找自己心仪的作家和作品，调整自己理解文学的角度，提炼自己的心得，以此扩充我们的心理容量，丰富我们对人生的感知，享受文学带给我们的更为广阔的视野，体会我们的思想可能到达的远方。

第二章 情节：故事中的故事

小说在我们的记忆中，像织布机上的一匹布一样展开，布的图案越复杂，我们识别它的过程越艰难、延宕。但我们努力寻找的恰恰就是图案：一些重要的、反复出现的线索——不管在细密的纹理和鲜亮的背景色中隐藏得多么深——使我们认识到整部小说的独特性。

——戴维·洛奇：《小说的语言》

戴维·洛奇（David Lodge，1935—　），英国当代小说家和学者，曾长期任教于伯明翰大学英语系。主要作品有小说《换位》《小世界》《美好的工作》《大英博物馆在倒塌》《作者，作者》等，另有多部文学理论著作。

文学作品有不同的要素：情节、人物、主题、视角、风格、象征和背景等。情节即事件的顺序，它要符合因果关系、逻辑关系。

　　完整的情节由开头、中间和结尾构成。情节的发展要有原因、高潮和后果。各部分之间要有起承转合。高潮部分是作品人物冲突最激烈、矛盾最激化的部分。在高潮部分，人物性格得到最集中的展示，它是作品的转折点。高潮过后，故事要么急转直下，要么揭示原来隐藏的人物关系或使事情真相大白。高潮的位置不同，能带来不同的效果。

　　高潮在最后的作品居多，如《汤姆·索亚历险记》《哈姆莱特》《麦琪的礼物》《警察和赞美诗》。高潮在中间的作品如《哈克贝利·芬历险记》《一位女士的画像》《老人与海》。高潮在最开始、甚至在作品开始之前，则多见于反思性的作品，如《红字》和《老水手谣》。

情节的构成

文学欣赏先从作品的要素开始。要素就是构成文学作品的主要因素，指情节、人物、主题、视角、象征、风格和背景等。我们结合具体的文学作品，逐一展开论述。

文学作品的第一要素是情节。无论小说还是戏剧，都要讲故事。情节和故事并不一样。福斯特在《小说面面观》中说："故事是关于按时间顺序排列的一个个事件的叙述。情节也是关于一个个事件的叙述，但是它强调的是事件之间要有因果关系。"他举例说："一个国王死了，然后王后也死了。"这是故事（story），它讲出了事情发生的顺序。那什么叫情节呢？他说："国王死了，然后王后因哀伤而死。"这是情节（plot）。①也就是说，如果一个小说处理两件事，它必然有一个前后的顺序，这两个顺序之间必然有一种因果关系，而且这种因果关系必须合理。再举一例：因为喝水了，所以他被呛到了。这就是一个很好的叙述顺序。"他被呛到了，因为他喝水了"，这种表述也可

---

① 福斯特.小说面面观.朱乃长，译.北京：中国对外翻译出版公司，2002：231.

以。只要能说明事件的关系，事件的顺序可以颠倒。

完整的情节包括三个部分：开头、中间和结尾，分别讲述故事的缘由、发展和结果。构成情节的事件可以有不同的组合方法。换句话说，故事情节的高潮可以设置在作品的不同位置。所谓高潮部分，就是作品中人物冲突最激烈、各种矛盾最激化的部分，有时候也是化解矛盾、真相大白的部分。在高潮部分，人物的性格可以得到最集中地展示。高潮过后，要么故事急转直下，要么原来隐藏的一些人物关系、掩盖的事情真相得以揭示。

根据高潮的位置，一般的情节安排有三种。第一种是开头、发展和高潮（结尾），高潮在最后。即采取平铺直叙的方式，在故事的开头交代缘由，中间经过了很多发展，作品结束时恰好达到故事的高潮。第二种是开头、高潮（中间）和结尾，高潮在中间。第三种是在小说开头就描写高潮，然后慢慢地再交代事件的原因。比如，刚才说的例子——"他被呛到了，因为他喝水了"，接着再详细描写他喝水的情况，喝水的时间、地点和原因等。这是安排情节的三种方式。总而言之，情节要符合因果关系，要有逻辑关系。一个完整的情节构成应该有开头、中间和结尾，有它的原因、高潮和后果，有起承转合。

我们阅读作品的第一个印象是这个作品好不好看，即故事情节能不能吸引人。一般的作品阅读，主要看它的开头、中间和结尾三个部分。如果加上高潮前后的过渡部分，即高潮之前故事情节的推进与上升、高潮过后的平缓和下降，就是五个部分。在上升部分，情节渐次展开，人物关系逐一交代，人物性格慢慢表露。比如，一开始让人认为这个人很好，经过一段发展之后，或经历一个什么事件，很多矛盾集中爆发，就让人感觉这个人跟原来想象的不一样。下降部分就是在矛盾冲突出现之后的一种比较平缓的过程，可以重新梳理人物关系，重新认识人物性格。

这是叙事性文学作品的基本结构，但并不是每个作品都要具备这五个部分。根据作品情节的设置，高潮可以出现在不同的位置。比如《哈姆莱特》的高潮在最后；《哈克贝利·芬历险记》的高潮在中间；《红字》的高潮在作品开始之前就结束了。高潮的位置不同，能够带来不同的效果。

高潮在最后:《汤姆·索亚历险记》 《哈姆莱特》《麦琪的礼物》与《警察和赞美诗》

第一种情节设置是作品的高潮在最后。这是最常见的情形。一开始平铺直叙,然后故事逐渐展开,最后出现高潮。

马克·吐温的《汤姆·索亚历险记》就是这样。作品一开始,描述主人公汤姆是一个村庄里的小顽童,调皮捣蛋,聪明机灵,讲的都是一些很简单的故事,采用平铺直叙的方式,把他生活中发生的事一件件罗列出来。这样做,目的是交代他的性格特点,展现他具备将来做哪些事情的可能性。他这种聪明顽皮的孩子,肯定会做出一些异于常人的事情、遇到一般人遇不到的惊险、经历一般人不会有的奇遇,但是他肯定能够克服这些困难。因为他很好奇,所以他敢于探险;又因为他很聪明,所以他能够摆脱困境。这样,在小说前半部分,他的一件件生活趣事都是在展现他的性格。比如,他用奇思妙想让小朋友帮他刷墙;在女同学贝奇家门口倒立,扮鬼脸吸引贝奇注意到他;和流浪儿哈克交往,带领孩子们做密林深处的罗宾汉和快乐的海盗游戏等。这些事情放在小说主要情节展开之前,没有什么意外和惊奇,就是描写他跟所有的孩子一样，只不过他比一般的孩子更调皮、更机灵、更勇敢。

通过对主人公这些性格特点的展示，故事慢慢推向高潮。在推向高潮的过程中，我们看到了主人公与众不同的历险。先是汤姆和他的伙伴们在午夜坟场目睹了凶杀案的发生。在凶犯逍遥法外时，他挺身而出，当庭作证，揭露真正的凶手，成为众人瞩目的英雄。而后，在寻找宝藏的探险中，他在鬼屋看到强盗，一路追踪。到"汤姆和贝奇在山洞中迷路了"这一章，故事到了最高潮。在离开了野炊的小伙伴之后，汤姆和贝奇在迷宫一样的山洞里迷路了。两个人又困又饿：

> 两个孩子把眼睛盯在了他们剩余的那一段蜡烛上，注视着它慢慢融化，一直无情地燃烧下去。他们看着最后只剩下半寸长的蜡烛芯孤零零地立着，看着那微弱的火苗一起一落，顺着一缕细细的轻烟向上蹿动，在那顶上停留了一会儿，随即——一切都笼罩在令人恐怖的黑暗之中了！①

经历了饥饿、疲劳和恐惧之后，贝奇奄奄一息，让汤姆离开她去探路，只求他过一会儿回来一趟，答应她在死亡的时刻一定要留在她身边，握着她的手。这时，人物的处境濒临绝境，人物的心境充满绝望，人性的坚韧和柔弱也都达到了极致：

> 汤姆吻了她，喉咙里有一种哽咽的感觉，可是仍然表现得很

---

① 吐温.汤姆·索亚历险记.刁克利，译.北京：中国少年儿童出版社，2007：249-250.

有信心能找到搜寻的人或找到洞的出口。然后他手里拿着那根风筝线，手脚并用沿着一条通道往前爬去，饥饿使他饱受煎熬，死亡将至的感觉又让他心如刀绞。①

高潮在最后有两个特点。第一个特点是集中展现主人公的性格特征，也就是把他的每种个性都推向极致。在那个山洞里，汤姆的性格特点得到了充分展现。一是富有探险精神。洞里地形复杂，曲径蜿蜒，岔道无数。而在别的小朋友不敢走、不愿意走的地方，他却愿意冒险前行，一探究竟。二是敢于担当。曾经只会在心爱的女同学面前耍小聪明，好像为了展示男子气概，但是关键时刻能够面对危险，叫女孩原地守候，自己一个人去找出口。这种行为很有责任心。他的其他性格特点，比如勇敢、好奇、聪明、机智等，也都得到了展现。

从这个角度再看前面的情节铺陈，会发现汤姆的成长是一个过程。小说一开始描写人物的性格、人物之间的关系，特别是姨妈怎么疼爱他，他的小伙伴怎样看待他，他在女同学眼里、在老师眼里、在村民眼里是个什么样的人，如此等等，渐次交代。在各种性格特征、各种人物关系以及社会背景都交代清楚之后，才展开故事的主要情节，最后抵达高潮。

第二个特点是主要情节到此就结束了。贝奇获救，汤姆和哈克找到金币，村里人皆大欢喜。那个一直让汤姆提心吊胆的强盗被困在山洞里边，在看到出口的地方被活活饿死。为什么眼睁睁看着出口，就

---

① 吐温. 汤姆·索亚历险记. 刁克利, 译. 北京：中国少年儿童出版社，2007：252.

是出不去呢？因为贝奇和汤姆被救出来之后，贝奇的爸爸带人把那个洞口给封死了，以免别的孩子再在里面迷路，所以那个强盗到了洞口出不去。他已经看见了外面的天光，向前跨一步就能出去，可就是出不去。看到了希望，实际上是绝望，这是对坏人最大的惩罚。

所有的故事和人物都有了一个结局，这就是高潮，全书到此戛然而止。主人公的性格得到了最充分的展示，各种人物关系有了明确的交代，所有的矛盾都得到了最终的解决，各种情节的发展也都有了一个彻底的了断。

再举一个同样类型的例子：莎士比亚的戏剧《哈姆莱特》。它的情节结构和《汤姆·索亚历险记》大致相似。一开始展示的是哈姆莱特的身份和他的性格特征。他很有才华，又有些优柔寡断；有几个朋友，又喜欢独自思考。通过这些展示，你会发现，他博学、优雅、文武双全，关键时刻能够应对危机，具备成为一个伟大的战士、王子和领袖的所有潜在品质。只不过他的这些品质被一种东西笼罩、抑制着，好像发挥不出来。他就像汤姆·索亚一样，具备种种潜质，有待于未来某一件大事发生，可以充分地施展出来。但是，目前很难把它们施展出来，总要等到故事推进到某一个阶段，集中于某一个事件，他才能够充分施展。

等到我们对他的性格特征了解清楚之后，主要情节就会展开，他施展的舞台会一步步搭建好，围绕在他周围的一切人、一切谜团、一切事件都会迎来一个集中展示的时刻。所有的人物亮相、所有隐蔽的关系被揭开、矛盾得到解决的时刻，就是高潮。经过了开始阶段的性格展示之后，哈姆莱特一步步走向了命运预期的高潮。

他先后经历了与鬼魂对话、和同学商议、对命运的拷问、对叔父的怀疑，以及对母亲的试探。最后那场决斗是全剧的最高潮。他拔剑出鞘，坏人受到了应有的惩罚，该死的人全部死掉，一切矛盾都结束了，干净利索，无牵无挂。高潮在最后的特征是，一切问题都得到彻底解决。

再以欧·亨利的两篇短篇小说为例。他的小说结尾总是出人意料，又在情理之中，这种设置最能说明高潮在最后所带来的强烈效果。

第一个例子是短篇小说《麦琪的礼物》，讲的是一对贫困的青年夫妻，在圣诞节临近时，都想送给对方一份珍贵的礼物。可是，家里太穷了。妻子德拉千方百计，也只能从日常开销中节省出一块八角七分钱。小说开头写道：

> 一块八角七分钱。全在这儿了。其中六毛钱还是铜子儿凑起来的。这些铜子儿是每次一个、两个向杂货铺、菜贩和肉店老板那儿死乞白赖地硬扣下来的；人家虽然没有明说，自己总觉得这种掂斤播两的交易未免太吝啬，当时脸都臊红了。德拉数了三遍。数来数去还是一块八角七分钱，而第二天就是圣诞节了。①

夫妇俩各有一件特别引以为豪的东西。丈夫吉姆有一块怀表，是祖父传给父亲、父亲又传给他的传家宝。但是，这块怀表没有表链。怀表是要时不时拿出来看的，那个表链很有用处，可以帮助把怀表从口袋里掏出来，握在手里看。他缺少这样一条表链。妻子看在眼里，

---

① 亨利. 欧·亨利小说全集：第1卷. 王永年，译. 北京：人民文学出版社，2003：11.

记在心上。圣诞节前，两个人都开始准备礼物。妻子想给丈夫买一条表链，这样就能让他自豪地把他的传家宝在人前亮出来。

妻子德拉有一头浓密的秀发。她的秀发如波浪般起伏，光芒闪耀，犹如褐色的瀑布，且长及膝下，仿佛一件长袍，着实让人羡慕。吉姆觉得妻子美丽的头发值得特别保护，而保护头发最好的办法是给她买一套配得上她秀发的玳瑁发梳。很久以前，德拉在百老汇的一个橱窗里见过那种玳瑁发梳，并十分喜爱，只是因为价格太过昂贵，自己买不起。丈夫看在眼里，也记在心上。

两个人心照不宣地开始分头准备礼物。到了圣诞节那一天，他们把各自的礼物都拿了出来。丈夫送给妻子的正是这一套美妙的发梳，纯玳瑁做的，边上镶着珠宝，色彩正好和她的秀发相配。妻子给丈夫买了一条白金表链。结果，两个人发现，因为生活的贫困，妻子把漂亮的长头发卖掉，才买了一条表链。丈夫则把他的怀表当掉，才换钱为妻子买了发梳。两个人都给对方买了最中意的礼物，但是也都做出了自己能够做出的最大牺牲。

小说开始，写两个人如何相爱；经过中间情节的不断发展，写两个人怎样分头准备礼物。直到最后一刻，故事的高潮到来，谜底揭开。两个人更加相爱，两颗心贴得更近。故事到此结束，这也正是最令人感动的时刻，让人怦然心动。仔细品味，这种结局的安排既出人意料，又合乎情理。这就是高潮在作品最后带给读者的强烈的情感冲击。

欧·亨利是这方面的高手，他另外一篇短篇小说《警察和赞美诗》也是这样。小说写流浪汉苏贝无家可归、饥寒交迫。为了抵御即将来临的严寒，他想寄食宿于监狱中熬过严冬。有饭吃，有床睡，不受寒风和警察的侵扰，这是他最大的愿望。于是，他想方设法要让警察把他抓走、关进监狱。他先是打算到一家咖啡馆白吃饭不给钱，可是他的脚刚踏进门，就被侍者一眼识破，赶了出去。他又捡起一块鹅卵石，砸向商店玻璃橱窗，并留在现场等警察来抓他，然而，警察却没有把他当成作案人。他又到一家餐馆白吃，侍者把他推倒在人行道上，却不打算叫警察。他甚至故意装作调戏女人，结果那女人只要他肯给买一杯啤酒就心甘情愿跟他走。然后，他又狂呼乱叫，试图以"扰乱治安罪"被捕，还偷走别人放在雪茄店里的雨伞，但都没有达到预期的结果。

最后，他心灰意冷，来到教堂外。无意中，旋律优美的赞美诗合唱声传到了他的耳边，丧失已久的自尊心重新充盈着他的内心。他打算振作精神，洗心革面，开始积极地面对不如意的人生。小说的这一段描写非常动人：

> 一刹那间，他的内心对这种新的感受起了深切的反应。一股迅疾而强有力的冲动促使他要向坎坷的命运抗争。他要把自己拖出泥沼；他要重新做人；他要征服那已经控制了他的邪恶。时候还不晚；他算来还年轻；他要唤起当年那热切的志向，不含糊地努力追求。庄严而亲切的风琴乐使他内心有了转变。明天他要到热闹的市区里去找工作。有个皮货进口商曾经叫他去当赶车的。明天他要去找那个商人，申请那个职务。他要做一个顶天立地的男子汉。他要——①

---

① 亨利.欧·亨利小说全集：第1卷.王永年，译.北京：人民文学出版社，2003：69-70.

可就在此时，警察不合时宜地出现在他的面前。小说的结尾写道：

> 第二天早晨，法官宣判说："在布莱克韦尔岛上监禁三个月。"①

这是用幽默的笔触描写一个流浪汉凄凉而无奈的生活。故事的结尾令人啼笑皆非，但又发人深省。

这就像作家的人生。有些作家创作生涯的高峰在最后，即在生命的最后阶段完成他最伟大的作品；在整个创作生涯中，他一直在探索某一个问题。有些作家创作生涯的高峰在中间，前半生可以看作为创作而进行的准备，而写出代表作之后，后半生就过得较为平庸。还有些作家的创作高峰出现在文学生涯之初，其处女作即其代表作，以后的作品乏善可陈。不同作家的创作高峰也像作品情节的高潮一样，会出现在人生的不同时期。

---

① 亨利·欧·亨利小说全集：第1卷．王永年，译．北京：人民文学出版社，2003：70.

高潮在中间：
《哈克贝利·芬历险记》与《一位女士的画像》

　　另一种情节安排是高潮在中间，我们也可以举出很多例子。先来看马克·吐温的《哈克贝利·芬历险记》。

　　《哈克贝利·芬历险记》是接着《汤姆·索亚历险记》的结尾往下写的。开头部分讲哈克和汤姆发现了强盗藏的钱，两个人平分之后，哈克得到六千块钱，变成了有钱人。哈克被道格拉斯寡妇收养，被送到学校接受教育，每天听她读《圣经》，而且在每顿饭前祷告，过着一种富足家庭乖孩子的生活，居有定所，一日三餐都有着落。但是，他自己感觉很别扭。

　　这时，他那个流浪汉爸爸听说儿子发财了，就过来找他。爸爸找到他的第一件事就是让他退学，然后领着他到河边的树林里去，又像野孩子一样生活。哈克觉得这样的生活很自在。唯一不自在的事情是，爸爸一喝醉了就揍他，而且揍得越来越厉害。后来，他终于想办法摆脱父亲的控制，逃到密西西比河上。逃亡过程中，他遇见了同村的一个黑人奴隶吉姆。吉姆因为听说他的女主人华森小姐要把他卖掉，而且是把他一家人拆散卖到不同的地方，所以逃走了。这样，一个躲避父亲毒打的白人小孩和一个躲避被主人卖掉命运的黑人奴隶结伴流浪，沿着大河，乘坐木排顺流而下。

这部小说前七章讲的都是哈克在村里的生活——他如何受不了社会约束和文明教化，一直有逃亡的冲动。故事中间是展开部分，讲两人在逃亡过程中的经历。

小说的第一个高潮出现在第十五章"大雾弥漫"，表明哈克和吉姆两个人的关系达到了一个高峰。两人乘着木排向大河下游漂流，因为吉姆想在下游的渡口凯罗上岸，卖掉木排，坐上轮船，到上游没有黑奴买卖的自由州去，等到他恢复自由之后，再回来解救家人。不巧的是，在漂流的过程中，一天夜里大雾弥漫，哈克划着独木舟到木排前头，想拿缆绳拴木排时，一股急流过来，把木排冲走了。他和木排上的吉姆在大雾中被急流冲散。两人各自奋力与大雾和急流搏斗了一个晚上，哈克才追上木排。

吉姆醒来，看到哈克后，欢天喜地。哈克却骗吉姆说自己一直都在他身边，吉姆只是睡着了，做梦遇见了大雾和两人失散。对于哈克恶意的玩笑，吉姆大失所望。他这样对哈克说：

当我拼命地划着木排，还大声喊着你，都快累死了，累得只想睡觉的时候，我的心都要碎了，因为你不见了，我于是再也不想管我自己还有木排会怎么样了。当我醒过来，看见你又回来了，平平安安、活蹦乱跳的时候，我的眼泪都流下来了，我简直想跪下来，亲亲你的脚，我真是谢天谢地。可是，你就只想着怎么编个瞎话，拿老吉姆开玩笑。那些垃圾就是垃圾；垃圾就是往朋友头上抹脏东西，叫他们丢人现眼的那号人。①

听了吉姆的一番话，哈克后悔了。他知道吉姆始终都在关心他。他也终于鼓足勇气向吉姆低头认错，从此两人建立了真正的友谊。这是两个人性格发展的一个高峰。在那个时代，因为种族隔阂，白人和黑人之间很难平等相处，更别提形成朋友关系了。

小说的最高潮出现在第三十一章"下地狱就下地狱吧"。在骗子"国王"和"公爵"将吉姆当成逃奴卖掉之后，哈克一度想向吉姆的主人华森小姐报告吉姆的去向，因为当时奴隶是主人的私有财产，他觉得应该写一封信给吉姆的主人，让她派人来找吉姆，这样可以让吉姆回到主人的身旁，而不至于让她的财产流失。但是，等他把信写好，他又想到吉姆的各种好处：

> 不知不觉反复想到我们顺着大河漂下来走过的这一段历程。我总是看见吉姆在我眼前，在白天，在夜晚，有时候在月光下，有时候在暴风雨里，我们一直漂啊漂，说着话，唱着歌，又一块儿哈哈大笑。可是不知怎么的，我好像挑不出一点儿地方能叫我狠起心来对他，想到的反而都是他的好处。我总是看见他值完了他的班，又接着替我值班，不去叫醒我，这样我就能继续睡觉；看见他见到我从那场大雾里回来时是多么高兴；还有我在沼泽地里，就在遇到家族世仇的地方又重新找到他的时候；还有好多这样的时候，他总是叫我宝贝，对我那么亲热，为我做他能做到的

---

① 吐温. 哈克贝利·芬历险记. 刁克利，译. 北京：中国少年儿童出版社，2007：94.

一切，他总是那么好……①

哈克左右为难。经过激烈的思想斗争，他想到一路上两个人经历了这么多的风险和困难，同甘苦、共患难，好不容易才一起走到现在，最后决定：不但不告发吉姆，还要帮助他再次逃走。

> 我在发抖，因为我必须在两者之间做出选择，永不反悔，这我看得很清楚。我思考了一分钟，有点儿连气都憋不住了，然后，我对自己说："好吧，那么，下地狱就下地狱吧！"随手把纸撕掉了。②

根据当时白人所受的教育，如果协助黑人逃跑的话，是一件十恶不赦的事情。按照宗教的教义，那就应该下地狱。

哈克经过剧烈的思想斗争，终于摆脱了世俗的偏见，摆脱了所谓的文明教化和一般白人认可的那些社会准则，选择依从自己的良心，做出自己的判断。他因此成长为一个有自我觉悟、有自知之明、能够独立决断并勇于承担后果的人。

这是主人公心理斗争最大的高潮，也是小说情节最大的高潮和转折点。之前一切的描写都在展示两个人的关系和处境、他们为什么走到一起、他们经历的遭遇和面临的问题，由此一步步推向这个转折点——一个考验两人关系的关口。这样就把哈克的本性、教化对他的影响，从要不要告发吉姆这一个关键点上展露出来。作者选择让哈克

---

① 吐温. 哈克贝利·芬历险记. 刁克利，译. 北京：中国少年儿童出版社，2007：234.

② 同①235.

听从自己的内心，服从自己的本性，抛开社会准则和道德教化，下定决心，帮助吉姆逃跑。高潮过后，小说后几章急转直下，一切都变得顺理成章。在路上，哈克遇到了汤姆，汤姆从老家来到这里看亲戚，而且带来一个消息：吉姆已经被他的主人赦免，成为一个自由人了。也就是说，没有人能够卖他，他再也不用东躲西藏了。

事情有了一个皆大欢喜的结局，小说到这里似乎就可以结束了。实际上，作者在这之后又写了十章。从第三十四章到最后，比如"用刀挖地洞""妖魔大饼""滚磨石刻题词""匿名信""大逃亡"等，作者写了很多儿童游戏。此时，汤姆成了主角，想出种种办法营救根本不需要被营救的吉姆。这样，高潮就成了中间部分，而不是结尾，形成一种对称结构：前面七章写哈克和汤姆在村里的游戏，后边几章也是写少年的游戏。

除了《哈克贝利·芬历险记》，亨利·詹姆斯的小说《一位女士的画像》也是把高潮放在故事的中间。

小说讲一个美国姑娘伊莎贝尔·阿切尔来到英国之后，选择自己人生道路的故事。前一部分主要讲她怎样在几个追求者中挑选未来的丈夫。她年轻大胆，天真勇敢，最大的梦想就是要看世界。能够按照自己的意志选择人生，是她认为的最大的幸福。

在这种情况下，她被姑妈带到了英国。伊莎贝尔到了英国之后，她的表兄拉尔夫，也就是她姑妈的儿子，对她一见钟情。但拉尔夫已经得了肺病，病入膏肓。这在那个年代是不治之症。他的生活就是等死，以及如何处置他父亲要留给他的一大笔遗产和他自己的财产。现在，他喜欢上了他的表妹，但是爱在心里口难开。处于这样一种境地，他的生活有了另外一个乐趣：看他的表妹如何追求自己的幸福，如何按照自己的意志生活。拉尔夫想：这样一个女孩，大胆无畏，勇于追求自由，如果给她追求自由的物质条件，看她能够追求到什么样的自由，经历一种什么样的人生？平淡、普通、循规蹈矩的生活肯定不适合她，她注定要过一种激动人心、自由自主的生活。

拉尔夫劝说父亲把原本该自己继承的遗产的一半转给了他的表妹。这给她带来了命运的转机。伊莎贝尔本来身无分文。按照当时上流社会的说法，身无分文的女孩谈不上自由，没有钱，只能被选择，而不可能自主选择。

在恋爱上，伊莎贝尔很幸运，她有三个追求者。第一个是来自美国的年轻人古德伍德，他是位精力充沛的家族企业主，从大西洋对岸的美国一直追到英国，想同她结婚。第二个追求者是英国贵族沃伯顿勋爵，他是拉尔夫在当地的朋友。勋爵风度翩翩，有很高的社会地位，是一般女孩心目中的白马王子。这两个人都出现在伊莎贝尔获赠财产之前，也就是说他们都不计较她有没有钱、有没有地位，他们只爱她这个人，因为两个人本身都有足够的生活保障——美国青年足够富有，英国勋爵也有足够高的社会地位和权力，都能够改变她的人生道路。第三个追求者吉尔伯特·奥斯蒙德出现在伊莎贝尔有钱之后。他是个侨居意大利的美国人，显得很有文化教养，但比较落寞，没有固定的职业和收入，跟他的女儿生活在一起，没有人知道他女儿的母亲是谁。

在三个求婚者当中，女主人公选择了最后一个。这和她的人生信条有关。她的朋友告诫她说：那个奥斯蒙德喜欢你是因为你有钱。而伊莎贝尔却说：我很高兴我的钱能够帮助需要钱的人。伊莎贝尔对那个美国男青年的感觉是他太健壮、态度太强势。伊莎贝尔的内心非常自由和独立，她不喜欢被人控制。她为什么不接受那位英国勋爵呢？因为她觉得社会地位意味着义务、道德和约束，这也是对她自由的一种妨碍。嫁给这两个人之中的任何一个，她未来的日子、未来的人生都可以看得一清二楚，她知道自己的人生将遇到哪些问题，也知道她的丈夫会竭尽全力替她清除一切障碍，让她过得优裕而富足。然而，万事无忧的生活不适合她。

她为什么嫁给奥斯蒙德？因为两个人在一起的时候，奥斯蒙德总是告诉她，自己过去受过多大的苦、还有多少人生的不确定因素在等着他。每一次听他说自己不好的时候，伊莎贝尔就觉得，这个人身上有一种神秘的气质，显得特别有魅力。这个男人越诉苦，这个女孩就越有保护他的欲望，也就越激发了她那种母性的感觉。对于一个独立自强、很有能力的女孩，这是有可能发生的。换句话说，这个中年男子采取的策略非常有针对性，他让自己在伊莎贝尔眼里，好像一个坠落的、受伤的天使，一个误入人间的受害者，一个应该得到保护的人；之所以在前半生过得落寞，是因为没有遇到合适的女人来安慰他、保护他。伊莎贝尔觉得自己年轻、有活力，可以帮助他、拯救他，自己所具备的各方面条件恰恰能够满足这个男人的最大需要。也就是说，她从他那里感到自己能够最大限度地发挥作用。

伊莎贝尔选择了她的亲戚、朋友最不希望她选择的人。这是小说的前半部分，主要展示她的性格特征和她的选择。小说的后半部分写伊莎贝尔对丈夫的妥协、冲突和决断。高潮和转折点在第四十章。有这样一段描写：

> 伊莎贝尔感到诧异的第一个印象是他坐着，梅尔夫人却站着，这种不寻常的状态吸引了她的注意力。随后她看出，他们是在交换意见当中临时停顿的，现在正带着老朋友无拘无束的神情，面对面陷入了沉思，因为老朋友之间的谈心有时候是不用依靠语言的。这不值得惊奇，因为他们本来就是老朋友嘛。但这仅仅在一刹那造成的印象，却像闪电一样照亮了她的心。他们彼此的位置，他们那聚精会神地面对面的注视，使她觉得好像发现了什么。①

这幕情景写的是在伊莎贝尔和奥斯蒙德结婚三年之后，一次外出郊游回到家，伊莎贝尔看到丈夫在客厅的椅子上坐着，身边有一个女人站着。如果这个故事发生在现在，也许让人不觉得有什么特别的意思。但是，如果理解当时欧洲的文化背景，就会明白为什么这样一个画面能让伊莎贝尔浮想联翩。在那个讲究女士优先的时代背景下，根据尊重客人的准则，男主人坐着、女客人站立一旁，绝对有悖礼节、有违常态。女士优先，客人优先，这是一项基本的交往礼节。这样一个文化背景所体现出来的细节对故事的主题展开起到了关键作用。

当天夜里，伊莎贝尔独自坐在壁炉旁边，一直坐到深夜，陷入了沉思。白天看到的情景——她丈夫坐着，梅尔夫人在一旁站着——更加清晰地出现在她的脑海里，她把婚前婚后的事情都想了一遍。生活

---

① 詹姆斯. 一位女士的画像. 项星耀，译. 北京：人民文学出版社，1984：494.

中遇到的种种细节，包括道听途说，以及有意打听过来的消息，慢慢叠加在一起：

> 为什么它们突然变得这样活跃，她不太清楚，除非这是由于她下午得到的那个奇怪的印象：她丈夫和梅尔夫人有意想不到的更直接的关系。这个印象不时回到她的眼前来，现在她甚至奇怪，她以前怎么没有发现这点。①

通过这个细节，她想到了许多事情，把人物都联系在一起，由此觉察到了她丈夫和梅尔夫人之间不同寻常的亲密关系。在这之前，她丈夫和梅尔夫人要求伊莎贝尔向一直追求她的沃伯顿勋爵施加影响，利用勋爵对她的好感，让勋爵向奥斯蒙德的女儿帕茜求婚。也许这次被伊莎贝尔撞见的会面，就是两人在商量如何利用伊莎贝尔帮助安排女儿的未来命运。这是高潮到来之前伊莎贝尔的处境。

她觉得自己受骗了，然后开始反省，对丈夫的本质进行深入思考。她感到从一开始，自己的婚姻就是一个陷阱，是梅尔夫人和奥斯蒙德精心设计的圈套。结婚之后，丈夫对她形成一种压迫，不断向她施加影响；而她不管对方对自己的要求多么有悖于自己的心愿，也尽量妥协。

她认识到了自己的生活真相：她的婚后生活是一条又黑又窄、没有出路的死胡同。一般人会在婚前婚后对生活有不同的认识，这种不同也许是慢慢积累形成的，也许是通过某个偶然事件引起一系列反应

---

① 詹姆斯. 一位女士的画像. 项星耀，译. 北京：人民文学出版社，1984：513-514.

形成的。这种转变需要一个过程，而这个细节加速了这个过程，引起
她对自己生活的反思。经历了无数的痛苦和挫折，伊莎贝尔终于认清
了丈夫的本质：他外表温文尔雅、老成练达，实则自私自利，像鲜花
中的毒蛇。

同时，她也理解了表兄拉尔夫的可贵。拉尔夫不顾自己病重，还
专程从伦敦到罗马来看她：

> 拉尔夫的短暂访问，像黑夜中升起了一盏灯……拉尔夫的谈
> 吐，他的笑容，甚至单单是他住在罗马这一点，似乎都包含着一
> 种东西，使她那个死气沉沉的生活圈子一下子变得明朗了。他使
> 她感到了世界的美好，感到了可能有的希望。①

拉尔夫总是在最关键的时候帮助她。在她想要看世界的时候，拉
尔夫把自己的一半钱给了她，这样她才拥有了更大的自由。在她最需
要别人指导、最需要别人为她揭示真相的时候，拉尔夫又远道而来，
告诉她事实的真相。两相对比，她认识到拉尔夫才是真正关心她的
人，而她的丈夫只是在利用她。她认清了两个人的本质差别。

她现在明白了自己的处境。原来，她以为自己是一个为爱奉献、
为爱牺牲的伟大女子，所做的一切都是为了拯救那个男人，提高他的
生活品质。结果，她却发现自己是一个被利用、被伤害的人。伊莎贝
尔终于发现了真相：梅尔夫人是她丈夫奥斯蒙德的情人，帕茜是奥斯
蒙德和梅尔夫人的私生女；梅尔夫人极力促成伊莎贝尔和奥斯蒙德的

---

① 詹姆斯. 一位女士的画像. 项星耀，译. 北京：人民文学出版社，1984：525.

婚姻，目的是为了给他们的女儿找到一个有身份和地位的母亲。这是故事发展的一个转折点。从此之后，人物的真实面目被揭示出来，人物的关系得到了重新界定。伊莎贝尔改变了她对生活、对周围人的看法，对自己的命运也有了一个全新的认识。

书中第四十章的细节引发的思考对她的人生道路产生了深远的影响。这样的高潮没有惊心动魄的行动和引人入胜的事件，完全是伊莎贝尔的内心感受。但是，这种内心感受比外在事件的冲击更强烈，因为它影响到主人公深层的思想意识，改变了她对人生的理解。作家亨利·詹姆斯说："这次沉思成了她生命中的一个里程碑。从实质看，这不过是一种探索和评价，但它的作用却比二十件'事件'更大。"作家本人对这一章颇为高兴，自认为这"显然是全书的最好部分"①。

高潮在中间的作品还有一个例子，就是海明威的小说《老人与海》。小说开头描写这位老人的日常状态，以及一个喜欢跟着他的小男孩，两个人如何聊自己支持的球队，等等。后来，老人出海打了一条大马林鱼。但是，那条鱼在从海上拖回来的过程中，被一群又一群的鲨鱼追着把肉都吃光了。最后，老人只把那条鱼的骨架给拉了回来。

故事的高潮出现在波涛汹涌的大海上，老人跟那些要吃他打到的那条大鱼的鲨鱼作斗争，一个人打退了鲨鱼的多次进攻，从中也悟出了一个人生道理：

---

① 詹姆斯. 一位女士的画像. 作者序. 项星耀，译. 北京：人民文学出版社，1984：17-18.

"不过人不是为失败而生的，"他说。"一个人可以被消灭，但不能被打败。"不过我很痛心，把这鱼给杀了，他想。现在倒霉的时刻要来了，可是我连鱼叉也没有。那条登多索鲨是残忍、能干、强壮而聪明的。但是我比它更聪明。也许并不，他想。也许我仅仅是武器比它强。

"别想了，老家伙，"他说出声来。"顺着这航线行驶，事到临头再对付吧。"①

很多人读《老人与海》，或许忘掉了故事，忘掉了人物，但是会记住这一句话："一个人可以被消灭，但不能被打败。"这是一种强大的心理姿态。在小说的情节发展中，这就是高潮。有了这个认识之后，无论鲨鱼如何进攻，他都不屈不挠。我打的鱼，我一定要捍卫它，即使没有肉了，我也要把它拉回去。后面是高潮的回落，继续描写老人与鲨鱼的搏斗和他把大鱼拉回海岸的情形。

通过前面几个例子，可以看出，高潮在中间这种安排在结构上是前后对称的。一个开头吸引我们，然后是一个上升阶段；到了高潮，各种人物矛盾、真相都得到展示；后半部分则慢慢地下降，一直到结尾。这种小说读起来有一种对称之美。

---

① 海明威. 老人与海. 吴劳，译. 上海：上海译文出版社，2001：176‐177.

高潮在前面：《红字》与《老水手谣》

还有一种情节设置是高潮在故事的前面，小说一上来就是高潮，之后是漫长的下降、解释、反思、结尾。这种情况的一个极端表现是：故事的高潮在作品开始之前就已经结束了，作品的主体部分写的是对这个高潮事件的后果反思和过程追述。美国作家霍桑的小说《红字》就是这样的例子。

小说故事上的高潮是牧师丁梅斯代尔和海丝特产生恋情，发生关系，并生下女儿。而这一部分在小说开始的时候就已经结束了。小说开头就写海丝特站在刑台上示众。

故事发生的顺序应该是：罗杰·齐灵渥斯医生从英国到美国去，半路遇到海难，大家都认为他死了。后来证明他被印第安人捉去，在印第安人部落生活了一段时间。他的妻子海丝特先到达目的地，和当地年轻英俊、博学多才的牧师丁梅斯代尔相爱，还生了一个女儿。她的丈夫找来的时候，第一眼看见他妻子的地方不是在他家里，而是在刑台上，妻子的胸前戴着一个红字 A，是"Adultery"的缩写，即"通奸"的意思。他的妻子在丈夫生死未明的情况下，跟别的男人生了孩子，所以按通奸罪受到惩罚，被关进监狱，还被拉到市场上戴着耻辱的标记示众。

故事的高潮应该是通奸那件事。可是，小说一开始，高潮已经过去，那么后面还有什么好写的呢？虽然一开始高潮就过去了，但是它设置了巨大的悬念。罗杰·齐灵渥斯是个聪明过人且报复心极强的人。由于他妻子宁愿自己忍受羞辱，也不向任何人吐露情人是谁，所以他下决心要把他全部的时间和精力用来查出和妻子通奸的那个人。

小说为什么要这样处理？如果按照现在通俗小说的写法，应该在两个人如何相识相爱那一部分多着笔墨，然后在最后的结局写当事人受到惩罚就完了。可是，这部小说恰恰省略了那一部分，反而写事情发生后几个当事人对事情的不同反应。经典名著和一般小说的区别在此得到体现，它们对故事高潮的处理方式和侧重点不同。

通过前面几个例子，我们知道，高潮部分揭示人物关系、阐发作者的思想、表达作品的主题。在情节设置上，高潮出现的位置都是为了这些目的服务的，而不是相反。如果小说中我们通常认为的最重要的事件已经过去了，还有什么可写的？——《红字》的主要部分写这件事情的后果和影响。

这件事情对几个人都有影响，但是影响的方式和结果不同。在这件事情之前，海丝特、她的丈夫、她的情人各自是什么角色，在社会上是什么形象？在这件事情之后，每个人又受到了什么样的影响，怎样重新确立自己的形象，怎样重新找到自己在生活中的位置，怎样接受这件事情的后果？这是作家希望读者关心的问题。

受影响最深的至少有四个人。一个是海丝特那位神秘的情人。他到底是谁？他的名誉为什么那么重要？两个人发生恋情之后，海丝特受到了惩罚，只要她出现在公共场所，都要佩戴红字，她每时每刻都在为自己的罪过遭受惩罚。但是，她从来不向任何人透露她的情人到底是谁，竭尽全力保全他的名誉。

她的情人呢？难道没有受到惩罚吗？难道没有受到心理的折磨和道德的拷问吗？难道没有歉疚、负疚感吗？随着故事展开，我们知道，她的情人是牧师丁梅斯代尔。他在这件事之后变得干什么事都躲躲闪闪，有种负疚感，甚至养成了一种习惯：老是捂着胸口，好像有什么不可告人的秘密，或者胸口烙着不敢让人看到的东西一样。海丝特在总督家里看到的牧师是这样的：

> 他面色苍白，一只手捂住心口——只要他那古怪的神经质一发作，他就会做出这个习惯的动作。他此时的样子，比起上次海丝特示众时我们所描绘的，还要疲惫和憔悴；不管是由于他那每况愈下的健康状况，抑或其他什么原因，他那双又大又黑的眼睛的深处，在烦恼和忧郁之中还有一个痛苦的天地。①

他的惩罚是秘密的，始终处于自责、负罪的状态。他一直不能面对，一直难以改变，直到最后内疚而死。

这件事对海丝特的丈夫也有影响。随着故事的展开，我们知道，她的丈夫罗杰·齐灵渥斯是位医生，能够给人治疗身体的疾病。作为丈夫，看到妻子犯下这种罪行，他可以有不同的选择：宽恕，或者报复。那个本来应该得到同情的可怜的丈夫选择了报复，他绞尽脑汁，

---

① 霍桑. 红字. 胡允桓，译. 北京：人民文学出版社，2008：86.

想方设法折磨牧师，最后他变成了一个像魔鬼一样的人物。大家看到他，没有一点同情，只感觉这个人可怕、可恶、令人恐怖：

> 罗杰·齐灵渥斯自从在镇上定居，尤其是和丁梅斯代尔先生伙居一宅以来，外貌上发生了明显的变化。起初，他外表安详而沉思，一派学者模样；而如今，他的脸上有一种前所未见的丑陋和邪恶，而且他们对他看得越多，那丑陋和邪恶就变得越明显。按照一种粗俗的说法，他实验室中的火来自下界，而且是用炼狱的柴薪来燃烧的；因此，理所当然地，他的面孔也就给那烟熏得越来越黑了。①

充满仇恨的报复让海丝特的丈夫从一个令人同情的角色变成一个丑陋而邪恶的人。

对海丝特的女儿——这个所谓的"罪的结晶"肯定也有影响。海丝特给她的女儿起名珠儿，就是珍珠的意思。女儿小小年纪就意识到自己与别人的不同和隔阂，这就是她与生俱来的命运。

受影响最直接的是海丝特本人。她因为自己的罪责公开地接受谴责和惩罚，在这个过程中，她勇敢面对、独自担当。海丝特是心智健全、勇敢坚强的女人。读到后面，我们知道，她非常善良、能干。她对别人的苦难充满了同情，哪里有需要，她总是随时出现在人们面前，提供力所能及的帮助和支援。即使镇上瘟疫蔓延，她也忘我地献身。不管是个人的还是普遍的灾难，她都挺身而出。她通过自己的努

---

① 霍桑．红字．胡允桓，译．北京：人民文学出版社，2008：97.

力改变着自己，也改变着别人对她的印象：

> 她胸前绣着的字母闪着非凡的光辉，将温暖舒适带给他人。那字母本来是罪恶的标记，此时在病室里却成了一支烛光。在受难者痛苦的弥留之际，那字母甚至会将其光辉跨越时间的界限：在现世的光亮迅速黯淡下去，而来世的光亮还没找到死者之前，为他照亮脚下的地方……她的胸口虽然佩着耻辱牌，对有所需要的人却是柔软的枕头……那字母成了她响应感召的象征。由于从她身上可以得到那么多的支援——她深富同情心又极肯助人——许多人都不肯再按本意来解释那红色的字母"A"了。他们说，那字母的意思是"能干"（Able）；海丝特·白兰只是个弱女子，但她太有力量了。①

一个应该受到惩罚的女人，怎么变成一个能够得到大家谅解又值得尊敬的人？这个过程耐人寻味，构成了《红字》这部作品的主要内容。

小说略去了故事的前半部分，即海丝特和牧师是如何产生恋情的，而只写了这个恋情带来的后果。这种取舍成就了一部伟大的经典名著。

因此，这部作品有深刻的立意和主题，它全部笔墨都集中在描写这件事对当事人的影响上，即给女主人公海丝特·白兰、她的丈夫罗杰·齐灵渥斯、牧师丁梅斯代尔还有珠儿所带来的影响上。因为他们对待这件事的态度不同，其命运和结局各有差异。这就是小说想要阐

---

① 霍桑. 红字. 胡允桓，译. 北京：人民文学出版社，2008：123-124.

明的主题，描写的就是这样一个漫长的对"罪"的反思过程。它对心理的、道德的、行为的反思描写得多一些，而对人物的行为本身写得少一些。

从揭示主题的角度看，它的高潮其实也可以说是在后面，就是：海丝特·白兰、牧师丁梅斯代尔还有他们的女儿珠儿，三个人一起站在当初海丝特被示众的那个刑台上，牧师在发表完长篇大论的布道词之后撩开衣襟，露出胸膛，倒地身亡。这一刻是作品主题上的高潮。

同样的例子还有英国浪漫主义诗人塞缪尔·柯尔律治的叙事诗《老水手谣》。

诗歌开头，一名老水手在半路上拦住了三位正赶往婚礼现场的宾客，非要给他们讲故事。虽然婚礼的钟声已经敲响，老人炯炯闪烁的目光还是吸引了大家的注意，大家感觉这个故事值得一听。

他急不可耐地讲了起来：在波涛汹涌的大海上，有一条船，船上有很多船员。航行一开始很顺利，但后来遇到了风暴、浓雾和飞雪，天气突然变冷。这时，船员们看到一只信天翁在船上方盘旋，信天翁引领水手破除迷雾，航行在正确的航道上。信天翁似乎是好运的象征，它每天出现，随船飞翔。讲到这里，宾客发现这名老水手的脸色突变，好像让魔鬼折磨得痛苦不堪。老水手说出了缘由：他用弩弓射死了信天翁。信天翁被无辜射杀之后，船只陷入死一般的静寂，困在海面动弹不得。船员置身于一种无可奈何、无以逃脱的困境。射死信天翁成了故事的转折点。

按照故事情节，这首诗歌的高潮应该是老水手杀死了信天翁。但实际叙述时这一情节在诗开始的时候已经过去了。这种讲故事的方法即倒叙，故事的高潮或者故事本身实际已经结束，是在作品的开头讲一个已经结束的故事。

他为什么见人就讲这个故事呢？作品的主题肯定不是像说杀死信天翁这件事本身那么简单，而是想说杀死它之后的后果。当时的后果是，航船一下子陷入绝境，船上别的水手都死去了，只剩下老水手一个人。

作为幸存者，他生不如死。这是这件事留给他的一个深远而难以磨灭的影响。他一直要面对孤独的痛苦和灵魂的拷问、面对谴责，他恨不得自己死去。这是一种幸存者讲故事的叙事顺序。他对故事不断反思，讲到他对大自然的敬畏、对美丽而快乐的生物的祝福，讲到自己的忏悔和祈祷。他的心中像燃烧一样痛苦，也许直到故事讲完方能罢休。这样，我们就明白了，他之所以硬要拉住参加婚礼的宾客听他讲杀死信天翁之后的海上经历，实际上是把讲述当作一种赎罪的方式。他不得不讲。在讲述的过程中，在对这件事的漫长的回忆和反思中，他经历了恐惧、惩罚，到赎罪、祈祷，再到心灵的净化和感恩。

他慢慢地认识到，不应该做那件事情。他要把他的教训告诉每一个人：

> 再见，再见！参加婚礼的宾客，
> 但这句话我要告诉你：
> 一个人要既爱人类也爱鸟兽
> 他的祷告才有效。①

------

① 本书作者自译。

　　从毫无道理地射杀海鸟，到领悟要爱惜万物生灵，诗人通过老水手的忏悔与救赎，探索了罪与罚的深刻主题，突出了爱的力量，传达了丰富的寓意和道理。听完老水手的故事后，本来要参加婚礼宴会的宾客陷入了沉思。

　　从叙述模式上讲，柯尔律治这首长诗有点像鲁迅先生的《祝福》，老水手讲故事的情节有点像祥林嫂问人死后灵魂是否存在，用意都在话外。在这样讲述的过程中，人物形象慢慢变得清晰，故事的内容和细节一点一点地展示出来。二者的不同在于，追问和讲述的对象与结果有别。《老水手谣》的讲述对讲述者和听者都起到了心灵的洗涤、反思和启示的效果；而《祝福》中的追问人则陷入了更大的心理恐慌，被追问者也愈发觉得无奈和叹息。

　　这种故事高潮在开始的情形，一般都是对某件事情的回顾和长久沉淀之后的思考，揭示了一种比较深刻的主题，启示我们重新看待人生。

第三章　人物：不断丰富的人生

　　说到底，作品最重要的不是作者的哲学观点（不管怎样，这些观点都将呈现出来），而是人物的命运及这些人物的做人准则，或慷慨，或固守诚实，或吝啬，或怯懦，在特定情况下对他们的益处和害处。作品最重要的是人物的故事。

——约翰·加德纳：《成为小说家》

约翰·加德纳（John Gardner，1933—1982），美国当代小说家，著名写作导师。主要文学作品有《格伦德尔》《十月之光》《阳光对话》等，创意写作方面的著作《成为小说家》《小说的艺术》影响巨大。

故事情节是随着人物展开并完成的。人物是小说的灵魂。作品中的人物要多样化，有发展变化的空间。从作品人物中，我们读到了不断丰富的人生。

　　一部作品的人物至少要有两类。有好坏正邪之分，有坚持与妥协之别，有复杂人物和简单人物、动态人物和静态人物的对比，这样才能构成矛盾冲突，推动故事的发生发展。作品主人公多是复杂人物、动态人物。作品主角也可以是动物、植物和小精灵，但是要采取拟人化的写法。塑造人物的方法有人名寓意、外表特征和性格描写等。

　　汤姆的形象在《汤姆·索亚历险记》中活泼可爱，在《哈克贝利·芬历险记》中却一成不变；哈克在《汤姆·索亚历险记》中形象单一，在《哈克贝利·芬历险记》中则不断发展。《红字》中的海丝特·白兰与《一位女士的画像》中的伊莎贝尔都得到了充分发展，而《儿子与情人》中的主人公保罗是未充分发展的人物。正是由于《哈姆莱特》主人公的复杂性，人们才说一千个人眼中有一千个哈姆莱特。

人物的划分

在文学作品中，尤其是小说中，我们除了要看情节是不是吸引人，还要看人物塑造得如何。一切的故事都是由人物演绎的，通过人物来展示。如果说情节是作品的脊梁，那么人物则是小说的灵魂。情节总是要通过人物来展开、推进和完成。

人物应该多样化，性格不能太单一。如果作品中只有一个主要人物，这个人物的性格一定要有发展，他的命运要有转变，他的内心要有波澜。如果有两个人物，则必然会产生对比、冲突或互补，比如一老一少、一男一女、一好一坏、一正一邪。总之，两个人肯定有不一样的地方，这才是两个人都能存在的必要之所在。按照人的品质，会有好坏之分、正邪之别；对一件事，有人反对、有人坚持，这样才能产生矛盾和冲突。即使两个人都是好人或都是坏人，他们对同样一件事也会有不同的思考和行为方式，这样才能产生张力，推进情节发展。

如果不按品质的好坏，而按人物性格本身划分，那么，作品中一般有性格比较丰富、复杂的人，同时有性格比较简单的人。所谓丰富复杂的人物，就是他的性格会不断发展变化，人物能够成长，有变化的空间和可能性。所谓性格简单的人物，就是他自始至终都是一个定型的形象。复杂人物又叫圆形人物、动态人物，简单人物又叫扁平人物、静态人物。一部作品必须具备人物的多样性，即使人数很少，也应该有性格的复杂性，各种心理层次都能描写到，这样才是合理的人物设置。

一些作品的主人公、主要角色也可以是精灵、动物，甚至是玩具、木偶等。比如，意大利童话《木偶奇遇记》里的主角就是木偶。美国作家杰克·伦敦写的一部小说的主人公是一条名叫巴克的狗。

这部小说是《荒野的呼唤》，巴克是一条具有狼的野性、被人收养驯化了的狗。巴克一方面保持着与人的亲密关系，另一方面保留着狼的原始野性，这样，它的性格就很复杂，有变化的空间。它所具备的这两种特性是故事产生张力和向前推进的前提。当巴克和人在一起的时候，狼的野性收敛起来，它表现出狗的忠诚和尽职尽守——在冰天雪地里帮主人拉雪橇，守卫主人的财产和人身安全。后来，它的主人死掉了，它失去了人对它的关怀和亲密关系，再也得不到从前主人给它的那么多的人类的关爱。当它遇见一个坏的主人打它、虐待它时，它的野性就被唤醒了。在听到一次次狼的嗥叫之后，它仿佛听到了同伴的召唤，于是终于释放了一直压抑着的野性，回到了荒野，恢复了十足的狼性。

作品的主人公是动物、植物、小精灵的时候，它必须具备人的品性，也就是必须采取拟人化的写法，就像《荒野的呼唤》里的巴克一样，有它的喜怒哀乐，有它对人世百态的判断标准，有它坚持的信条和价值观，而且具备性格发展的潜力和空间，这样才能够成为作品的主人公。

人物的塑造

　　人物的塑造即如何采用不同的手法，展示人物的性格、命运和形象。对人物性格最直接的展示就是人物的名字。在很多文学作品中，一看到名字就知道这个人的品质是好是坏、性格是简单还是复杂。这种以人名喻义的做法，非常普遍。比如上一章讲到的《红字》，女主人公海丝特的丈夫名叫齐灵渥斯（Chillingworth），意思是"寒冷、冷漠、令人恐惧"（chilling），这个名字给人寒风刺骨的感觉，他一出现就让人感到浑身发冷，以此说明这个人性格阴沉、冷漠。

　　《红楼梦》中的人名寓意非常典型。里面很多人物的姓名都有特殊的含义。小说开篇说，作者因曾经历一番梦幻，之后故将真事隐去……故曰真事隐去、假语存言。书中"甄士隐"就是把真事隐去，"贾雨村"就是假语存言。第一回的这两个人名就奠定了整部书的基调，那就是：亦真亦幻，似幻还真。书中的贾家与甄家相对，也是同理。贾府之"贾"未必"假"，似"假"（贾）还"真"，人"假"事"真"。贾府之贾就是这样。贾家四位姑娘的名字如元春、迎春、探春、惜春，各取一字，构成"原应叹息"，则表明作者对书中女子命运的感慨和对红楼一梦的伤怀。

人物塑造的另一种常见方法是描写外部特征。外部特征就是这个人的衣着长相、坐卧姿态、说话腔调、行为举止等。人物塑造在舞台表演上，体现在音乐、造型、语调上，都不一样。

人物塑造还有一个主要的方法是性格描写，通过情节来完成。情节发展和性格展示相互带动，人物的发展就是情节，情节的发展就是为了发掘和展示人物的性格。在文学作品中，最值得关注的人物就是性格有发展空间的人物，而非一成不变的人物。

《汤姆·索亚历险记》里，汤姆的形象很成功。他俏皮、机灵，比一般的小朋友聪明、勇敢，富有探险精神，敢于向女孩表白，敢去别人不敢去的地方。这是一个非常可爱的乡村儿童形象。

而在《哈克贝利·芬历险记》里，我们感到更可爱的人物是哈克贝利·芬。他在《汤姆·索亚历险记》里是个很平常的流浪儿，没人管，到处游荡，没有太鲜明的特点。到《哈克贝利·芬历险记》里，这两个人物倒过来了。哈克的性格不断发展，从一个跟一般白人一样有种族偏见的少年，变成一个敢于跟黑人做朋友，能够根据良知来判断自己该不该救一个黑人的人。随着生活经验的不断增长，他在大河上如鱼得水；在跟吉姆的一路漂泊中，不管遇到什么样的困难，不管遇到什么样的人，他都能应付。他完全融入现实生活中，能够审时度势，做自己心中认定的事情。

汤姆在《哈克贝利·芬历险记》里是个什么样的人？我们说过，这部小说采取了一种对称结构，它的主要部分在中间，前面是两人在村里游戏，后面是两人为拯救吉姆搞的一些小把戏。汤姆出现在小说的前后两部分，中间的高潮部分没有他。在前一部分中，他就像在

《汤姆·索亚历险记》里一样，是个孩子王，善于出主意，带着孩子们玩。但是，他的玩就是为了玩耍，是单纯的儿童游戏，没有太多能够引申出来的意义。到了最后一部分，他从家乡带来了吉姆自由的消息，是个很重要的信使角色，但却玩起了无聊的营救游戏。

哈克经历了那么多的风风雨雨，汤姆应该能够从哈克身上学到一些生活经验和对社会现实的理解，经历内心的成长和觉悟。而实际上，汤姆的那些游戏，完全是他从书本里照搬照抄的一套做法。比如，他非要把本来行动自由的吉姆用链子拴在床上；好好的饭不让吉姆吃，而要给他送去硬邦邦的或者难以下咽的东西；还有用小刀挖地洞等。把他和哈克一对比就会发现，这个人物好像静止了，永远也长不大。作为孩子，天天顽皮，会让人觉得可爱。可是，等到这两个小朋友当中的哈克长大了，见识过了家族世仇、醉鬼闹事、"国王"与"公爵"之类的骗子，成为一个经历过风风雨雨和生活磨炼的人，而汤姆满脑子还是从书本照搬的传奇和冒险一类的东西，读者就会越看越觉得单调，不管汤姆想出多少个花样，都会觉得这个人物的性格没有任何发展和进步。这是两个人物的转变：一个不断发展，所以越来越可爱；一个停滞不前，则有时令人乏味。

要之，人物塑造有两个原则。第一，人物要多样化，要有不同类型的人物。尤其是在一部小说中，要有两种以上的人物类型。既要有复杂的、动态的、圆形的人物，即性格有发展空间的人物，也要有简单的、静态的、扁平的人物，即性格比较单一、没有太大发展空间或者类型固定的人物。这样才可以构成人物的多样化。否则，只有一种类型人物的故事不会好看。第二，人物必须要有发展。主人公一般都是具有复杂性格的人物，而且他的性格会有发展。所谓性格发展，就是他的命运有起伏，故事会通过情节推动来展现他在不同情况下呈现出来的不同性格特征。

这两个原则是判断作品人物塑造成功与否的标准。比如《红字》中的女主人公海丝特·白兰，一开始是一个被惩罚的对象，是一个有罪的人。但是，随着后面的故事发展，她坚强的一面、忍耐的一面、善良的一面、包容的一面分别呈现。这些不同的性格特征，在不同的情况下慢慢展开。只有作品主人公的性格有一定的发展，才能揭示深刻的主题、传达丰富的思想内容。

《一位女士的画像》中的女主人公伊莎贝尔也是这样。一开始，她的性格很简单。小说里描写她有火一样的性格，很天真，想要看世界，按照自己的意志选择生活。这么一个性格简单、冒冒失失的美国女孩，不考虑一切现实的因素，包括金钱、地位、名誉，只是要看世界，要活出自己的个性。结婚之后，她慢慢地发现了丈夫的阴谋诡计，觉察到了她丈夫人性丑恶的一面，也理解了这个社会的危险性，理解了表兄对她的一往情深。当她看到那个天真无邪、需要保护的继女时，不管出于母性本能，还是由于她坚韧不屈的个性，或作为一个成熟女人应该承担的责任感，她各个方面的潜能都被激发出来。小说开始，她的生命意义只是一句口号："我要自己生活。"到后来，特别是到她表兄生命垂危的时候，在要不要回去探视的问题上，她和丈夫发生了冲突。与她少女时代的性格一脉相承，她坚强独立、敢作敢当的一面展现了出来。所以，她能够不计后果，不管丈夫说什么，不管回来之后丈夫如何对待她，都坚持要回英国去探视表兄，因为她觉得这样做是对的。这就和她开始的形象吻合上了。不同之处在于，这个决定是她自主的选择，她要为此承担后果，而和少女时代那种喊口号式的选择是截然不同的两个境界。

这样的主人公就是性格有发展的人物，这样的故事才好看。

未充分发展的人物：《儿子与情人》

　　还有一种人物类型，他的性格特征发展不彻底，读者读完作品后会感觉意犹未尽。作品完结了，但是问题没有解决，人物的性格没有得到充分发展，他还有需要面对的问题。一般写出这种人物的作家还得写下一部作品。比如劳伦斯的《儿子与情人》，这部小说中塑造的几个人物都存在性格发展上的不充分性。

　　第一个形象是母亲莫雷尔太太。在小说中，她的存在影响到她周围所有的人。由于对丈夫心怀不满，她把全部的感情倾注在儿子身上。她牢牢地掌控着儿子的感情世界，一个又一个地挫败儿子的恋人，使自己占据着他们感情生活的中心。大儿子威廉曾经是母亲的骄傲，他在伦敦的律师事务所谋得一份让人羡慕的工作，但是，在情人和母亲之间挣扎令他身心交瘁，最终他英年早逝。在大儿子去世之后，母亲把全部的感情倾注在二儿子身上，比她对大儿子的感情强度有过之而无不及。二儿子保罗很争气，学习很好，还在绘画比赛中得过奖。母亲很爱他，他也很爱母亲。随着一天天长大，他开始接触除母亲之外的其他女性。

　　母亲把儿子的女朋友米丽亚姆当作潜在的对手，因为后者会争夺儿子的感情。一见面，母亲就感觉米丽亚姆是一个精神力量非常强大、聪明能干的人。母亲马上感受到很大的威胁。最后，保罗只好和米丽亚姆分手。保罗后来又找了一个女朋友克拉拉。克拉拉是个已婚女人，正在和丈夫分居。母亲对克拉拉在心理上的防范稍微放松，觉得这个女人夺不走她儿子的心。

母亲无法改变自己的生活；除了牢牢抓住她的儿子，她看不到别的希望。"我等，"莫雷尔太太自言自语地说，"我等，我等的决不会来。"① 这一句最恰当地诠释了她的状态。

第二个未充分发展的人物是主人公保罗。他一出生，就置身于一个父母总处于敌对状态的家庭环境中。作家说，这个小孩从娘胎里就继承了母亲对父亲的仇恨。这是失败的父子关系。他当时根本没有意识到对父亲的需要。于是，这种天然的父子关系的纽带——对一个男孩成长必不可少的纽带，在没有萌芽时就被斩断了。等到他要恋爱了，他便感觉母亲对他的影响成为一种无形的压抑、一种令人窒息的母爱，无处不在，无从摆脱。

这种对母亲过于强烈的爱和依赖，直接影响保罗与同龄女孩的交往。具体的表现就是他谈恋爱的时候会感觉到心理空间不够，容不下别人。他在和女朋友在一起的时候，总对母亲有愧疚感。这种强烈的母子之爱连他的女朋友米丽亚姆都能感受到。两人恋爱中有这样一段对话：

"你瞧，"他说，"说到我——我认为没有人能独占我——成

---

① 劳伦斯 . 儿子与情人 . 张禹九，译 . 上海：上海译文出版社，2007：8.

为我的一切——我认为永远也不会。"

这是她没想到的。

"是的，"她喃喃地说。她踌躇片刻后望着他，那对黑眼睛一亮。

"是你母亲，"她说，"我知道她根本不喜欢我。"①

这是一种情感上的独占带来的紧张。母亲在很深的心理层面，影响着他的无意识。保罗只能寄希望于在他女朋友那里得到一种精神的放松和情绪的宣泄。这是他在恋爱中的内心诉求。

米丽亚姆的家在农场上，这里视野开阔，空气清新。保罗一去她家就特别高兴，把自行车随便扔在草地上，跑进屋里。农场上盛开着朵朵鲜花。两个人随兴所至，无拘无束，可以光着脚来回走，尽情留恋漫步。他喜欢这种感觉，他来这里能够享受自由、放松。他非常爱他们那个家，爱那个农场，觉得那是世上他最心爱的地方。

他自己的家在矿工镇上，住的是那种一排一排的房子，整齐而拥挤。米丽亚姆一进他家就觉得，空气中有一种让人喘不过气来的东西。最后，她明白了：那是他母亲无处不在的目光，盯着看谁想把她儿子抢走，让被她凝视的人如芒在背。这是一种感情上要完全占有的让人窒息的压抑之感。

米丽亚姆也是一个没有得到充分发展的人物。她怀有崇高的志向，内心充满了对知识、对学习和对外部世界的渴望，是劳伦斯后来笔下系列女性形象的雏形。

---

① 劳伦斯．儿子与情人．张禹九，译．上海：上海译文出版社，2007：200.

　　她想要受到尊重。她要学习……她无法靠财富和地位成为公主。所以她急切于获得学识，以此自豪。因为她与众不同，务不可与庸碌之辈为伍。唯有学识能使她获得梦寐以求的盛名。①

　　然而，米丽亚姆也有自己的困境。她喜欢读书，她有强大的精神力量，希望自己走得更远，走出这个农场，看到外边更精彩的世界，但是她走不出去。所以，她把保罗看作与外部世界联系的一个纽带。她每天等他放学，如饥似渴地读他学过的课本，迫不及待地问他当天的学习内容，跟他探讨拉丁文、文学、绘画等各个方面的话题。她像海绵吸水一样汲取知识的滋养。

　　保罗觉得她有无穷无尽的问题要问自己——他来是想让别人听他说话的，想让别人接纳他。他本身还有很多困惑，他自己都搞不明白。这两个恋爱中的人，一个是有所要求的人；另一个是还没有准备好付出，没有成熟、长大、坚强到能够帮对方解决困惑的地步。也就是说，这是两个充满困惑的年轻人在恋爱，各有诉求，但都难以满足对方的诉求。

　　在此，我们来解读一个细节。《儿子与情人》第八章的标题是"米丽亚姆的失败"，写的是保罗和米丽亚姆散步时，看到一丛水仙花，米丽亚姆跪在花前：

　　　　两手捧着一朵怒放的水仙，掬起金色的花蕾，弯下腰，用嘴、脸、额抚爱它。他站在一旁，两手插在口袋里，望着她。她

---

　　① 劳伦斯.儿子与情人.张禹九，译.上海：上海译文出版社，2007：140.

深情地将一朵又一朵金黄、绽开的花蕾朝他掬去，百般抚爱，一直不停。

"你喜欢就喜欢呗，就不能不攥住它们，像要把它们的心都掏出来不可？为什么就不能更加克制一点儿，更有分寸一点儿，或者什么的？"

她心中充满苦楚，抬头看看他，然后用嘴唇又轻又慢地去爱抚一朵起了皱的花朵。她闻花时，那芳香比他更富有柔情；这几乎使她哭泣。①

米丽亚姆对花的这种态度，表达了她心里的纠结。保罗不理解她。作为一个情窦初开的少女，到了这个年龄，面对身边自己喜欢的人，想表达出来。男朋友却听不懂，不愿意从那方面理解。她只好抱着鲜花，表达自己的感情。这叫移情，转移一下表达的对象。但保罗不解风情，反倒说她"像个乞求爱情的叫花子"，认为她爱抚、亲吻花朵的行为太过分，好像要用这种方式填补自己缺乏的爱。他不明白，她所缺少的正是等待他填充的爱。

这两个人的感情是不对等的。一个人倾进了自己的全部——作为一个恋爱中的女孩，米丽亚姆表达了自己所有应该表达和能够表达的想法。而保罗却不能理解她这种深情。

在与保罗这个尚不成熟的年轻人的恋爱中，在与他的母亲对保罗的情感争夺的较量中，米丽亚姆毫无悬念地失败了。保罗对米丽亚姆说，他只能给她友谊，他只能做到这一点。他明白这是他性格上的缺

---

① 劳伦斯. 儿子与情人. 张禹九，译. 上海：上海译文出版社，2007：213.

陷，但他无能为力。

青梅竹马、两小无猜的爱情就这样被他终结了。保罗在给米丽亚姆写的断交信中说："你是个修女"。所谓修女，他表达的意思是说她过于看重精神生活，而不能够让两人的关系更亲密一些，这让米丽亚姆很受伤。两人分手后，保罗回到母亲身旁。

> 跟她的关系才是他生活中最牢固的关系。他想着想着，米丽亚姆在他心中渐渐消失。他对她有种模糊、不真实的感觉。别人都无足轻重。这世上有一处固若金汤、不会化为虚幻：他母亲所在之处。在他心目中，别人都会变得模糊虚幻，几乎就不存在，但是她不会。仿佛，他母亲就是他生命中的中枢和支柱，他少不了也摆不脱。[①]

母亲去世之后，米丽亚姆又来找他，说他现在要做什么都可以。保罗却觉得她的感情是牺牲自己，把自己奉献出来。他不喜欢这样。他认为这种爱情不自然，感觉像灵与肉的分离。实际上，恰恰因为他在内心深处不能够把二者统一起来，所以他才把一个很健全的女孩看成简单的精神象征。灵与肉的统一是他向往的爱情，但当时的他还没有这样的心智去认识。

保罗认识不到米丽亚姆的奉献的意义和感情的价值，同样，米丽亚姆也不能理解保罗对待爱情的态度和立场。她把自己的爱当作一种牺牲，而他却不需要。她为此困惑而无奈。这两个都是未充分发展的

---

① 劳伦斯. 儿子与情人. 张禹九，译. 上海：上海译文出版社，2007：217.

人物。两个人对于他们的恋情都难以推进。

了解了保罗的思想和情感状态，他和第二个恋人克拉拉的关系就很好理解了。他的灵与肉是分离的，他对克拉拉是一种肉体的需要，所以可以和她在一起。当时，克拉拉和丈夫处于分居状态，她对这种关系也有所期盼，她想借此找回作为女人的信心，感觉自己是一个完整的人。保罗能满足她的期待吗？显然不能。因为他的心完全属于他的母亲，正像他不可能全身心地艾米丽亚姆，他也不能很投入地爱克拉拉。

在保罗身上，维系着三个女人的爱。他母亲把一生的希望寄托在他的身上，他的女朋友米丽亚姆把他看成学习、求知的通道和精神寄托，他的情人克拉拉把他看成获得一种完整人性的体现方式。三个女性的不同希望都寄托在这一个人身上。他承担不了这些希望，想要挣脱。最简单的办法是放弃，从这些关系中解脱。小说的进程是保罗的母亲去世，因为所有的矛盾纠结都在她身上：母子之间如情人般的依恋，成为儿子和女朋友、情人之间难以达到灵与肉的统一与共鸣的障碍。

小说最后，人物关系进行了重新界定。保罗和女朋友米丽亚姆的关系彻底结束了。米丽亚姆留在农场，她的生活没有改变。保罗对女朋友没做任何贡献，只是激起了她的希望，然后又使她希望湮灭，他抛弃了她。他让克拉拉回到她的丈夫身边，让两个人复合——他的这个决定很有意思，可能他觉得这样对她丈夫才公平。在潜意识里，这也可能是他对父母关系的一种补偿：他同情克拉拉的丈夫。那克拉拉从他们的关系中得到什么呢？也是回到了原点。保罗并没有像她所希望的那样，给她带来太大的改变。保罗把爱他的女人都推回到了她们原来的地方。

这三位女性有性格上的相同之处，也有命运上的相似之处。她们性格上的相同之处是：都有一种不满足于现状的要求，都有要改变命运的要求。命运的相似之处是：尽管原因不同，但结果她们都被保罗推回到了各自原来的地方。不同的原因背后都有复杂的因素，这是一种超出了她们各自能力的、个人无以解脱的矛盾冲突。

每个人都希望借助保罗摆脱自己原来的状况，并且都尽了各自最大的努力、牺牲和尝试。母亲通过她的儿子，米丽亚姆通过她的男朋友，克拉拉通过她的情人——这是保罗在家庭和社会中的不同角色。但她们最终都没有摆脱原来的处境，只能说明这种压力十分强大，把一个人的梦想点燃，又击碎。所以，人和社会之间的关系还需要调和、理解，需要更深刻地探讨。

而保罗之所以没法承担别人对他的希望，是因为他不能认清她们的真正处境，不了解这三个人的困境。他只是一个懵懵懂懂的、成长中的大男孩，他有自己的困惑，不足以承担她们的希望和寄托，没有能力拯救别人。他自己还很脆弱，他自己也在艰难地挣扎、充满困惑地探索。

小说的倒数第二章，虽然以"解脱"作为描写母亲去世的标题，但实际上，保罗难以解脱。母亲的去世使保罗成了"被遗弃的人"（最后一章的标题）。他自己觉得母亲虽然不在了，但是这种悲痛需要很长时间才能抚平。小说的结局是他朝着城市走去。如何独立地在城市中生存，是以后的作品的内容。

所以，《儿子与情人》虽然是个恋爱的故事，然而，这种所谓的恋爱并不成功。虽然小说中有"情人"，但是，主人公自始至终是"儿子"这个角色。主人公在小说的开始是"儿子"，到最后还是"儿子"，并没有成长为一个意气风发的年轻人。所以，他的路还要走下去，他在以后的探索中情感还要成长，他的性格还应该有所发展。

我们称这类人物为未充分发展的人物。这类人物的性格没有得到彻底地发展和极致地展现。这和作家当时的创作状态有关。这是一些作家青年时代或者早期作品的特征；等到作家的盛年或创作的晚年，就不会有这种情况出现。

关于劳伦斯初期作品中的人物不能得到充分发展的原因，我们在后面的第八章"背景：站着与坐着大不同"中还会进行探讨。劳伦斯的小说以后将全面、深入地揭示女性的矛盾和困难，也表现她们的坚强和独立。同样，他的男性人物会继续探索，越来越有能力承担他的责任、保护他爱的人。作家和他的主人公都需要成长。

为什么一千个人眼中有一千个哈姆莱特

《哈姆莱特》是莎士比亚的代表作，也是他的四大悲剧中最著名的一部。关于《哈姆莱特》，我们经常听说的一句话是：一千个人眼中有一千个哈姆莱特。这既说明人们对这部剧有多种不同的理解，也说明哈姆莱特这个人物形象的丰富性和复杂性。

从戏剧内容上讲，哈姆莱特是一个复仇者。丹麦国王老哈姆莱特去世，弟弟克劳狄斯继承王位，且娶了兄嫂即原来的王后葛特露德为妻。老国王之子哈姆莱特怀疑父王的死因。老国王的魂灵夜半现身，告诉哈姆莱特他是被弟弟谋杀身亡，要哈姆莱特替他报仇。新国王招一个戏班进宫演出，哈姆莱特命戏班加演国王被谋杀的戏中戏。根据克劳狄斯的现场反应，哈姆莱特的怀疑得到证实。他言语粗暴地拒绝了恋人奥菲利娅，又误杀了被克劳狄斯派来刺探他状况的御前大臣波罗纽斯。克劳狄斯派哈姆莱特出使英国，欲借机将其处死。哈姆莱特机智脱险，返回丹麦。奥菲利娅因忧伤过度而溺水身亡。克劳狄斯安排奥菲利娅的哥哥雷欧提斯用毒剑与哈姆莱特决斗。结果，雷欧提斯中剑身亡，哈姆莱特也被毒剑刺伤，死前他杀死了克劳狄斯。王后误饮了克劳狄斯给哈姆莱特准备的毒酒，也当场死去。复仇的起因、进程和结果构成了戏剧的主要情节。哈姆莱特自始至终都在为复仇做准备，他的行动和思想都受此支配，他的生命也因此终结。

在复仇的过程中，哈姆莱特是一个审慎的求证者。为了探寻父亲的死因，他在深夜等候与亡灵对话。为了验证事情的真相，他想方设法在宫廷的戏剧演出中加入弑君情节试探自己的叔父。他怒不可遏地质问母亲匆忙改嫁的原因，指责她对父亲的背叛。在险象环生、危机四伏的处境中，他收敛自己的痛苦，佯装疯癫，应对大臣的刺探。他甚至对自己心爱的人出言不逊，掩饰自己真实的情感。他通过自己的求证获得真相，以此为依据，决定自己的行动。

在求证的过程中，他经历了自己的成长。哈姆莱特作为一个风华正茂、正在求学的王子，突遇家庭变故：父王暴死，叔父继位，母后改嫁叔父。可以说，他的世界彻底颠覆。他需要重构对父亲的形象记忆，需要重构对叔父、对母亲的看法，需要重建他的世界观、人生观。当他的国王叔父当众亲切称他"我的侄儿，我的孩子"的时候，哈姆莱特在剧中的第一句话却是"超乎寻常的亲族，漠不相干的路人"①。在颠倒的个人世界里，他看到了颠倒的乾坤和危机四伏的险境。他说丹麦是一座大监狱。剧中的其他角色都在按照各自的身份、地位、道白表演，唯独哈姆莱特不为表象所遮蔽，总能够一语中的，道出表象背后的实质。

因为他的王子身份，在危机四伏的宫廷中，他身处险境。他要时

---

① 莎士比亚.莎士比亚全集：IX.朱生豪，译.北京：人民文学出版社，2014：103.

刻面对宫廷的阴谋，既要认清敌友，衡量敌我力量的对比，又必须考虑王位的继承，保障王国的未来与边境的安定。他不能贸然出击，也不能畏缩逃避。他要寻找适当的时机。在险象环生的宫廷和错综复杂的权力斗争中，他承受重负，经受考验，不断加深对现实的认识，不断增长他的智慧和才干。

在探明真相之后，哈姆莱特成为一名果敢的行动者。待他认清了自己的处境和使命所在，他果断地处理了国王派出和他一道去英国的两个使臣，只身返回祖国。在恋人的葬礼上，与恋人的哥哥发生冲突之后，他勇于迎战，在决斗中了断一切，结束纷乱局面。在临死之前，他又为王国的前途做好了安排。真的勇士，勇于迎战，敢于牺牲。

哈姆莱特是一位思想者。他善于思考且不断觉悟。在行动过程中，他开始了心理探索和人性拷问。他推翻了对世界、对人性的已有的认知，根据自己的观察和求证重建人际关系、重建对世界的理解和对人性的判断；他思考自己的命运和王国的前途，追问生的价值、死的意义。越到后来，他越是多思、少行，仿佛一切的意义都在探索过程中。哈姆莱特由复仇者变成了思想者。

哈姆莱特的生命以学子始，以斗士终。面对家仇、情爱、国事，他有过犹豫，他有过延宕。他的成长中包含了对个人得失和国家前途的考量、对亲情和爱情的舍离、对命运顺承与违逆的思辨、对人性的洞察和人的觉悟，也包含了慷慨赴死的勇气和舍生取义的决心。这是一个思想者的生命，也是一个觉悟者的命运。

在哈姆莱特身处两难选择困境时，他既探索生之意义，也追问死的价值：

> 生存还是毁灭，这是一个值得考虑的问题；默默忍受命运的
> 暴虐的毒箭，或是挺身反抗人世的无涯的苦难，通过斗争把它们
> 扫清，这两种行为，哪一种更高贵？死了；睡着了；什么都完
> 了；要是在这一种睡眠之中，我们心头的创痛，以及其他无数血
> 肉之躯所不能避免的打击，都可以从此消失，那正是我们求之不
> 得的结局。死了；睡着了；睡着了也许还会做梦；嗯，阻碍就在
> 这儿：……①

这段著名的内心独白体现了他的困惑和犹豫。作为有仇要报、承
担家国使命的王子，他在复仇行动中一再延宕、犹豫，因为对于生
死，他难作取舍。"生存还是毁灭"，这样的生死抉择体现在哈姆莱特
的身上，就是在国难家仇中，面对要求自己复仇的亡父灵魂，面对杀
父娶母的叔叔，面对心灵、道德、人伦、责任等方方面面的拷问与衡
量。这个问题其实贯穿了这部戏剧的始终，这种思虑左右着他的行
动。结束生命，这看似最为轻易的选择，却因为对死后世界的一无所
知而最令人困惑。每一种选择都要承担相应的后果。

哈姆莱特之问是对生命、命运、天地和世事之问。世事流转，
人生短暂。生命的保全与舍弃，命运的顺承与违逆，不能不引发
感慨。"死生亦大矣！"《哈姆莱特》写出了心灵的考验、命运的追
问、家国的情怀、面临困境时的抉择，以及对于承担后果的态度、

---

① 莎士比亚. 莎士比亚全集：Ⅸ. 朱生豪，译. 北京：人民文学出版社，2014：
150.

勇气和必要的牺牲。哈姆莱特的追问表达了每一个普通人的困惑和彷徨。

"生存还是毁灭，这是一个值得考虑的问题。"（"To be，or not to be，that is the question."）这句话的意思很多，这是其中一种译法。把"生存还是毁灭"译为"生，还是死"可能更为直接。它的意思还可以引申为"要这样，还是那样"，等等。对我们每一个人来说，这也是一个可以进行不同选择的问题，比如，找个单位上班还是自己创业，继续上学还是工作，恋爱关系要维持下去还是该结束，如此等等。当我们面临这些选择的时候，都可以套用这句话。

面对这一问，我们能否独立地思考、审慎地求证，竭力探寻真相？在做出取舍时，我们能否承受种种矛盾和利益的纷争、良心和意志的考验，能否承受相应的代价和牺牲？哈姆莱特之问是每个人都可能面对的选择与取舍。正是哈姆莱特的思考和觉悟，让他的命运不再成为一个个案和特例，而使哈姆莱特王子变成了每个人的哈姆莱特。哈姆莱特是我们每一个人。

哈姆莱特在选择中，时常陷入双向思维的自我矛盾中。双向思维即他总是同时看到一件事情的两个方面：既看到其利，也看到其弊。他的话也时常正反相对，同时表达两种相反的观点。比如哈姆莱特的这一段话：

> 人类是一件多么了不得的杰作！多么高贵的理性！多么伟大的力量！多么优美的仪表！多么文雅的举动！行为多么像天使！智慧多么像天神！宇宙的精华！万物的灵长！可是在我看

来，这一个泥土塑成的生命算得什么？人类不能使我发生兴趣……①

很多人很喜欢这一段话的前一部分，觉得哈姆莱特是在赞美人的伟大，却很容易忽视他后面的话："可是在我看来，这一个泥土塑成的生命算得什么？"我们把这一段话合在一起，才是他的完整思想。他正反两说，自己否定自己，既赞美又嘲讽，说明了他在探索中的彷徨、矛盾和苦闷。这里也能够看出《哈姆莱特》的丰富性和复杂性。这样的双向思维导致他的迟疑不决，也使他的行动和思考具备了开放性、思辨性和哲理性。所以，哈姆莱特替我们提出了问题，却没有提供答案，这答案在于每个人的自主选择。

从性格表现上看，哈姆莱特是一个犹豫不决、迟疑拖延的忧郁者。人们对他的忧郁和不断推迟复仇的原因，有很多大相径庭的解释。有人说他瞻前顾后，思虑太多，导致行动迟缓。他第一次复仇机会是在叔父祷告时，这时的叔父陷入罪恶的自责中，正跪地祷告，对身后持剑的哈姆莱特毫无防备。哈姆莱特却不愿意在这时杀死他，因为据说杀死一个正在祷告的人就等于送他上天堂。那样的复仇虽然痛快，却与哈姆莱特的初衷相违背——他的复仇是要送仇敌下地狱。

有人说他的思虑源于他相信君权神授的命运观：国有难，王室有罪，需要用王室的血才能洗涤干净；王子是与国王血缘最近的人，他

---

① 莎士比亚. 莎士比亚全集：Ⅸ. 朱生豪，译. 北京：人民文学出版社，2014：137.

的死是一种必要的献祭。他清楚刺死叔父之后自己也必然牺牲。他之所以犹豫彷徨，因为他看到了自己的命运。

哈姆莱特的复杂性不仅在于他的复仇所面临的复杂局面，更在于他由自己处境的改变而生发的思考和追问。由于哈姆莱特特殊的王子身份，家事亦国事，家与国相关联，个人生命与国家前途结成一体。在复仇过程中，哈姆莱特经历了亲情舍离、别恨情仇，体会了宫廷权谋、政治韬略，忧虑个人命运、家国前途。他思之深、虑之远，欲探求细微的儿女私情，父子、夫妻、叔侄、兄妹、母子等人伦关系，又欲穷究生死的价值，追问人与世界的关系，乃至人在宇宙中的地位。随着哈姆莱特思考问题范围的扩大和行为方式的转变，他把个人复仇的外部行动变成了内在的省悟，他由一名复仇者变成了思想者。

原来流传的《哈姆莱特》原本是一个丹麦王子复仇的故事，经由莎士比亚的妙笔，这部由王子寻找复仇策略和时机的复仇剧、宫廷剧、政治剧变成了一部思想剧、探索剧、哲理剧。哈姆莱特成为审慎的求证者、忧郁的思想者、迟疑不决的拖延者，同时又是果敢的行动者。他在宫廷斗争中成长，在家仇国恨中醒悟，在天问地设中探寻，在生死抉择中奋起。哈姆莱特的形象成为人类的思想能力、探索求证的勇气和果敢行动的证明。由于他的追问具有普遍的意义，涉及每个人的选择和思考，这使他成为人人的哈姆莱特，成为千人千面的哈姆莱特。

人物是作品的灵魂。人物推动情节发展。无论一成不变的功能性角色，还是动态多变的人物；无论是对动物、植物的拟人化手法，还是采用具有特殊寓意的人名、外表特征和性格描写；无论充分发展的人物，还是未充分发展的人物，或者是千人千面的复杂人物，对理解作品都有不同的作用。

从作品的人物中，我们体会到不断丰富的人生。

第四章　主题：包罗万象的思想

世界上最崇高的心灵从来没有停止过探索每一种感性事实的双重含义，或者我要说四重含义，或者更多更多的含义。

——爱默生：《诗人》

拉尔夫·沃尔多·爱默生（Ralph Waldo Emerson，1803—1882），美国诗人、散文家、超验主义思想的代表人物，主要作品有《论自然》《随笔》《生活准则》等。

主题是作品的中心思想，也是其他要素展开的连接点、推动力的源泉和导向。一切要素都要围绕着主题展开，这些要素也都是为了说明主题思想。因为主题的存在，其他要素才统一在一起。

所有人生的重大问题都可以构成作品的主题，比如生老病死、爱恨情仇、自然与社会、文明与野蛮、战争与和平、性别与种族、地域与身份等。主题是各种要素综合互动的结果。主题帮助我们深刻地理解人生，加深对人类境况的透视和对人性的剖析。通过不同主题，领略包罗万象的思想，这是文学带给我们的最大益处。

《红字》揭示了罪与罚的关系，证明了向善的力量和人性转变的可能。《呼啸山庄》讲述了如飓风一般的爱恨情仇，也展示了温情与专横、占有与自由的角力。《老人与海》通过一场人与鱼的殊死较量，展示了劳动与经验、勇气和尊严，以及生命的循环与关联。一首隽永的小诗《未走之路》则道出了人生抉择的意义。

主题的设置

我们小时候读文学作品或写作文，老师都要问：它的中心思想是什么？这个中心思想就是作品的主题。它是作者要传达的思想，以及读者对作品的感悟和阅读后的主要收获。故事情节、人物、视角、象征和背景等都是为主题服务的。

作品的主题和内容是两个不同的概念。内容即作品描写的是什么，是故事和问题的展开；主题是通过这个故事，我们了解、体会到了什么，是思想的提炼和升华。对内容的看法，即作品就这些问题所表达出来的思考，和我们通过阅读作品得出的对这些问题的看法，就是中心思想或主题。

举个例子，从内容上看，《简·爱》是一部爱情小说，《呼啸山庄》也是一部爱情小说，这是指它们的内容。可以说，这两部小说的内容都是关于爱情的。但是，这两部作品的主题不一样：《简·爱》描写一名女性的成长，以及她在不同时期对爱情的态度和观念的转变——从朦胧的向往，到现实的认识、人生观的判断，最后是自觉的回归；《呼啸山庄》则是由爱转到恨，由恨转到复仇，由复仇转到毁灭，再到和解。所以，虽然两部作品内容都是关于爱情的，但主题不同。

主题是对故事内容的看法和观点，是作品表达的中心思想，也是其他要素，比如情节、人物、视角、象征等展开的连接点、推动力的源泉和导向。一切要素都要围绕主题展开，这些要素也都是为了说明主题思想，这是一个原则。也就是说，之所以设置这样的人物，之所以安排这样的故事情节，之所以从这个视角（如第一人称、第三人称、主人公或者次要人物的视角）来展开叙述，之所以这些事物有不同的象征，都是为了服务于主题。因为主题，其他要素才统一起来。所以，主题的设置或产生是各种要素综合互动的结果。很多作品有多重主题，可以从不同的角度来理解。只要能言之成理、持之有据，对主题的理解都是正确的。

主题具有普遍性。只要是我们人生中遇到的问题，比如生老病死、爱恨情仇、自然与社会、文明与野蛮、战争与和平、性别与种族等，都可以构成文学作品的主题。主题可以帮助我们深刻地理解人生、剖析人性，拓展我们的心理空间，丰富我们的思想容量，同时帮助我们学习和理解作家的洞察力，反观自身，并透视人类的境况。无论是一篇短的诗作，还是一部长篇小说，不管它是三五行，还是几百页，读完之后，如果我们能够了解到它的中心思想，这就是阅读的主要收获。

罪与罚:《红字》

我们前面讲《红字》的情节设置时说，在故事开始时，它的高潮已经过去了。在讲人物塑造时说，海丝特的丈夫一开始是个值得同情的对象，后来他一心复仇，变成了一个邪恶的人。海丝特本来是因罪而受惩罚的女性，后来则成为一个坚强而值得尊敬的人。那么，通过这样的情节设置和人物描写，作者要传达什么思想？《红字》的主题是什么？实际上，它有很多主题。

对《红字》主题的一般理解是，这是一部探讨罪的作品。但是，通过它的高潮设置，说明它描写的不是罪本身，而是罪的后果、罪的影响和对罪的反思。它的内容写的是一个女人犯了罪，但作品主题是更为深刻的关于罪与罚对人性的影响。这一事件影响到了她的丈夫、她的情人、她的女儿，以及当地人对她的看法。各种人对这件事的不同态度，及其带给每个人的不同影响，是人性的集中展现。所以，这部小说的主题是罪与罚，及其带来的后果与反思。

那么，对于那些没有犯通奸罪，但也许别的罪行的人，看到了主人公受到的惩罚，会不会同样反思自己的罪行？罪和错误是让人堕落、一蹶不振，还是让人从中吸取教训、变得更加坚强？这种反思能否让人更加纯洁自身，荡涤心灵，更加勇敢、坦诚地面对人生，并且想办法弥补过失与罪责，然后做一个让自己心安理得的人、一个为大家所原谅和被社会接受的人？如果理解到这种程度的话，那么这种罪就不仅仅是通奸罪，而是任何一种罪，甚至于不只是罪行，而可能是任何一种过失与错误。对于任何一种过错，都可以这样来理解。

这是一种被揭示出来的罪。另外还有没有被揭示出来的罪？只有自己知道，别人不知道，但是自己内疚得不得了，难以释怀。对于这种情况，是不是也能够从《红字》里边得到启发呢？没有受到惩罚的罪，是不是也会对人的性格、人生态度以及对人性的理解产生一定影响呢？这类人很多，这样的事情就更多了。那么，如果再推而广之，不管有罪还是没有罪，每个人总有一件事会对自己产生负面的影响，昨天的事总会对今天、对明天产生影响。过去做过的不好的事，对今天的影响是什么？是让自己更加消沉还是更加坚强？以往的经历能否让自己认清自己的弱点、缺陷，改过自新，加以弥补，走上一条不断自我完善的道路？这样的思考就不是罪与罚的问题，也不是过失的问题，而是人性的自我觉悟、人生的自我完善。

理解到这种程度，这部小说就更有意思了。按照基督教思想，人生下来就是有罪的，这是一种原罪。人之所以有原罪，是因为亚当和夏娃在伊甸园偷吃了禁果，被上帝逐出了伊甸园。既然每个人都是有罪的，那么，故事一开始，海丝特的处境就是人类普遍的状况，是每一个人都要面对的；不仅是基督徒需要面对的，也是所有的人都需要面对的。不仅是有罪的人应该有这种自我觉醒、自我成长、自我完善的过程，所有的人都应该反思自己的处境。把这个问题推广到人类的普遍状况，也就是每个人都要对自己的过去，包括昨天之行为对今天之影响有所反思。这个过程则可能是一个自我堕落的过程，像海丝特的丈夫一样；可能是自我惩罚的过程，像那个牧师一样；也可能是自我救赎的过程，像女主人公一样。

面对过去，人有不同的选择。这是这部作品给我们带来的启发。如果我们的视野更加开阔，那么任何一部作品，其实都可以对我们的成长，对我们的觉醒、觉悟和自主行为起到一定的作用。

这部作品还写到欲望与克制、冲动与压抑的冲突，以及改过的决心和向善的力量。只要诚心思过，从善而为，只要不断地改正自己的错误，从错误中吸取教训，不管错误多么严重，都有自我救赎的可能。这样，从作品中，我们还可以读到人性的转变，不管过去多么丑恶、多么不堪，都能改正。从小说中的几个人物身上我们看到了不同的情况，这些不同的情况都基于他们自己的选择。女主人公所选择的是一条自我救赎、自我改进、自我完善的道路。她做到了。我们能做到吗？每个人都有一种可能性：改善人性的可能性，改变自己的可能性。在欲望和克制的角力中，我们可以做得更好。这样一部作品的主题是多层次的，我们可以从不同的角度来解读。

柯尔律治的《老水手谣》在叙事结构上和《红字》相同，都是高潮在作品之前就过去了，后来的故事就是对那件事情的反思。它的主题不是描写航海，也不是描写猎射海鸟，而是通过这件事，表现超自然的力量给人类警示。人不应该轻易犯那样的错误：不假思索、全凭一种莫名其妙的冲动，只因为自己有能力拉弓射箭，就把一只自由飞翔的信天翁给射下来。"能力越大，责任就越大"，这是电影《蜘蛛侠》里的一句话。一个人如何运用自己的责任和能力，如何合理、有度地使用，也是这部作品的主题。除了对上帝的敬畏、对超自然力量警示的一种反思之外，更现实的启发是：正确使用你的能力，不可滥用。除此之外，从老水手身上，我们得到的启发是：如何通过不断地讲述，传递自然的警示；如何通过告白自己的罪过，来接受惩戒、洗净罪责，获得心灵的平衡和救赎。

爱如飓风：《呼啸山庄》

　　爱也有正反两方面的力量。《呼啸山庄》讲的是两个庄园三代人之间的故事，是由爱而引发的一部主题错综复杂的作品。

　　它的第一个主题是爱。爱有很多种，还有很多不同的层次。按照故事发生的先后顺序，可以这样讲：很久以前，呼啸山庄的老庄主恩萧收养了一个流浪儿，名叫希刺克厉夫。老庄主自己有儿有女，他却收养了一个流浪儿。他这种行为是一种大爱、慈爱、博爱。

　　希刺克厉夫的性格比较狂野。老庄主恩萧家的女儿凯瑟琳的性格也是如此，她自由奔放，喜欢无拘无束。呼啸山庄坐落在狂风呼啸的荒原上，是一座孤零零的庄园，以岩石荒草为伴，周围环境荒凉、粗犷。两个人在荒野上随心所欲地奔跑嬉戏，情投意合，相互倾慕。这是一种两小无猜式的爱恋。

　　等到凯瑟琳长大了，女孩子有女孩子的心思。有一天，她到了另外一个庄园画眉田庄，听到了美妙的音乐，看到了盛大的舞会，她很羡慕。画眉田庄里的温馨优雅和呼啸山庄的氛围截然不同。那是一种彬彬有礼、受人尊重的生活。这样，凯瑟琳身上出现了两种情绪。一方面，她遵从内心的天性，喜欢希刺克厉夫。按照她的话说，她跟希刺克厉夫就是一个人的两个面，谁也离不了谁。她就是他，他就是她，从他身上就能看到她自己，从她自己身上就知道希刺克厉夫是怎么想的。另一方面，她又有对林惇的爱意。下面是凯瑟琳向她的女管家耐莉解释她对希刺克厉夫的爱情：

> 在这个世界上，我的最大的悲痛就是希刺克厉夫的悲痛，而且我从一开始就注意并且互相感受到了。在我的生活中，他是我最强的思念。如果别的一切都毁灭了，而他还留下来，我就能继续活下去；如果别的一切都留下来，而他却给消灭了，这个世界对于我就将成为一个极陌生的地方。我不会像是它的一部分。我对林惇的爱像树林中的叶子：我完全晓得，在冬天变化树木的时候，时光便会变化叶子。我对希刺克厉夫的爱恰似下面的恒久不变的岩石：虽然看起来它给你的愉快并不多，可是这点愉快却是必需的。耐莉，我就是希刺克厉夫！他永远地在我的心里。他并不是作为一种乐趣，并不见得比我对我自己还更有趣些，却是作为我自己本身而存在。①

这一段爱的表白真正是刻骨铭心，深入骨髓和灵魂。但是，在她的表白中，我们却看到了凯瑟琳思想的两面性和性格的分裂。从她个人的内心愿望看，她希望嫁给希刺克厉夫。按照社会上一般的看法，画眉田庄代表世俗的荣耀，代表社会地位、财富、教养，代表受人尊重的生活。一般人看重的价值观，在画眉田庄都能够得到体现。不论

① 勃朗特．呼啸山庄．杨苡，译．南京：译林出版社，2010：66.

是因为受世俗观念的影响，还是出于虚荣心，凯瑟琳都觉得画眉田庄
的年轻男主人林惇很适合做自己的丈夫，因为每个女孩子都喜欢他，
每个女孩子都想嫁给他。他温文尔雅，举止得当。当然，林惇看到凯
瑟琳，也一下子就被她吸引住了。在他眼里，这个女孩子活力四射、
激情洋溢。所以，他向她求婚。凯瑟琳也开始动摇。

她在解释为什么要嫁给林惇时，对耐莉说：

> 如果那边那个恶毒的人不把希刺克厉夫贬得那么低，我还不
> 会想到这个。现在，嫁给希刺克厉夫就会降低我的身份……你难
> 道从来没想到，如果希刺克厉夫和我结婚了，我们就得作乞丐
> 吗？而如果我嫁给林惇，我就能帮助希刺克厉夫高升，并且把他
> 安置在我哥哥无权过问的地位。①

隔墙有耳。希刺克厉夫偷听到了"嫁给希刺克厉夫就会降低我的
身份"这句话。的确，从社会地位、名声教养等这些角度来考虑，希
刺克厉夫只是一个流浪儿，没有家庭背景，没有财富，没有声望，可
谓一无所有。他当时的处境很糟糕。老恩萧死后，他儿子辛德雷·恩
萧继承了山庄。他不再像父亲那样对待希刺克厉夫，而是把他当作仆
人，让他养马，睡马厩。但是，有凯瑟琳的爱，希刺克厉夫觉得生活
虽苦，哪怕在别人眼里受辱，他都能忍受。现在，他忍受这一切的理
由背叛了他，或者说他生活的唯一支柱被拿掉了，于是，他伤心欲
绝，不辞而别。等到他三年后再回来，他做的很多事都和提升他的社

---

① 勃朗特．呼啸山庄．杨苡，译．南京：译林出版社，2010：64 - 65.

会地位有关。

从希刺克厉夫的角度来讲，爱是一种梦想。他从小的梦想就是跟自己主人家的女儿结婚。等到她决定嫁给别人的时候，他发现自己的梦想的主动权根本不在自己手里，而完全取决于这个女孩。他之所以感到撕心裂肺的痛苦，是因为这个他曾经寄予那么大希望的梦，那么轻易就被毁掉，而自己根本没有选择的余地。那个时候的他感觉束手无策、无能为力。所以，他后来的占有欲特别强，喜欢把一切都控制在自己的手里。他经历了很多变故，性格有了很大变化。

凯瑟琳顺理成章地嫁给了林惇。那么，她跟林惇之间是什么样的爱？是夫妻之爱、家庭伦常之爱、正当合理的爱。林惇很爱她，她也喜欢林惇，但是这和对希刺克厉夫的爱显然不在一个层次。两个人过着非常安稳的日子，各尽所能，各守其位，相敬如宾。这种爱一方面与社会地位等有关；另一方面，和许多女孩一样，凯瑟琳从心里很喜欢这种稳定、舒服的生活——这也是人之常情。几年之后，希刺克厉夫又回来了。这时，凯瑟琳和她丈夫已经有了自己的孩子，她是个称职的妻子和主妇；从对丈夫的妹妹伊莎贝拉的教导来说，她也是个合格的嫂子。可以说，她尽职尽责，很好地担当起自己作为一个女人、妻子和母亲的责任。当她看到希刺克厉夫别有用心地向伊莎贝拉求婚时，她尽力劝阻：

> 可惜你不懂他的性格，孩子，没有别的原因，就是这种可悲的糊涂，才会让那个梦钻进你的头脑里。求求你别妄想他在一副严峻的外表下深深埋藏着善心和恋情！他不是一块粗糙的钻石——乡下人当中的一个含珠之蚌，而是一个凶恶的，无情的，

像狼一样残忍的人。我从来不对他说，"放开他们吧，因为我可不愿意他们被冤枉。"伊莎贝拉，如果他发现你是一个麻烦的负担，他会把你当作麻雀蛋似的捏碎。①

她很了解希刺克厉夫会给这个家带来的严重后果。首先，他会把她毁掉，然后把她的整个家庭毁掉。所以，她对伊莎贝拉说：你不要嫁给他，他娶你绝不是他的目的，他是为了报复才来向你求婚的。"我知道他不会爱上林惇家的人。但是他也很可能跟你的财产和继承财产的希望结婚的。贪婪跟着他成长起来，成立易犯的罪恶。"② 不谙世事的伊莎贝拉当然不会听她的，因为这个时候，希刺克厉夫有钱也有地位，他通过赌博把呼啸山庄买到了自己名下，所以也算当地乡绅阶层。伊莎贝拉接受了他的求婚。

这时，我们又一次看到了凯瑟琳思想的分裂，就像她当初做出和林惇结婚的决定时一样，她内心深处对希刺克厉夫的感情又不可遏制地被唤起，因为那一部分从来也没有死掉，只是被压抑住了。曾经，当这个人淡出她的生活之后，她似乎把他忘掉了，平心静气地过着自己的生活。但是，他的出现一下子又唤醒了她昔日的情感。看到了希刺克厉夫，她想跟他一块奔跑，去干点什么，同时又知道自己不能那么做。她一方面想回到少女时代的那种生活，两人在荒野里，手拉手，光着脚，在乱石中间建立自己的城堡和想象的王宫。另一方面，她又爱惜自己的家庭、丈夫和孩子，这个家需要她来稳定地维持下去。

---

①② 勃朗特．呼啸山庄．杨苡，译．南京：译林出版社，2010：85.

　　在凯瑟琳和林惇夫妻之间的这种关系中，有爱的责任、爱的义务、爱的承担，里面包含了很多值得珍重的美好的东西。这种对家庭的爱，我们可以说是一种义务，也可以说是一种世俗人伦之爱。然而，她只是在压抑着自己野性的一面，尽量做一个寻常的妻子和母亲。这一部分主动压抑下去的情感和那种野性的内心风暴是两种截然相反的力量，早晚有一天，会把她撕毁。她就这样承受着巨大的内心折磨——两种相反的力量都在往各自的方向死命拉她，一个是内心深处的天性，一个是外在社会的要求。那种原初的、飓风狂飙般的爱变成了难以解脱的纠结与折磨。结果，她死掉了。

　　希刺克厉夫和伊莎贝拉结婚之后，伊莎贝拉根本感觉不到他的爱；相反，她受尽了感情的摧残。那么，希刺克厉夫对她的爱是一种什么样的爱？占有，利用，折磨，毁灭。他把她当成一个物品、一种显示自己力量的象征，为了表明自己的地位而占有她，并且利用各种手段摧毁她。后来，两人生了一个儿子，身体羸弱，好不容易长大，希刺克厉夫又强迫凯瑟琳和林惇的女儿嫁给自己的儿子。这桩婚姻的好处是能够把画眉田庄的继承权也归属他的名下，这样两个庄园都能成为他自己的财产。于是，爱转化成了报复的理由，转化成了仇恨的手段。这种爱是自私的、狭隘的，带有复仇和毁灭的性质。

　　凯瑟琳死了很久以后，希刺克厉夫对凯瑟琳的爱还一直深深地藏在心底，像火焰一样燃烧、吞噬着他的心。他买通人，在她的棺材旁开了一个口子，钻到她的棺材里边抱着她，不管她是尸体还是游魂；他想拉着她的手，在荒原上走在一起，超越生死的界限，超越时空的隔断。

　　如果这也算是爱，真算得上惊天地、泣鬼神，同时让人颤栗、令人恐惧。这个人已经没有现实感了，他把自己完全锁在过去的岁月里，不计生死。用他自己的话讲，他的现实生活已经被抽干了。爱改变了人。到老年之后，希刺克厉夫变成了一个阴沉古怪的人。这就是所谓爱对他的影响。他是个被爱折磨的人。

　　这个家庭的第三代有三个人物：凯瑟琳和林惇的女儿小凯瑟琳，性格坚韧；希刺克厉夫和伊莎贝拉的儿子，整天病恹恹的，他和小凯瑟琳在希刺克厉夫的安排下结了婚；凯瑟琳的哥哥辛德雷的儿子哈里顿，也就是凯瑟琳的外甥，没有受过教育，在呼啸山庄受希刺克厉夫摆布，他性格木讷，头脑不灵光，但是老实可靠。希刺克厉夫像当年辛德雷对待自己一样，把辛德雷的儿子当成仆人，指派他干粗活。

　　小凯瑟琳和她的爸爸一样有教养，又像她的母亲一样性格坚强，也就是说，她成为文明教化和坚强个性的结合体，所以她敢于面对自己的命运，能够从自己的现有环境出发改变自己的环境。在丈夫死后，她关心着哈里顿，教他识字读书，两个人培养起了感情。

　　小凯瑟琳和哈里顿两个人的关系代表了一种和解之美、和解之爱。这两个人跨越了障碍、克服了偏见，最后实现相互包容。哈里顿天生木讷，不识字，也没见过世面，从小就待在家里，像牲口一样被养大，像牲口一样被使唤，除了干粗活，什么也不想，头脑简单。而小凯瑟琳冰雪聪明，懂得很多。两个人从家庭背景到智力才情等各方面的差距可谓天壤之别。这样，两个人要相互接受，就需要一种体谅、宽容和包涵。当然，最打动人心的是两颗诚实的心灵在一起，这比什么都重要，它是跨越一切恩怨情仇的基础。这是一种不一样的力量、不一样的爱。

小凯瑟琳和哈里顿之间这种感情和上一代人不一样。这是一种在重压之下的脉脉温情。这种爱与激情不同，它是探视性的，由相互好奇、关心而生发的深沉的体贴和爱恋。这是一种健全的、正常的相互关心，能够开启心智、驯化鲁莽、弥合冲突、和解矛盾，达成一种野性与文明之间以及各方面关系的平衡。爱是不容易的。达成这样一种正常的爱的关系，经过了三代人，而且历经磨难。

总结一下，小说中描写的爱有很多种：慈爱、青梅竹马的爱、夫妻之爱、占有式的爱、摧毁一切的爱、隐忍坚毅的爱。所以，这部作品的一个主题是爱，是爱的发展、爱的转变，也是爱的进化、爱的教育。

这部作品的另一个主题是恨。希刺克厉夫有很多怨恨、愤恨和仇恨。他和老恩萧的儿子辛德雷之间有恨。故事开始，辛德雷看到他父亲从外边带回一个男孩，他不能像父亲那样慈爱，把男孩当成自己的兄弟，而自己的妹妹偏偏又很喜欢男孩。他有的是一个男孩的嫉妒。所以，父亲去世之后，等到他掌管家业的时候，他马上把男孩降为佣人，而且把对男孩的厌恶表现得淋漓尽致。希刺克厉夫再次回来之后，就引诱辛德雷赌博酗酒，并因此得到他的家产。两人的处境反过来了。此时，希刺克厉夫对辛德雷不只是厌恶，不只是虐待，而是一种恨的升级。

恨的主题还体现在复杂的人物关系上，以及不同时期、不同情况下人的命运转折中。凯瑟琳和伊莎贝拉对希刺克厉夫一开始都是一种爱的感情，然后转变成一种恨。这种恨和辛德雷与希刺克厉夫之间的恨是不一样的。

希刺克厉夫与辛德雷之间、与凯瑟琳之间、与伊莎贝拉之间都有性质不同、程度不同的恨。还有，小凯瑟琳对希刺克厉夫也有恨。或水火不容、恨之入骨，或由爱而恨、由怨生恨，不一而足。

在这部小说里，随着人物性格和命运的不断演变，展示了不断丰富的主题。我们读到了催命夺魂的爱、令人发指的恨，善与恶的交织，文明与荒蛮的对垒，温情与专横的矛盾，控制与反叛、占有与逃脱之间的冲突，还有对爱的边界、爱的层次的不同理解，以及对人性的同情和悲悯，等等。如果我们单纯理解它的爱的主题，则这爱如飓风、似狂飙，肆意升腾，捉摸不定。

劳动、尊严、生命与写作:《老人与海》

从篇幅上讲,《老人与海》算是一部中篇小说。它的故事很简单,讲述了古巴老渔夫圣地亚哥连续八十四天没有打到一条鱼,就连一直跟随他出海的孩子也被父母叫走,上了另一条运气更好的渔船。老人独自驾船越行越远,终于捕到了他人生中最大的一条马林鱼——足足有一千五百磅,比他的小船还要长。可是,在返航途中,却遭遇了鲨鱼。老人想方设法,抵御鲨鱼一次又一次对大鱼的袭击。可是,鲨鱼越聚越多,几乎吃光了大鱼的肉。老人只好拖着一副鱼骨架返回渔村。他疲惫不堪,在夜深人静时回到了自己的小窝棚。

故事的核心显然是老人捕获马林鱼的过程和他与鲨鱼的搏斗。然而,在这之前,海明威花了大量篇幅讲述老人为捕鱼所做的各项准备,详细描写捕鱼的经过和老人与鲨鱼搏斗的场景。小说的结局却写得干净利落,言简意赅。所以,从主要内容上讲,这是一部关于渔民捕鱼的作品,可以说是劳动和经验之歌。

为了出海,老人按部就班地认真做好每一步准备。他吃了早餐,带了一瓶水,备好鱼饵、钓索、小刀。他查看天气,找鱼容易出现的海域下饵。待大鱼上钩后,大鱼拖着鱼钩在海里游,他把绳索套在自己肩膀上，右手拉着，与大鱼周旋，并及时进食刚捕捞上来的新鲜小鱼儿以补充体力。他把绳索换在不同的肩膀，充分利用大鱼相对安静的空隙抓紧睡觉。在左手抽筋、不听使唤的情况下，他仅用右手小心地攥着钓索，不让它嵌进新勒破的伤痕里，同时把身子挪到小船的另一边，把左手伸进海里，让它尽快恢复。在和大鱼周旋了一天一夜之后，终于将它杀死。老人用钓索穿过大鱼的嘴，牢固地把大鱼绑在船边，升起船帆，把握船桨，凭借风力返航。他根据海岸线的灯光，判断港口的方向。

对于他与鲨鱼搏斗的过程，小说写得同样具体而细致。他先后用一支鱼叉、一把绑在桨把上的刀子、一根鱼钩、两把桨、一根舵把、一根短棍和成群结队的鲨鱼搏斗，他甚至想到把那条鱼的长嘴砍下来作为武器。可是，他没有斧头。鱼叉被鲨鱼带走了，刀子折断了，他就用舵把对着鲨鱼又打又砍。在一件又一件工具要么被鲨鱼带走，要么折断，不能有效发挥作用的时候，他想方设法、力所能及地利用每一件可用之物，及时补充睡眠和食物。在搏斗稍稍不那么紧张的间隙，他想的是如何修理、补充新的工具，如何在体力上和思想上做好准备，迎接更困难的局面。

这是一部劳动之书和经验之书。海明威重视每一个细节，从劳动工具的准备、劳动过程中的体力分配，到技术和经验的运用、思想状态的调整等。《老人与海》不只是翔实地描写了下鱼饵、钓大鱼、收获和保护劳动成果的每一个步骤和环节，也几乎是所有行业、所有劳动或工作过程的写照。作为劳动者，首先要热爱所做的事，相信自己"天生就是干这一行的"。在劳动或工作过程中，每一件事的准备都尽量细致入微，每一个环节都力求恰到好处。

老人在钓大鱼和与鲨鱼搏斗时展现出来的性格和品质，使他与众不同。这种特殊的性格和品质也可以让我们把这部作品看作一部硬汉和英雄之书。

老人是一位硬汉、一位英雄。他在八十四天打不到鱼的情况下受尽了村里人的嘲弄。大家都觉得他倒了血霉，再也不复当年勇。但是，老人不为所动，依然照常生活，关心球赛，为下一次出海默默准备。

海明威笔下的硬汉可以是生活中的失意者，但绝不能是精神上的失败者。他孤独而忍耐，平和而达观，不悔不怨，不怒不争。面对压力和困难，他从容而镇定，能够保持所谓压力下的优雅。置身危险和绝境，他勇敢迎战，毫不畏惧，并想方设法获胜。这就是海明威式的硬汉和英雄。大海上的老人就是这样的人。

老人在与鲨鱼的搏斗中，在物质条件不足的情况下，靠体力支撑着。在身体疲惫的时候，他倚仗经验与鲨鱼对抗。在经验难以奏效的时候，他借助精神的力量鼓励自己。

老人不时地呼唤过去每次出海都陪伴他的孩子，想他钟爱的职业棒球手、他的冠军经历，以及他年轻时在非洲海岸看到过、后来时常出现在梦中的狮子。他还向似乎久已忘记的天主和圣母祷告。老人敬慕球手，因为球手是冠军。老人也得过冠军，那是一场掰手腕比赛：他在卡萨布兰卡的一家酒店里，跟码头上力气最大的大个子黑人比手劲，整整一天一夜，压迫得指甲都出血了，他的手被掰过线三英寸，他也丝毫没有认输的想法，而硬是一点一点又掰了回来，最终获胜。

老人想到狮子，因为狮子是勇气的象征。总之，老人希望从一切经历中汲取力量。他绝不放弃。

"人可以被毁灭，不可以被击败。"这是老人与鲨鱼进行殊死搏斗时说的一句话。毁灭也许是不可抗的命运，但自己决不轻易认输。不管遇到什么样的困难，不管与对手的力量对比多么悬殊，一定要竭尽全力地应对，调动所有的经验，运用各种手段，借助各种工具，还有榜样偶像的激励，来保卫自己的收获，捍卫自己的尊严。

老人的行为展示了人面对困难时的尊严和勇气，也启发我们怎样看待胜与败、得与失。海明威还写过一本短篇小说集，叫《赢者无所获》。这个题目佐证了《老人与海》的输赢主题。老人捕获了一条大马林鱼，击退了鲨鱼的一次次进攻，看似战胜了自己的霉运，获得了胜利。但是，从经济收益上讲，老人一无所获，因为马林鱼的肉被鲨鱼吃了个精光，他只带回来一副一文不值的鱼骨架。老人是胜利者，还是失败者？我们也许可以这样说，他是现实中的失意者、物质利益上的失败者，同时也是精神上的胜者、气质上的英雄。

即使承认老人这次捕鱼又失败了，我们也可以说，败者无所失。因为老人又开始积极地筹备下一次出海。他让孩子磨制一根更锋利的鱼叉。孩子也下定决心抛开父母的意见，跟他一同钓鱼。不管赢者无所获，还是败者无所失，都是指人的精神。不以物质得失论英雄，而以精神品质定硬汉，这是海明威小说的主题。

《老人与海》还可以看作生命之歌。关于这部书的生命主题，一个层面的意思是，众生平等，没有高下贵贱。"一个人在大海上是不会孤独的。"老人把天上飞翔的鸟儿、水里游动的鱼都看成自己的伙伴，他对待鸟儿和鱼的态度体现了人与海洋及万物的共生与密切关联。马林鱼和鲨鱼在老人眼里，是和自己平等的类属。人捕获鱼，只是为了养家糊口，一条鱼作为食物能够养活很多人。他与鲨鱼之间你死我活的搏斗也是身不由己。在他看来，谁杀死谁都可以。

这部小说生命主题的另一个层面体现在老人和孩子的关系上。孩子处于学徒的年龄，他需要跟着有经验的人学习。他佩服老人，并且尽其所能为老人做事。他为老人带来早点，煮热咖啡，想办法弄来好用的鱼饵。在村里人都认为老人倒霉的时候，他相信老人。

老人在海上的时候，数次喊道："要是孩子在这里就好了！"老人需要孩子的帮助：给他打下手，替他递东西，甚至能够单独支撑一阵子，让他有喘气歇息的机会。这是老人对孩子基于实用方面的需求。同时，这也是一个学习的过程、见证的时刻。在这一场人与鱼的较量中，老人希望孩子能够在现场学习经验，见证勇气和尊严。所以，老人呼唤孩子，既想得到实用的帮助，也为了经验技艺的传授和精神气质的继承，还期待自己的事迹得到见证和流传。老人与孩子之间的教与学、见证与传承，相当于老年与少年的生命周期的交替和循环。孩子是老人的过去，老人是孩子的未来。

《老人与海》也可以看作一部写作之书。真正的作家都是如老人一样的硬汉。他热爱写作，有天生就是干这个的意愿和主观努力。作家写作起步和钓鱼的准备一样，先要做工具设备等基本条件的准备；对于作家，这相当于语言能力和写作技巧的训练、素材的收集等。

作家写作顺利的时候，乃收获佳作之时，如老人钓鱼时左右手灵活自如，似有灵感加持，因为有左手象征灵感、右手代表经验这一说法。作家写作不顺利的时候，像极了老人八十四天钓不到鱼的情形，或因时运不济，遭人白眼；或因身心不适，遇到写作瓶颈期。这种时候，要受得了风言风语，即使无人喝彩也能够默默地努力，即使不被欣赏也要相信自己。

成名之后，名声日隆，作家既会得到赞扬，也可能树大招风。像老人钓到大鱼，难免有大小鲨鱼出现。有人喜欢吃鲜美可餐的鱼肉，也有人似瞄准腐肉部分攻击的偷袭者，要来分一杯羹、抢一份功。此其时也，作家要经得起恭维逢迎，亦要扛得住谩骂批评。

写作毕竟是一个人的事业。如老人驾一叶孤舟行驶于茫茫大海之上，从他准备启程，及至夜半归来，他自始至终都是一个人。写作从头到尾都是孤独的。甘苦独自品，得失寸心知。作家要耐得住寂寞。支撑他克服寂寞的是他的信心。他相信自己生命中肯定会遇到一条大鱼。他会倾其所有去寻找、捕获那条大鱼。为此，他不怕远航，他竭尽全力，他无所畏惧。待完成了这样的劳作，他可以钻进自己的窝棚酣然入梦，将大鱼任由他人评说。

当海明威说"这是我写得最好的一本书"的时候，他或许想表达这样的意思：如果把这部小说当成一份作家的活计，他完成得很好。像那位独自一人在海上完成了他惊人的壮举，并将大鱼骨架拖回来的老人一样，他不但钓到了他人生中最大的一条鱼，还把它完美地呈现给了读者。海明威之所以获得诺贝尔奖，很大程度上得益于他的这部《老人与海》。

这部小说起源于一个真人真事，小说主人公有现实的原型。海明威为他的事写过一篇新闻报道，时隔十五年，又把他写进了小说。这是一部酝酿了十五年的作品，加入了作家的人生阅历和体会，可以展开多方面的联想：关于劳动，关于经验；关于工具，关于技巧；关于勇气，关于尊严；关于输赢，关于得失；关于大海，关于生命；关于承传，关于见证；关于写作，关于批评……

作家在渔夫的经历中加入了一个新的人物形象：孩子。这孩子是老人的生命交接和循环，是老人经验的学习者和继承者，也是海明威心目中理想的读者。因为有了这个孩子，这个关于劳动、尊严、生命和写作的故事还会继续下去。

小说中的人物原型——古巴渔民圣地亚哥得以尽享晚年。很多到访的游客都愿意请他喝上一杯，找他合影，既因为他的传奇故事，更以文学的名义，表达对作家的怀念和对作品的欣赏。

路如人生：《未走之路》

罗伯特·弗罗斯特有一首短诗《未走之路》，大家都很熟悉：

> 金色的树林中有两条岔路，
>
> 可惜我不能沿着两条路行走；
>
> 我久久地站在那分岔的地方，
>
> 极目眺望其中一条路的尽头，
>
> 直到它转弯，消失在树林深处。
>
> 然后我毅然踏上了另一条路，
>
> 这条路也许更值得我向往，
>
> 因为它荒草丛生，人迹罕至；
>
> 不过说到其冷清与荒凉。
>
> 两条路几乎是一模一样。
>
> 那天早晨两条路都铺满落叶，
>
> 落叶上都没有被踩踏的痕迹。
>
> 唉，我把第一条路留给将来！
>
> 但我知道人世间阡陌纵横，

我不知将来能否再回到那里。

我将会一边叹息一边叙说，

在某个地方，在很久很久以后：

曾有两条小路在树林中分手，

我选了一条人迹稀少的行走，

结果后来的一切都截然不同。①

诗的内容是，诗人描写自己在一次林中漫步时，来到一个两岔路口，选择了"一条人迹稀少"的路。同时，他又布了一个迷魂阵。两条路在他脚下，他走哪一条路都可以，而两条路本身并无多大差别："两条路几乎是一模一样。"然后，他就想到，在未来，很久以后，他会一边叹息，一边诉说自己当年的选择，因为"我选了一条人迹稀少的行走，结果后来的一切都截然不同"。也就是说，诗人脚下有两条路，自己走了这一条路，将来某个时候，他也许会叹息：我走了这条路，结果我的人生很不一样。

这首诗到底是写他自己对现有人生道路的选择及其后果，还是写他没有选择的那条路呢？诗的标题是《未走之路》，不是说他走的这条路，而是讲他没有选择的那条路，是对那条路的反思、想象和留恋。已经走着的路和没有选择的路，哪一条意义更大呢？从文学的角度来讲，作品有更大的思想容量、更大的想象空间、更大的可能性、更多的启发，这样才更有意义。所以，这首诗的题目《未走之路》给

<hr>

① 弗罗斯特.弗罗斯特集：上.曹明伦，译.沈阳：辽宁教育出版社，2002：142.

人一种无限的遐思和可能性。

　　人不能同时踏上两条路，而只能择其一。但是，我不知道如果当年走了那条没走的路，现在会怎么样。仔细回味，能够生发出很多感慨。比如对一个人来说，读小学、升初中、上高中、考大学、参加工作，按部就班，这是现在很多人的道路。另外一条道路是，我从小就喜欢写作，想当作家，我宁愿读万卷书、行万里路，读所有想读的书，写自己想写的东西。可是，我没有那样做。心里是不是会想：如果我那样做了，那样的人生是不是也很值得向往？再比如，有两个结婚人选都很不错，看起来没什么差别，都一样有前途，跟哪一位都合得来。但我选择了和其中一个人结婚生子，拒绝了另一个人。过了多少年之后，我会不会想：如果当初选择了另一个人，我的人生和现在会不会有所不同？诸如此类的问题，都是这首诗带给我们的回味。

　　路如人生，路的选择如同挑选我们的学业、职业、人生伴侣和生活方式。路连着路，一个选择接着一个选择。做出一种选择，必然意味着舍弃另一种。哪一条路更值得选择？哪一种选择更值得留恋？是专心走已经选定的道路，还是不断感慨没有选择的那一条路呢？这是《未走之路》引发的思考。

　　主题是作家在作品中表达的中心思想。不管是霍桑对人性向善的肯定，还是艾米莉对捉摸不定、如狂飙飓风的爱的探索，抑或海明威对老人与大海的描摹，或是弗罗斯特对未走之路的感悟，作家都在传达揭示人性、启迪人生、洞察世界的不同主题。

　　从对作品主题的不同理解中，我们能够领略包罗万象的思想。

第五章　视角：读者的向导，作家的眼睛

> 读一本书，你倾注什么，才能品味出什么，你只能从中读出你自己的样子。
>
> ——毛姆：《作家笔记》

威廉·萨默塞特·毛姆（William Somerset Maugham，1874—1965），英国著名作家，长篇小说代表作有《人性的枷锁》《月亮与六便士》《刀锋》等。

视角是作品的叙述角度，即通过谁的视角讲述故事。视角是读者的向导，也是作家的眼睛，引导读者进入作品的世界，探索人物的内心，展示作品的风格，影响我们对人物的理解、对主题的判断和作者想让我们知道的故事内容。

常用的叙事视角有两种。第一种是第一人称视角，即叙述者是作品人物，讲"我"的所见所闻、所思所遇。这是一种有限的视角，是作者对读者的有意引导。第二种是第三人称视角，即跟随某一个特定的人物或不同的人物展开故事叙述。不同的视角产生不同的叙述效果。视角决定作品的内容，带给我们探索的乐趣，决定作品的语言特征。

《呼啸山庄》采用双重视角道出了两个庄园的沧桑变化。《白鲸》是劫后余生者对大灾难的回忆和述说。《喧哗与骚动》从愚人、自杀者、利己者等不同视角讲述了一个家族无可奈何的没落。《献给艾米丽的一朵玫瑰花》通过冷眼旁观讲述了玫瑰花神秘诡异的凋零。

视角的作用与分类

　　视角人物代表作家观察世界的角度，有时候还能代表作家说话，表达作家隐秘的内心世界和人生感悟。跟着这个向导，透过这双眼睛，文学的世界展现在我们面前。作品的视角可以取自作品中的一个人物，参与故事的进程；也可以是故事的旁观者，向读者介绍他认识的人物，展开故事叙述。

　　不同的视角对读者有不同的影响。我们一边跟着这个叙述角度，一边还要判断这个叙述者是否可靠：他的动机是什么？他的知识和对故事的了解程度如何？这些都会影响到我们对作品的理解。这个叙述者想让我们知道的内容，一般都不像他讲出来的那么简单。同样的故事，由不同的人讲出来，差别很大。

　　注意到作品的视角，我们就会看到作品的两个方面：一方面是故事本身，这是作家构思好的故事。阅读的过程中，要把它还原为作家构思故事时的形态。这样做很有意思，也是一个费力的过程，但很有收获。另一方面是故事通过哪个角度讲出来，即这个故事由谁来讲，这位讲述人的身份、动机、认识水平、背景知识如何，他想让我们知道多少，我们从他的叙述中能够知道多少，我们能不能完全相信他的讲述，他的讲述是否有所隐瞒、是否掩盖了真相、是否在有意误导我们、是否在故意引导我们相信或拒绝什么。

视角决定作品的容量，决定作者希望我们知道多少内容。在阅读中，我们还需要从视角人物身上判断他的观点是否公允、可信，判断他的讲述是否全面、完整。作家运用某种视角是有目的的，这对传达作品的主题有所帮助。

叙述视角带给我们探索的乐趣。我们读一部经典作品，不管它出版了多少年，都会有常读常新的感觉，就是因为作家对作品的设定有一种意图，他在叙述中会设置一些障碍，或者设置很多的可能性。在阅读文学作品的时候，我们有时会发现它既定的意思，有时还可以超越它的设定范围。这就是我们觉得文学经典历久弥新的原因所在。

叙述视角还决定了作品的语言特色。如果故事有一个叙述者，那作品的语言特色一定要符合叙述人的特点、身份和知识背景。什么样的人使用什么样的语言、讲什么样的故事，这些都要与叙述者的背景和语言特色相符合。

理解视角需要注意四个方面。首先，要注意叙述者的身份。所谓身份，第一指他是一个什么样的人，他为什么能够讲这个故事；第二指他在故事中占据一个什么样的位置，他和故事中其他人物的关系如何。

其次，要注意叙述者对故事的了解程度，以及他的知识和认识水平。即根据他的知识，他给我们讲述的故事包括的内容能有多广、多大，揭示的主题能有多深。

再次，要注意叙述者的动机。即他为什么要从这个角度来讲故事，他希望我们了解到的内容是什么，会不会引导、误导、诱导、限制我们对故事的理解与判断。

最后，要注意叙述的效果。即作品采取了这样一个角度、讲了这样一个故事，究竟达到了什么样的效果。效果通常表现为两种：一是希望达到的效果，就是作家通过这个视角引导读者得到的效果；二是读者自己能够挖掘和理解的效果。

常用的叙述角度有两种，一种是第一人称，另一种是第三人称。

第一人称就是作品中的"我"，即：叙述者是作品中的人物，讲自己的亲身经历，把自己的所见、所闻、所遇、所思向读者讲出来。第一人称叙述是一种有限视角。所谓有限，就是我们要跟随这个人物进入故事，受制于他的视角。他和其他人物有一定的关系，他推动情节、引导主题。我们被局限在他这个有限的视角之内。打个比方，第一人称就像一架照相机或摄像机，他通过一个角度或窗口摄取图像，读者看到的就是取景框里显示出来的内容。这就是第一人称的有限视角，也是作家对读者的有意引导。之所以设定这个人物来做叙述视角，是因为作家认为，这样一个视角有利于他把故事讲清楚、说明白，讲的符合他自己的要求和想法。

第三人称视角就是"我"不出现在故事中，而采用第三人称来讲故事。可以是有限的视角，即对故事的叙述或者整个情节的安排完全受制于作品中某一个特定的叙述角度，让读者跟随某一个特定的人物展开叙述。还可以是全知全能的视角，即这个叙述者无所不知，他了解作品中的一切人和事，可以随意地转换叙述角度，或者通过不同的人物讲述故事。"花开两朵，各表一枝"，正讲着一个人的故事，说一句"我们就此打住",然后开始讲述其他人的故事。采用全知全能的视角可以随时切换叙述角度,一切的人物、一切的事件都在作家的掌控之下,好像作家是一个全能的人,能同时看到一个棋盘上所有的棋子,对所有人物的行动都了如指掌,有绝对的操控权。所以,全知全能的视角又称为"上帝视角"。

有时候,第一人称视角也可以作为旁观者出现。鲁迅先生在《祝福》中就是用的这种视角,一开始讲自己到鲁镇,感受到一种新年的气氛,但发现有一个人孤零零的,和这种气氛很不相称,她就是祥林嫂。通过祥林嫂和"我"在街上的一段对话,即祥林嫂问"我"人死后有没有灵魂,展开了对她的故事的追述。先是"我"零零星星地听说她的各种事情,然后按前后顺序把它们连缀起来,形成一个整体的形象,一个人一生的故事就完整地展现出来。阅读的过程中,我们知道有一个旁观者,客观冷峻地在讲述这一切,同时还带有怜悯、同情、批判以及想要更深切地剖析这个社会和这个悲剧的情绪和想法。这就加深了小说的主题,拓展了它的容量,增加了它的深度和厚度。

在创作中,作家还可以自由地转换视角,通过多个人物的多重叙述结构来展开故事。下面,我们以《呼啸山庄》等作品为例,详加阐述。

双重视角话沧桑：《呼啸山庄》

《呼啸山庄》故事复杂，人物众多，所以，它的叙述视角很讲究。小说开始，有一个房客，名叫洛克乌德，他要租下画眉田庄，但是画眉田庄的主人住在呼啸山庄，所以他要去呼啸山庄见画眉田庄的主人。这样就表明了两个庄园的特殊关系。

洛克乌德到了呼啸山庄之后，看到主人家养了一条很大的狗，他先是被狗吓了一跳，然后漫天的大雪阻碍他返回画眉田庄。万不得已，他只好在呼啸山庄暂住一晚。夜里，他听见庄园外有凄厉的叫声；又看见了房间的窗户上好像有一只小孩的手在扒着窗户，仿佛要进来。整个庄园的气氛阴森恐怖，外部是狂风呼啸、大雪纷飞，住在房间里又看见鬼魂的手、听见鬼魂的喊叫。一个晚上折腾下来，洛克乌德生病了。

第二天回到了画眉田庄，洛克乌德一病不起。一个人客居异乡，又生了病，他感到无助，又很无奈。正好这个庄园的女管家耐莉照顾他，就给他讲故事——从很多年前一直讲到现在，包括这两个庄园之间的联系、原来两个庄园主之间的关系以及几代人的故事，中间穿插了若干不同的表达方法。

　　等到故事讲完之后，洛克乌德的病就好了。我们不仅想要问这样几个问题：第一，他为什么会生病？从作家创作的角度讲，这完全是为了故事展开的需要。

　　第二个问题，他是什么身份？进一步说，他对整个故事有什么了解？他的身世背景如何？他有什么样的动机？他是一个外来人，对这两个家族、两个庄园的故事一点都不了解。外来人可以冷静旁观，没有一点准备地介入这个故事。就像读者一样，我们对这两个庄园一无所知，只了解到在英格兰的某个地方有两个庄园。我们只是跟着这个投宿人的视角，随着他的目光，来到了这个地方，借着他的耳朵，听到了这些故事。

　　来到这个地方之后，我们发现了很多奇怪的事情和现象。从一个庄园到另外一个庄园，读者首先感受到呼啸山庄那种阴森恐怖、神秘阴郁的气氛，这和画眉田庄是两种截然不同的情形。但是，我们像这位房客一样，不知道为什么会有这种神秘怪异的气氛。接下来，我们就想把它了解清楚。也就是说，洛克乌德这个视角带来一种神秘、恐怖、阴郁、怪诞的气氛，拉开了小说的序幕，引发了读者的期待。

　　我们首先期待弄清楚的问题是：这两个庄园之间有什么联系？其中有联系的有哪些人物？他们的命运如何？这是洛克乌德的叙事视角所起的第一个作用，即展开故事。其次想问的是他当时的状态。洛克乌德在生病之前为什么要跑到这里来住？一个人好好的，为什么要跑到很偏远的山区里，到这个很荒凉的地方来？原因是他失恋了——因为失恋而对爱情变得麻木不仁，老是带着批判和无动于衷的眼光看待这个世界，对爱情持一种怀疑的态度。他受伤的心灵亟待救助，他得了一种爱情病。他的这种状况能够很贴切地引出故事的爱情主题。

听完小说中描述的这个爱情故事，他的心理负担去除了，病也就好了。因为他的所谓爱情和故事里的爱情相比，简直不值一提，所以他很快就康复了。这是一种对比疗法：自己经历了一件事，随后又知道了更大的一件事，两相对照，他一下子就坚强起来，觉得自己的事根本不算什么，这样病就好了。

作为一个失恋的人、一个对世界麻木不仁的人、一个对爱情故事冷眼旁观的人，他不会轻易地激动，也不会轻易地被感动，所以，管家耐莉的讲述可以不被打断地进行下去。同时，洛克乌德又很敏感，他担惊受怕，这个时候他眼中看到的世界充满了变化、困惑、动荡和不安。所以，他对每一件事情都会非常认真地用心来听。他这样的情绪状态，最适合听到这样一个故事。通过他的表现，作家希望读者也进入一种非常敏感的阅读状态，觉得这个故事值得一听，而且要放下心来，仔细聆听。

所以，这样的两个人，在特别合适的地点，以特别合适的状态，讲述和聆听了这样的故事。对于作家，她找到了特别合适的叙述视角和听众。作为读者，我们尽可以把心放下，安安静静地听故事，想象在画眉田庄那个地方，一个老管家和一个租房者，一问一答，把那个令人惊恐的爱情故事一层一层剥开，从容地讲出来。

到目前为止，我们看到，这部小说基本上用的是双重的叙述结构，也就是双重视角——两个人讲一个故事。女管家名叫耐莉，自从她的主人去世后，她就没人可以倾诉。所以，她很愿意把这么多年亲身经历的事与人分享。她之所以有资格讲这个故事，首先因为她先后是这两个家庭的成员。她原是呼啸山庄的人，见过老庄主恩萧，记得老主人的做事方式，见过老主人怎么把希刺克厉夫带回庄园、怎么关爱他，也就是老一代的那种慈爱。同时，她又看到主人的儿子辛德雷怎么对待希刺克厉夫，怎么虐待他、轻视他、伤害他。

她对希刺克厉夫的态度，一开始是同情。后来，发现他对凯瑟琳的报复，对她的年轻一代的主人辛德雷的打击和毁灭，以及对两个庄园、两个家族的破坏和复仇，她就谴责他。所以，她的视角和她对人物的感情，是在不断变化当中的。

另外，她对女主人凯瑟琳的态度也在不断地变化。一开始，作为女管家，她对凯瑟琳爱护有加。后来，凯瑟琳在准备答应林惇求婚的那个晚上，跟她有一段对话。从对话中，耐莉听出来，这个女孩子大了，有了虚荣心。这个时候，耐莉觉得她太任性，有点责怪她。再到后来，看到凯瑟琳为了自己家庭的义务责任，竭力抗拒希刺克厉夫，这又激发了耐莉的同情心和保护欲，如此等等。耐莉见证了这两个庄园的方方面面，自认为了解她年轻女主人的心情和态度，也随着女主人的生活和故事情节的推进，不断地调整自己的判断和态度。

然而，由于她是一个管家或者说是贴身女仆，她的判断、知识是有限的，她的感情是有特别限定的，即必须对主人忠诚。鉴于她的这个身份——作为一名女管家，有一定的职责范围——我们的眼光、视野被局限在她的这种叙述视角当中。作为读者，我们当然有自己对人物的判断。一方面，我们听她道出了事情的原委；另一方面，我们又能从她的叙述中看出她的自以为是和小聪明。在这种情况下，就需要我们自行调整和判断：她的哪一部分值得信赖、哪一部分需要补充。

就像我们平时听一个人讲故事的时候，也会一边听故事，一边观察讲故事的人，判断正在讲故事的人哪一点讲得精彩，哪一点有所欠缺，哪一点有点添油加醋，哪一点又省略得太多。

耐莉根据自己对人性的有限理解和有限的人生经验，把自己对社会、对人物、对爱情和家庭的看法展现给读者。然而，有些事情发生的时候，她并不在现场。这样，读者就会觉得，除了她的讲述之外，还有必要了解更多的内容。这个时候，小说的双重视角就显得不够用了。由于这两个叙述者的身份只限于讲出故事，所以就有必要补充另一种叙述的角度，以便带给我们身临其境的感觉和对人物心理细致入微的体察。

因此，《呼啸山庄》采用的也可说是多重叙述视角。在耐莉的叙述中，穿插了其他人物的视角。小说还起用了五个其他的人物，直接叙述自己的故事。比如希刺克厉夫、凯瑟琳，有时候直接出场，讲述自己的感受，包括讲给耐莉和其他人听，直抒胸臆。这样，整部小说包括最基本的双重视角，以及相关人物的直接讲述，即当事人第一人称视角的穿插，最终把这个故事讲得立体而饱满，把作家对爱情的复杂态度，把爱恨情仇的交集与转变，以及超越生死的疯狂的爱和冷酷无情的复仇与毁灭等这些跨度很大的主题，一层一层地通过不同的视角，清晰地展现出来。

除了双重视角和相关人物的直接陈述，这部小说在叙述上还有一个特点：间歇性的叙述，就是故事讲到半路停顿下来。小说分为两个部分。第一部分是洛克乌德投宿时病倒，耐莉给他讲了过去几十年发生的漫长的故事。他病好之后就离开了画眉田庄。之后，一切故事悬而未决，停顿下来留在那里，没有结局。他半年之后又回来了，再次见到耐莉，耐莉又给他讲了故事人物的新的发展。这时候，因为两个人比上一次更为熟悉，而且洛克乌德也有了心理准备，对人物的性格命运和故事情节发展都有了解，所以这时听故事人的理解力也增加了。他再次回来，既是聆听者，也是见证者。

小说的第二个部分不像第一部分那样完全从头讲起、脉络清晰。这需要读者有一定的阅读能力，或者有经验、对故事有预期，而不像读第一部分的时候那样，一无所知又忐忑不安，不知道会发生什么故事。这个时候，我们听故事之前对情节的发展和人物的命运变化已经有所期待，但小说的实际发展还是会超出我们的预期。这是间歇性叙述所达到的效果。

故事为什么要这样讲呢？我们不妨换一个角度来想这个问题。如果整个故事平铺直叙，用第三人称直接来讲，从老一代恩萧开始讲起，然后第二代、第三代，这样的话，就没有现在我们看到的小说这样内容丰富、结构复杂、引人入胜、发人深省的效果。这是从艺术效果的角度看待这个问题。

从主题的角度看，这样间歇性的叙述可以把那种激情慢慢地释放出来，因为我们读完这个故事会发现，这不是给太年轻的人看的故事，他们无法理解里面飓风一样的情感。当然，年纪太大了也不行，因为里面所描写的情感强度落差太大了，转换如疾风暴雨，心脏太脆弱的人受不了。这种间歇性的叙述视角提供了一种看一看、放一放的时间差，让我们有时间思考和消化。如果不理解里面描写的那种太强烈的感情，就把它搁置下来，过一段时间再看，形成一个缓冲。小说的情节设置就是这样：洛克乌德生病了，才有空闲听这个故事，听完了之后病好了，离开了。几个月后再回来，再听这个故事。这样就有了时间的洗练和沉淀。

间歇性叙述就是把故事冷处理一下。比方这个故事发展到这个地方，感觉超出了我们对一般人性的理解，我们不明白人为什么这么疯狂、充满这么深的仇恨、怀有这么大的偏见。那么，作家就让书中的人物暂时走开，把情节放缓。随着不同叙述角度的改变，读者能够让自己的情绪冷却下来或得到调整，同时也不断调整对人物的理解、对主题的把握，领会作家想要传达的更加丰富、更加广博的内容。这种对主题进行冷处理的方法，也可能是作家在等待将读者一步一步纳入她的预期，然后跟她一起理解这些人物。

这样，《呼啸山庄》以房客洛克乌德和管家耐莉的双重叙述为主，穿插辅助以当事人的自述或信件等，并且运用了间歇性叙述的方法，构成了多重叙述视角。一层一层拨开迷雾，讲述了两个庄园、三代人数十年间的沧桑变化，刻画了众多人物，表达了错综复杂的主题。

劫后余生讲见闻：《白鲸》

再讲一部作品的叙述角度：梅尔维尔的《白鲸》。它的叙述角度是第一人称——一个海员对自己出海亲身经历的回忆，这种设定说明他的叙述是可信的。小说开头写道：

> 你就叫我以实玛利吧。那是有些年头的事了——到底是多少年以前，且不去管它。当时我口袋里没有几个钱，说一文不名也未尝不可，而在岸上又没有特别让我感兴趣的事可干。
>
> 我于是想，不如去当一阵子水手，好见识见识那水的世界。这对于去除我的心火，调节血脉流通，未尝不是个办法。每当我发现自己绷紧了嘴角；每当我的心情犹如潮湿阴雨的 11 月天气；每当我发现自己不由自主地在棺材铺门前驻足流连，遇上一队送葬的队伍尾随其后；特别是每当我的抑郁症发作到了这等地步：我之所以没有存心闯到街上去把行人的帽子一顶打飞，那只是怕触犯了为人处世的道德准则——一到这种时候，我便心里有数：事不宜迟，还是赶紧出海为妙。除此之外，只有用手枪子弹了结

此生一法。①

我们从这段引文中可以看出，首先，以实玛利对捕鲸船充满了好奇，他想迎接新的挑战。其次，他希望这次出海捕鲸能对他的人生有所启发，使他的人生态度有所改变。这样，我们从这部作品的开头读到了两点：第一，这是一个航海捕鲸的故事；第二，这次捕鲸会改变叙述者的人生态度，加深其对人性的探索与思考。

选用这样的第一人称视角能把这个故事的主题和内容极大地放大——它不单纯是个航海的故事，也不单纯的是一个人希望得到什么新观点、新的人生态度的故事，而是二者的融合。小说是捕鲸历史和故事叙述的结合，既有对捕鲸这一中心事件的回忆和对相关人物的观察与评价，同时也穿插了对捕鲸过程及整个鲸鱼加工行业的描述和历史追溯。我们会看到，海上生活如何影响了主人公对人性的观察与理解，如何能够改变他对过去生活的思考。

从另外一个角度讲，他是第一次加入捕鲸船，虽然对捕鲸生活好奇，但对此一无所知。当他把一个一个的人物展示在我们面前的时候，他还会非常详细地描写这个人的特征和背景。这个无知者的视角带来的效果是：他的叙述会特别清楚，层次非常分明，他会把这个故事从最基本、最客观的观察出发，继而由简单到复杂、由片面到丰富，逐渐展现出来。

看到这样一个开头，作为读者，我们可以踏踏实实地看他的故事。我们像他一样，好奇而无知，激动且充满期待，希望跟着他的视

---

① 梅尔维尔. 白鲸. 成时，译. 北京：人民文学出版社，2008：22.

角遇到各种人物、各种奇遇。如果没有听说过捕鲸这回事，那么，所有的人物和故事都将带来全新的体验。

主人公遇到的第一个人是季奎格———一个来自南太平洋上的野人。他是投枪手，他的职责是投标枪去刺鲸鱼。他相貌举止非常怪异，但是心地善良，有自己的原始宗教信仰——信仰自己部落的神灵。一到关键时刻，他就祷告，祈求自己随身带着的那个小神灵给他启示。有一天，他突然病倒了。在梦中，他得到神的启示，让人给自己打了一口棺材。打好棺材之后，他病又好了，那棺材就没用了。但他并没有把棺木扔掉，而是用来放东西。这是一个看似荒诞、离奇的情节。等到小说最后，我们才会知道这口棺材的用处：那条捕鲸船被白鲸撞翻之后，所有人都葬身大海，叙述者是唯一的幸存者，因为他恰巧跳进了这口棺材，随着棺材在海上漂泊，最终得救。这样一个重要情节在小说开始部分已经埋好了伏笔。

接下来，他认识了大副、二副、其他船员，最后才是船长埃哈伯。他听到了船长和那条大白鲸的遭遇，比如白鲸如何把船长的一条腿给咬掉，它如何神秘而恐怖，等等。他还听说了船长的很多故事，感觉船长是个传奇人物，带有神乎其神的色彩，于是他逐渐产生了对船长的好奇。当然，这也激发了读者的兴趣，我们急不可耐地等待船长现身，以验证关于船长的传说。这样，情节渐次展开，人物逐一登场亮相。小说最后，埃哈伯船长带船追着那头白鲸，船员和鲸鱼浴血搏斗，持续了整整三天三夜，最终船毁、鲸死、人亡。

透过叙述者的视角，我们首先看到这是一个捕鲸船的故事，包括捕鲸业的发展、捕鲸的凶险、捕鲸过程中的劳作等。鲸鱼船一般都是股份制投资购买，由港口当地的居民把自己的钱一点一点汇集起来，到一定的数量时用于购买一条捕鲸船。然后再雇一名船长，招募船员，由船长率领出去捕鲸。捕鲸船返航之后，收益按照当初的股份分给投资的居民，船长和船员分别得到应有的报酬。在当时，这是一种非常完善的机制，是一个发展了很多年的行业。股东中有很多老年人，他们把自己多年的积蓄投在船上，以维系生计，养家糊口。这是小说的一部分内容，即捕鲸的知识和捕鲸业的历史。虽然这一部分作为背景知识穿插到捕鲸故事的过程中，内容庞杂，结构松散，与主题似乎没有很大关联，但在完全靠人力捕鲸已经消失的今天，读起来却弥足珍贵。

其次，这个视角看到了船长埃哈伯与鲸鱼之间的冲突。在捕鲸船上，船长的责任很大，因为这条船不是船长的，而是那些股东的，他要对股东负责。所以，好的船长应该多捕鱼，多炼油，增加收益，而不应该因个人恩怨（像埃哈伯后来做的那样）不考虑经济利益，倾全船之力，对一条鲸鱼穷追猛打。从雇佣关系上讲，他没有权利这样做。

船长的性格和意图是逐渐显露出来的。一开始，他不露面，由大副、二副来掌控这条捕鲸船。当时，大家听到了很多关于他的离奇故事，这些故事使他给人留下了不同的印象。但当他出现之后，叙述者又不断调整对他的看法。所以，对船长埃哈伯的形象描写很经典：未见其人，先闻其声——不是他的声音，而是别人对他的讲述——然后逐步展现船长的真实面目。

再者，我们在理解这个故事人物的同时，又读到了一种人生态度，以及由故事本身引发的内容庞杂的思考。这种思考极大地充实、拓展和丰富了作品的内容和主题：人对真理的认识和追求；宗教的神秘力量；白鲸的不同象征；命运的可知与不可知、确定与不确定；主观想象和客观现实之间的矛盾；善与恶的冲突；相信与怀疑之间的摇摆；生与死的叩问和考验；对人性的信任、对伙伴关系的理解，如此等等。所有这些都可以从这部小说中得到一定的启发。仅就白鲸的象征而言，可以延伸的主题是：这到底是一个人与一条鱼的个人恩怨，还是人与大自然的搏斗，还是人对自己极限的挑战，还是人对宇宙终极真理的叩问？这会让人从中联系到人与自然、人与超自然的神秘力量，或者人与真理、人与宇宙、人与上帝的关系。

为什么这么简单的一个故事所包含的寓意如此复杂？因为这个叙述的人。因为他的知识、他对问题的思考是没有限度的。他带着人生的疑问上船，他思考一切。为什么他要思考这么多的问题？这和他当时的境遇有关。首先，他是带着好奇上的捕鲸船。其次，更重要的是，作为整个事件中的唯一幸存者，他是心有余悸地来讲这个故事的。在讲这个故事的同时，他不可能不加入自己对人生的思考、对生与死的探索。

这个叙述者是一个有想法、有欲求、有期盼的年轻人，他希望得到对这些问题的解答，所以才去探索。这个叙述者的身份、知识和认识水平与《呼啸山庄》中的耐莉不同。他不只是给我们讲了捕鲸的故事，还讲了他对人性的理解，以及他对这个故事的领悟。因为这个年轻人在不断地思考这些问题，于是这些主题会随着他的视角逐渐展开。他每遇到一件事就想把它说清楚，所以这本书写得很厚。

　　这就是一个小人物、一个无知者的叙述视角带来的效果。他只是一个普通的船员，在捕鲸过程中没有起到太大的作用，只是看到了这个故事的发生，然后利用自己的视角和思考把它讲了出来。但是，正是因为这个人物带着这么多的问题，有这么深厚的知识背景，有这么多的思想空间，所以我们才读到了丰富的内容和多重的主题。

　　为了体会不同视角带来的不同效果，我们换一个角度来思考：如果这部小说是由船长埃哈伯作为叙述者，来讲这个捕鲸故事，那么，这个故事还会有这么大的容量吗？船长讲这个故事的时候，他一心想到的就是复仇。白鲸咬掉了他的一条腿，他想要它的命，那么，这个故事也许不会包含那么多东西。如果换成季奎格来讲这个故事，他敬奉神灵，看重友谊和人与人之间的忠诚，他的讲述就会涵盖这些他看重的思想。不同的人以不同的视角讲同一件事，效果就会不一样。读者了解到的内容多少，主题深刻丰富与否，都会因为视角而有很大的不同。

　　和这个故事相似的叙述角度，还有我们讲过的柯尔律治的《老水手谣》。这部作品讲述人也是劫后余生的幸存者。他经过了大海劫难之后，一见到人就讲这件事对他的影响，不断地回忆反思，讲他的幡然悔悟、痛定思痛，讲他的感悟。这两个故事的角度是一样的，都是由幸存者讲过去发生的事情对他们现在所造成的影响，通过讲述进行自我救赎，影响别人。

　　此外，小说中还有很多反衬与对比。首先，叙述者以实玛利和季奎格之间是一种反衬：一个没有经验，一个有经验；一个读了一些所谓文明进化的书，一个相信身体的蛮力和原始信仰。其次，船长和白鲸是一对冤家。再次，故事情节也有一种对照设置：大船出海的目的是把捕鲸的利润最大化，以回报把养老钱都投资到这条大船上的人们；而随着航海的进程，船长和白鲸的恩怨冲突逐渐占据主导，航海的目的演变为船长与白鲸的殊死较量。这些反衬和对比增强了故事的紧张程度和可读性。

一个讲了五遍的故事：《喧哗与骚动》

　　《喧哗与骚动》是福克纳的长篇小说，采用多重叙事视角，讲述了美国南方康普生家族的没落。前三部分的叙述者分别是康普生家的小儿子班吉、大儿子昆丁和次子杰生，用第一人称讲述各自当天的经历。第四部分是全知全能的客观视角，叙述康普生家里一天内发生的事情。第五部分则采用编年史的方法，概要介绍康普生家族的起源、兴衰过程和主要人物的最终命运。五个视角的侧重点不同，风格各异，却贯穿着相同的主题。

　　第一个视角人物班吉是一个痴呆儿，智力相当于三岁儿童，他讲述故事那天是他三十三岁的生日。他主要讲述自己对周围事物的直观感觉，没有明确的时间先后观念。他看着眼前的景物，却会沉浸在对不同时期近似场景的闪回中。

　　当天，镇上来了戏班子演出，负责照顾他的是黑人男孩勒斯特。家人给了勒斯特一枚两毛五的硬币，够他买一张门票，可是他弄丢了。勒斯特捡了一个高尔夫球，想向人换钱，却被打球的人拿去，没有给他钱。他带班吉出来，心思却放在找那枚硬币上。他对班吉不断抱怨，抱怨班吉动不动就哼哼，而且哼得难听。

班吉钻过栅栏的缺口时，他的衣服挂在钉子上，勒斯特又抱怨他。这让班吉想起小时候，如果发生了同样的事情，姐姐凯蒂会把他的衣服从钉子上解下来，带他一起钻过缺口，一边示范、一边叮嘱他："我们还是猫着腰吧。猫腰呀，班吉。像这样，懂吗。"[①] 显然，童年和姐姐在一起时，姐姐对他的照顾可以说是无微不至，而眼下黑人男孩对待他的态度却截然不同。

他的讲述跳跃性强，瞬间闪回，且时间跨度大。这样的跳跃使小说能够容纳很多内容。这一部分出现了小说中的所有人物：父亲，母亲，奶奶大姆娣，黑人仆人迪尔西，迪尔西的女儿、儿子和外孙，班吉三兄弟，还有姐姐凯蒂，以及凯蒂的女儿小昆丁，等等。

班吉在讲述中涉及很多重要事件。他先后经历了奶奶去世、昆丁自杀、老黑人罗斯库斯去世、父亲生病去世。他的名字被母亲从毛莱改为班杰明。凯蒂未婚先孕，家里为她筹备婚礼。凯蒂出嫁后，班吉溜出大门，追逐路过他家门口的女学生，被人打昏，送医院做了去势手术。凯蒂被丈夫抛弃，将女儿小昆丁送回来，母亲不准凯蒂进家门，而且不准家人提她的名字。

在班吉对目前所见和童年回忆的不断切换中，我们了解到康普生家族几十年的变迁。班吉幼年时，他父亲勉力支撑家庭。家里有几个黑人仆从。一家人都尽量照顾他。姐姐凯蒂爱他，为他着想。他开心地和昆丁、凯蒂一起玩耍。他爱凯蒂，多年以后，在他哭闹的时候，只要递给他一只凯蒂穿过的鞋子就能立刻让他安静下来。随着凯蒂出

---

① 福克纳. 喧哗与骚动. 李文俊，译. 上海：上海译文出版社，2011：4.

嫁、昆丁自杀、父亲去世，关心他的人越来越少，他的活动空间也变得越来越小。

现在，照顾他的黑人男孩一点儿也不在乎他，还故意捉弄他。当家的兄弟杰生嫌弃他。唯一关心他的黑人管家迪尔西又忙得顾不上他。昔日他肆意玩耍的自家牧场已经卖掉，改成了高尔夫球场，他只能趴在围栏上看人打球，不时飞过来的高尔夫球让他受到惊吓。遇到不符合他固有习惯的做法，他就喊叫哭闹。这样的喊叫哭闹越来越多。

最明显的变化和对比是他看见凯蒂和小昆丁与人约会后得到的不同反应。当年，看见凯蒂和男朋友约会时，他大哭。凯蒂立即甩掉男友，向他保证不再与人约会，还拿肥皂使劲搓洗她被人亲吻的嘴。十几年后，同样的情景再现。他撞见了凯蒂的女儿小昆丁与人约会。小昆丁却警告勒斯特马上把他带走，不然就叫杰生用鞭子抽勒斯特。小昆丁的男朋友还捉弄班吉。勒斯特则告诉那个男的，说班吉又聋又哑，生下来就是个傻子。

班吉对这些变化真的无动于衷、毫无觉察吗？他说的最后一段话是：

> 凯蒂搂住了我，我能听见大伙儿的出气声，能听见黑夜的声音，还有那种我闻得出气味来的东西的声音。这时候，我能看见窗户了，树枝在那儿沙沙的响着。接着黑暗又跟每天晚上一样，像一团滑溜、明亮的东西那样退了开去，这时候凯蒂说我已经睡着了。①

---

① 福克纳. 喧哗与骚动. 李文俊，译. 上海：上海译文出版社，2011：78.

他听到凯蒂说自己睡着了，实际上他还醒着。班吉的感觉很灵敏，他是一个凭借直觉感知世界的讲述者。他凭借气味、光影，周围人的语气、声调、表情和动作来表现环境和人物的变化。这是一个置身不如意的环境中遭人嫌弃、自己却懵懂不知的角色。他喜爱的人和物都逐渐离他而去，他随时会被抛弃，他似乎有所察觉却又浑然不觉。

因为他没有时间观念，所以，瞬间转换场景就显得合理。他采用一种时空倒错的讲述方法，看似前言不搭后语，表达不清事件的来龙去脉，却能将读者带入一种破败颓废、摇摇欲坠、随时都会崩溃倒塌却又无可奈何的氛围。各种事情好像都在走下坡路，事事不如意，处处有障碍。读者能够得到的是一种家族逐渐败落的感觉。

这是一种愚人叙事的方式和效果。通过班吉的叙述视角，我们了解了康普生家几十年间人、事、物的各种对比和变化。痴人说梦，傻子叙事，看似杂乱无章，实则大有意味。当然，这样的叙事需要靠读者想象连缀情节、填补缝隙，理清楚事件的前因后果。这就是小说后几种叙述视角的任务。

小说的第二个视角人物是昆丁。他身为家中长子，讲述的时间倒回班吉部分的十八年前的一天。当时，他在哈佛大学住校读书。很快就该上课了，他却还在宿舍里。他虽然看似准备起身，却磨磨蹭蹭，根本没有打算去教室。他这一部分讲他自杀当天的思绪。

昆丁生性敏感多思，他的讲述风格陡变。他先是对时间、影子和懒惰发了一通貌似高深的议论，突然插入对妹妹凯蒂婚礼的回忆。他的各种念头源源不断地冒出来。他沉浸在自说自话的意识流中，却有一个潜在的声音在插话或听他说。他不停地用"父亲说过""这是父亲说的""父亲说"等类似的插入语。他为了不听时间的声音，把父亲送给他的、祖父传下来的表给砸了。他把自己的衣服收拾好，装进箱子，写上家庭地址。他洗澡刮胡子，穿戴整齐。他写好给父亲、给同学的遗嘱，交代物品的处理去向。直到同学上课回来了，他才准备出门。他吃早饭，买雪茄，去修表店。然后，他到街上随处溜达，走向河边。

他一边记述这一天的所遇，一边穿插他千奇百怪的念头和满脑子对妹妹的幻想。他父亲变卖了家里最后一块土地为他筹措学费，指望他出人头地，他却毫无进取心。他留在学校，只是因为已经预交了这一年学费。他在游荡中，帮助一个饥饿的女孩买了面包，却反遭诬告，并被逮捕，幸亏同学出面证明他的清白，警察才放了他。

昆丁思虑很多，却行动乏力。他重视家族荣誉，却把荣誉的象征寄托在凯蒂的贞洁上。凯蒂未婚怀孕，让家人蒙羞。在昆丁的幻想中，他固执地认为他与妹妹发生了不伦关系，为此惩罚自己，宁愿与她一同坠入地狱。

> 这个世界之外真的有一个地狱就好了：纯洁的火焰会使我们两人超越死亡。到那时你只有我一个人我一个人到那时我们两人将置身在纯洁的火焰之外的扎人的恐怖之中①

占据他头脑的虽然是他的妹妹，他的眼睛却盯着河里的一支箭：

---

① 福克纳．喧哗与骚动．李文俊，译．上海：上海译文出版社，2011：122 - 123.

"那支箭没有移动位置却在逐渐变粗，接着一条鳟鱼猛地一扑舐走了一只蜉蝣，动作幅度虽大却轻巧得有如一只大象从地面上卷走一颗花生。"① 他的思想和他的现实明显分离为两个世界，身心游离，身在现世间，魂游九天外。

这是一个自杀者的絮语。如果说班吉的叙述还有对气味、对光、对场景的感觉作为线索和转换的依据，比如，他会把不同时间、不同场合的相同的气味连贯起来，对不同时空的相似的物品展开联想，那么，昆丁的思绪跳跃却毫无征兆和连贯性。昆丁的讲述随时切换各种语言风格，句子长短不一，长则连续数页不用标点符号，短则一两个词单独排列成行，看似振振有词、深沉晦涩，实则迷茫凌乱，毫无实质内容。这反映了他自杀前的精神恍惚、思绪飘零的心理状态。

他意识到了家族的没落，却束手无策。正如他无望地看护妹妹的贞洁，却只能哀叹她随波逐流的命运。他的渴望无可寄托，他的执念无处安放。作为本来肩负着家族复兴重任的兄长，他却选择将年轻的生命投入滚滚河水之中。从他的讲述、追忆和自杀前的充满幻象的癫狂与絮语中，我们看到了这个家族无可奈何地没落、所谓家族荣誉的腐朽和不堪一击。

第三个视角人物是杰生。他是昆丁和凯蒂的弟弟，用他母亲的话说，他是康普生家族唯一头脑冷静的正常人。他的思路清楚，言辞达意，讲述方式较为传统，是平铺直叙加上倒叙回忆的方法，一方面讲述当前的日常生活，一方面回忆过去，现在和过去的分界比较明显。

---

① 福克纳. 喧哗与骚动. 李文俊，译. 上海：上海译文出版社，2011：123.

杰生开口就显露了他的冷酷和邪恶。他用恶毒的语言咒骂小昆丁：

> 我总是说，天生是贱坏就永远是贱坏。我也总是说，要是您操心的光是她逃学的问题，那您还算是有福气的呢。我说，她这会儿应该下楼到厨房里去，而不应该待在楼上的卧室里乱抹胭脂，让六个黑鬼来伺候她吃早饭。①

这是开篇他向母亲讲外甥女小昆丁的坏话，说她总是逃课、与人厮混。在父亲去世之后，杰生主持家业。实际上，家产只剩下一栋老房子。

通过杰生的视角，我们了解到的事件如下：父亲把小昆丁接回家，交给迪尔西抚养。杰生本来指望凯蒂丈夫给自己找个银行职位，却因为凯蒂被丈夫抛弃而没有办成，杰生一直对此耿耿于怀。在父亲葬礼上，凯蒂偷偷回家，央求杰生把小昆丁抱出来让她看看，还给了他一百块钱。杰生让凯蒂等在路口街灯下，他坐在马车里，只是撩开褓褓一角，给凯蒂看了一眼熟睡的小昆丁，就让马车飞驰而去，任凭凯蒂在后面追赶奔跑。为了能够一年看女儿一两次，凯蒂另外给他一千块钱。他拿这笔钱买了一辆汽车。

现在，杰生在镇上一家农具店铺当伙计。这还是店主看在他母亲的面子上给他的工作。他却因为自己的私事经常迟到甚至旷工。他绞尽脑汁赚钱，精心算计到手的每一分钱。凯蒂每月按时给小昆丁寄来

---

① 福克纳. 喧哗与骚动. 李文俊，译. 上海：上海译文出版社，2011：185.

生活费，被杰生用母亲的存折存入银行，他却骗母亲说这是他的薪水和店铺的股份。某天，凯蒂给女儿小昆丁寄来五十块钱应急，他撕碎了凯蒂给小昆丁的信，只给了小昆丁十块钱，骗她签字，执意不许小昆丁看汇款金额。

这是福克纳笔下最邪恶的人物。他离间母亲和凯蒂，使凯蒂有家不能回、母女难相见。母亲虽然想接受，却在杰生的挑唆怂恿下，身不由己地每月烧掉凯蒂寄来的支票——实际上是杰生找来的无效支票，他告诉母亲每月烧掉的支票是凯蒂给女儿的 200 块钱生活费，是他在养活全家。他一次次激起凯蒂的怒火，每每把她气得浑身哆嗦、有口难言。他一次次以小昆丁的名义要挟凯蒂，让她出的钱越来越多。他反过来又千方百计克扣小昆丁的生活费，咒骂甚至抽打小昆丁，在镇上到处追踪，试图全面控制她。他不停地威胁，要送班吉去州立精神病院。黑人男孩勒斯特一心想在晚上去看演出却没有钱买票。杰生得到两张赠券，硬是当着勒斯特和迪尔西的面把票扔进炉火里烧掉，也不给勒斯特，因为杰生不想做任何无利可图的事情。

康普生太太整天病恹恹地，不断抱怨。她先是不许凯蒂回家见小昆丁；她每天晚上从外面锁上小昆丁的房门，限制小昆丁的行动。她不停地哀叹几个孩子的命运，徒增烦恼。母亲陷入自己的固执的思想罗网里。但是，正是因为母亲还在，旧秩序还在维系着。班吉和小昆丁还能够住在家里；杰生对黑人女佣迪尔西虽有怨气，却也无可奈何。然而，母亲的健康每况愈下，旧秩序的维系岌岌可危。

在康普生家的老房子里，整体气氛压抑，毫无生机，毫无希望，没有出路，没有未来。杰生百般刁难小昆丁，迪尔西想护住小昆丁又力不能及。最终，杰生逼迫小昆丁离家出走，这是下一部分的主要故事内容。

以上三个视角人物具有不同的方式和效果。第一个视角人物班吉是傻子、愚人，他的叙述呈现的是表象和感知。第二个视角人物昆丁是自杀者、沉思冥想者，重心理活动，多宏篇大论而无行动能力。第三个视角人物杰生是自私自利者。他的叙述中，实用主义、利己主义至上，没有心理活动。三个视角人物身上，都昭示着无望的未来。

第四部分紧接着上一部分，讲述了第二天发生的事。黑人管家迪尔西从早到晚一直忙个不停：生火，做饭，给康普生太太的暖水袋添加热水，给勒斯特分派活计，嘱咐他照料班吉。她数十年如一日辛勤劳作，有条不紊地安排照料全家人的起居。杰生却想把这些老规矩统统砸烂。这一部分先是迪尔西和杰生的冲突。迪尔西对杰生说："只要你在家，我没一刻不听见你在骂骂咧咧，不是冲着昆丁和你妈妈，就是对着勒斯特和班吉。"①

主要部分是小昆丁偷走了杰生的钱，杰生发疯似的四处追查。因为钱的数目巨大，杰生报案时向警察做了隐瞒。警察的看法是杰生逼走了小昆丁，他们并不赞成把小昆丁当作嫌犯追逐。杰生独自驾车追小昆丁，老毛病犯了，头痛欲裂。

这一部分采用全知全能视角，与杰生作为视角人物部分的内容有重叠。这个视角让我们看到周围人，如迪尔西、警察、店主等人如何看待杰生：他坏到骨子里还自觉天经地义，一副自私、冷酷且恬不知

---

① 福克纳. 喧哗与骚动. 李文俊，译. 上海：上海译文出版社，2011：276.

耻的嘴脸暴露无遗。我们也对小昆丁的行为有所理解，她因为没有得到爱和良好的行为示范而叛逆。我们看到了迪尔西的勇气、善良、勤劳。我们也了解到家里的境况会更加恶化，母亲的抱怨日益加深，班吉被送走的危险随时降临，迪尔西日趋年迈，杰生会更加有恃无恐。所有人的命运都将改变。

第四种视角的部分讲完的时候，作为一个家族的故事，似乎还不完整，主要人物的命运和结局都悬而未决。虽然杰生扬言要把老规矩统统砸烂，虽然旧秩序摇摇欲坠，但毕竟这些规矩和秩序还在维系。多病的母亲还活着，年迈的迪尔西还在日复一日竭尽全力地照料着这个家的日常运转。

所以，这四种视角讲述的故事读下来，依然让人觉得无始无终，读者在情节的连续性上还是会感到迷惑，在对一个事件的前因后果的理解上还是会很费力。这到底是一个怎样的家族？这个家族源自何时何处？家族荣耀起于何事何人？小说几个主要人物的最终结局怎么样？对于这些，作者给出第五部分附录："康普生家：1699—1945年"。

作为附录的第五部分采用的是编年史的方式，按照时间顺序，逐一交代家族各代主要人物及其命运。附录采用不动声色、客观陈述的史家视角，追溯了家族发迹的来龙去脉，介绍了主要人物如迪尔西、杰生、凯蒂等的最终结局。与前四个部分相呼应、形成后续内容的是：在母亲去世之后，杰生把班吉送到了州立精神病院，辞退了迪尔西，卖掉老宅，终于拥有了自己的店铺。他把店铺里间安置成了自己的住处，畏缩在自己的天地里，再也容不下任何人，他将孤独终老。

这是一个自私自利、没有活力的终结。主要人物中，唯独小昆丁不见踪影。鉴于她活跃的性格、勇敢的态度、倔强的品质，她必定存活下来。但是，她过得怎样，作者没有十足的把握，难以为她安置一个确定的命运。

这部小说等于采用五种不同视角，把一个故事讲了五遍。

读者的阅读经历了懵懂的知觉（班吉部分），到敏锐而凌乱的心理感受与探索（昆丁部分），再到赤裸裸的严酷现实（杰生部分），再回到客观的、历史的现实，是一个对真相逐步揭示的过程。

全书有统一的构思，通过不同视角，从不同侧面塑造了完整连贯的人物形象，比如凯蒂。凯蒂是贯穿全书始终的重要人物。班吉部分重点讲述了童年和少女时代的凯蒂，她是温柔的姐姐，带他钻栅栏，和哥哥昆丁一起下河玩水、爬树。在昆丁作为叙述视角的部分，她的贞洁象征家族荣耀，她的失身使家族蒙羞。在杰生讲述的部分，她是被利用、被欺骗的对象。在客观视角部分，迪尔西同情她，愿意宽容地对待她。在康普生家的年表部分，通过图书馆管理员的视角，交代了她命若漂萍的人生。

五种不同的讲述视角给人的印象如众声喧哗，由表及里，高高低低错杂弹，丰富而多面。在这喧哗与骚动中，贯穿着一条主线，或者说一个基调，那就是无可奈何花落去的感觉，大厦将倾、曲终人散的意味。或者说，这种多视角的讲述犹如一副多棱镜，光彩、色泽虽有不同，却仍是逐渐暗淡下去的过程。这也应和了这部小说题目所沿用的莎士比亚《麦克白》中的句子：

> 人生不过是一个行走的影子，一个在舞台上指手画脚的拙劣

的伶人，登场片刻，就在无声无息中悄然退下；它是一个愚人所讲的故事，充满着喧哗和骚动，却找不到一点意义。①

的确，这一则五种视角的故事充满了"喧哗与骚动"，看似热闹非凡，却毫无意义。但是，作者对这五种视角是平等的，对每一种叙事都抱着一视同仁的态度，从不同角度细致地检视了这个家族故事，保证每一种声音都被听到。无论是愚人、自杀者、利己者，还是全知全能的视角，或者是编年史家的客观视角，都予以充分展示。

作家处理视角的另一种方式是增加了宗教色彩。四个叙事故事发生的日期分别是 1928 年 4 月 7 日、1911 年 6 月 2 日、1928 年 4 月 6 日、1928 年 4 月 8 日。这些日子有特定的含义。第三、一、四部分的标题日期分别为 1928 年 4 月 6 日至 8 日，这三天是从基督受难日到复活日。尤其是第四章叙事设定在基督复活日有很深的含义。复活日是指基督遗体不见了的那一天，教徒们视为其复活。小昆丁离家出走也没有留下任何线索，而且她不知所终。难道家族复活的希望在她身上？这是作家的希望和作品透出的理想之光，还是喻指毫无希望却依旧抱有梦想的未来？

文学不仅在于客观地展示，而且是作家心灵的投射。福克纳用视角人物讲述的日期对应这些富于寓意的宗教日期，为这个悲凉、没落的家族故事增添了悲壮甚至崇高的色彩。

---

① 莎士比亚. 莎士比亚全集：Ⅷ. 朱生豪，译. 北京：人民文学出版社，2014：380-381.

看玫瑰神秘诡异地凋零：

《献给艾米丽的一朵玫瑰花》

　　《献给艾米丽的一朵玫瑰花》是福克纳的短篇小说。它讲的是：美国南方一个小镇上有座很大的房子，里面住着一位性情孤傲的贵族小姐。父亲在世时，赶跑了所有的求婚者；父亲去世后，她立即剪掉长发，一个人孤零零地过着与世隔绝的生活。镇上的人很少见到她出来。后来，人们看到她有了变化，因为镇上来了一位北方的修路工人，他向她求婚了。艾米丽小姐失去的青春似乎焕发了生机，她由来已久的偏见和固执似乎要向爱情屈服了。可是，那个修路工人却不见了踪影。人们只见艾米丽走出过家门一次：她去了药店，买了砒霜。在那之后，镇上再没有人看见她走出那座房子。又过了很多年，人们终于有机会走进她的房子，因为她死了。

　　这个故事神秘、怪诞、诡异。读完之后，我们知道的情况如下：镇上有一位性情古怪的老姑娘，她住的那座房子神秘、阴郁，像她的性格一样不可预测、不可捉摸。房子里发生过什么事，大家都不知道，想知道又无法知道，这样的状况延续了几十年。她总也不出来，人们不知道她怎么样了，但是有证据证明她没死，因为有一个黑人照顾她的生活。

> 艾米丽·格里尔生小姐过世了，全镇的人都去送丧：男人们是出于敬慕之情，因为一座纪念碑倒下了。女人们呢，则大多数出于好奇心，想看看她房子的内部。除了一个花匠兼老厨师之外，至少已有十年光景谁也没进去看看这幢房子了。①

读者面对的是一座房子——一座空空的宅院，里边肯定发生了什么事：一个古怪的女人，由少女到中年到老年，越来越封闭自己。尽管她一直很古怪，但至少她在年轻时和一个北方来的修路工人同乘马车出去约会过，有过结婚的迹象，然后就沉寂了。我们了解的就是这些。

这篇小说的视角是第一人称复数"我们"，即这个镇上的普通居民，可以是某一个人，也可以是"我们大家"。这些人对艾米丽小姐的情况虽不清楚，但很好奇，又不便妄加猜测，既对她有一份敬意，又替她感到惋惜，同时这一切复杂的感触又都是淡淡的。所以，这种人称能用平静、宽容、沉思、怀旧的语调对艾米丽的故事娓娓道来，不疾不徐，对其中的是非曲直不妄加评论，对其中的神秘诡异也不妄加猜测，像一个看惯了岁月沧桑的人，对往事感到惋惜却又不细究。对于艾米丽小姐来说，时间的脚步早已停止了。对于镇上的老人，时间的脚步缓慢得可以忽略不计。

---

① 福克纳.献给艾米丽的一朵玫瑰花.杨岂深，译//福克纳.献给艾米丽的一朵玫瑰花.李文俊，等译.北京：人民文学出版社，2021：1.

他们把按数学级数向前推进的时间搅乱了。这是老年人常有的情形。在他们看来，过去的岁月不是一条越来越窄的路，而是一片广袤的连冬天也对它无所影响的大草地，只是近十年来才像狭小的瓶口一样，把他们和过去隔断了。[①]

而叙述者正是利用时间顺序的颠倒、停滞和跳跃，采取倒叙、插叙等方法，选取了艾米丽小姐生活中的主要片段，揭示人物心理，制造悬念，给读者留下回味的余地。直到小说读完，读者才能理解整个故事的来龙去脉。这种视角显然不是来自和艾米丽小姐熟悉的人。如果是她亲近的人，这个故事会说得更清楚，她生活的每一个细节、造成她个性的原因都会有章可循，事情的前因后果也会解释得更透彻。

《献给艾米丽的一朵玫瑰花》到底讲了一个什么样的故事？这个叫艾米丽的老太太究竟怎么了？不读到小说最后，读者绝对不会明白。一开始是讲一座房子和一个性格古怪的老太太的故事。接下来讲她的生活习惯、举止多么怪诞。然后讲她的行为方式——如何深居简出、行为诡秘，那座房子如何让人难以接近。就这样一直让读者边读边猜。叙述角度既贴近又遥远：因为是镇上的居民、邻居，大家住得距离不远，又都不了解她，心理上隔得很远。既近又远——一座房子近在眼前，想进去看一下，却又不得其门而入，因为艾米丽小姐从来不请任何人去她家。这是一个神秘的所在。

这种视角的效果是：大家觉得艾米丽越来越神秘。经过几十年的

① 福克纳. 献给艾米丽的一朵玫瑰花. 杨岂深，译//福克纳. 献给艾米丽的一朵玫瑰花. 李文俊，等译. 北京：人民文学出版社，2021：11.

准备酝酿，经过十多页篇幅的心理悬念，最后真相大白。待真相一揭示出来，此前的每一个细节都被重新展开，读者在脑子里会自己把这个故事重新还原，还原成一个完整的故事。这样，等于这个故事讲了两遍。第一遍是听叙述者讲这个故事，他只讲了他的印象：一个人，一座房子，一种气氛，天天看得见，但总不得而入，一切显得神秘莫测。最后，她死了，大家才有机会踏进那座房子。进入之后，打开楼上一个封闭的房间，发现里面布置得像新婚洞房，有玫瑰色窗帘、玫瑰色灯罩、梳妆台，还有一排精细的水晶制品和白银作底的男人盥洗用具等，一应俱全。再往床上看，大家看到床上躺着一个男人，就是四十年前大家认为会和艾米丽结婚的那个北方来的修路工人。小说的结尾是这样写的：

> 后来我们才注意到旁边那只枕头上有人头压过的痕迹。我们当中有一个人从那当中拿起来什么东西，大家凑近一看——这时一股淡淡的干燥发臭的气味钻进了鼻孔——原来是一绺长长的铁灰色头发。[1]

故事到这里就完了，作家在写完最后一个句号后就停笔。留给读者的任务是根据作家透露出来的点点滴滴，还原出一个合乎逻辑但并不连贯的故事情节。既然这个房间是艾米丽准备结婚用的，一切都已布置停当，那她要跟谁结婚？为什么这个男人躺在她的婚床上？这个男人已经死了，她还活着。这个男人什么时候死的？怎么死的？这些

---

[1]　福克纳. 献给艾米丽的一朵玫瑰花. 杨岂深，译//福克纳. 献给艾米丽的一朵玫瑰花. 李文俊，等译. 北京：人民文学出版社，2021：12.

都是需要读者解决的疑问。

第二遍是由读者还原故事。按照时间进程和故事情节发展顺序，这个故事的完整叙述应该如下：从前，在美国南部的一个镇上，有一个高傲的、不再年轻的女子艾米丽。一天，有一个人向她求婚，她很高兴，这人是北方来的修路工人。她把结婚用的一切都准备妥当，打算嫁给他。这时，这个修路工人又说他不愿意和她结婚，想回到北方。艾米丽很愤怒。她对这个男人说"你回去一段时间可以，再回来看我一次"，那个男人说"好"。有一天，有人看到那个工人回来了，走进了她的家门。艾米丽于是罕见地走出家门，去了药店，买了剧毒的砒霜。回家之后，她便不再出门。她用砒霜毒死了这个男人，然后把他放在了自己的婚床上，天天看着他。两个人就这样相伴终生。艾米丽有时候会躺在那个被她毒死的男人身边睡觉。故事应该是这样的。

这种带有神秘色彩的叙述和女主人公的性情是一致的，与她的气质、风格、故事的内容和主题是吻合的。直到最后真相大白，故事使读者保持了很好的阅读期待。等到我们还原了整个故事，就会明白：这个女主人公的一切神秘和诡异的行为，都可以得到合理的、符合逻辑的解释。小说中没有一处是多余的描写，整个故事都是作家通过这样一个视角来精心设置的艺术品。

这是一个非常完美的故事，是短篇小说的典范。它用的是一种有限视角，保持了故事的神秘感，引起了读者的猜测好奇与无限期待，让我们对艾米丽最后怪异的行为有所准备。无论最后的结局多么出人意料，其实都合乎情理。只有那么怪异的人，才会做出那么怪异的事情，因为前面的伏笔铺垫得很充分。这就是适当的叙述视角所达到的效果。

从叙述视角开始，接下来我们将对文学作品做比较深入的批评性阅读与欣赏。在平时看书的时候，我们可能不会想到这些方面，只觉得这部作品很好看、这个故事讲得很吸引人，而不大管它为什么好看、为什么吸引人。事实上，如何让一部作品好看、怎么写才能让它更有意思，这才是作家在创作时要用心设置和着力运笔之处，也是一个具有欣赏力的读者值得用心的地方。

第六章　风格：品味独特的感觉

　　每个诗人都要适用他自己的音乐，也几乎要运用一种他个人的语言。

　　　　　　　　——豪尔赫·路易斯·博尔赫斯：

　　　　　　　　　　　　　《博尔赫斯谈话录》

豪尔赫·路易斯·博尔赫斯（Jorge Luis Borges，1899—1986），阿根廷著名作家，主要作品有《小径分岔的花园》《迷宫》《沙之书》《老虎的金黄》等。

风格是通过语言展示出来的作品带给人的总体印象和感觉，是作家运用语言以达到特定艺术效果的明显特征。

影响风格的要素包括词法、句法和语气。词法是作家对词语的选择运用，作家在特定语境中对词义的引申能超出词典能够给出的意思；句法主要看作家组词成句的特点；语气显示作家对故事人物、事件的态度。不同的作家有不同的风格，达到的艺术效果也各不相同。风格最能显示作家的个性，风格之于作家就像一个人的性格一样。

有的人阅读是找适合自己的书看，还有的人是优秀的作品都要看。阅读自己喜欢的风格的作品有助于加强我们既有的个性，对不同风格作品的欣赏则让我们的心灵有更大的容量。用心感受作品的风格有助于养成独到的品位和眼光。

风格、语言与效果

对风格的界定要看作者用什么样的语言特色，来达到一种什么样的阅读效果。语言的特色以及表达的效果，都是风格的构成部分。

关注作品的风格，首先要看作家的语言特征。有些作家的作品，我们只要读上几页，甚至看上三两段，就能断定，这是哪个作家写的。这种判断不是看他的作品内容和故事情节，因为此时故事还没有展开，人物还没有出现；而是主要根据语言风格来判断。比如读鲁迅先生的作品，能读出特色鲜明的语言风格：冷峻峭拔，犀利沉郁，如锤如剑，似刀似锉。而"最是那一低头的温柔"这种诗句，只能是徐志摩那般轻柔烂漫的笔触才写得出。

每个作家都有自己的语言特征，一流的作家都是语言大师。他们对于语言的掌控和运用十分精深，可谓炉火纯青，甚至登峰造极。对于一些优秀作家的语言水平，这样说并不为过。语言的运用水平是判断一个作家水平高下的重要标准。有造诣的作家都具备鲜明的语言特征，有自己特色鲜明的表达方式。所以有的时候，当我们不知道自己喜不喜欢某一个作家的作品时，就从他的语言特征入手来判断，看他的语句行文是否让人舒服。

　　要理解作品风格，还要看作家的语言特征所达到的艺术效果。他的表达方式为什么是这样的？这样遣词造句达到的效果如何？不同的作家有不同的风格，达到的艺术效果也各不相同。如果我们阅读亨利·詹姆斯的作品，会看到他的段落写得很长，对话少，描述多，而且不是对外在的行为、动作的描述，更多的是心理描述，通过反思和内省，表现怎样认识自己、观察社会。这就是所谓心理现实主义的描写：看重心理刻画和内心对外部世界的反应。亨利·詹姆斯的特色是大量铺陈，细致刻画，心理活动描写生动微妙。他的艺术风格和他要塑造的人物形象，以及他要表达的主题，是相互契合的。

　　构成风格的要素是句子和构词，也就是作家遣词造句的特征，分开讲就是词法与句法的应用特色。

　　词法是作家对词语的选择和应用，什么样的人说什么样的话，人物语言要符合他的身份特征和时代背景。

　　大作家的用词往往不限于词典所列示的意思；相反，一个作家真正杰出的地方常在于对词典词义的引申和拓展。在特定语境中，作家能将常用词用出新意，这个新意的表达是作家风格的体现和他对词法的贡献。所以，在阅读中，我们重点要关注的是，作家为什么能把寻常的词用得不同寻常。这关涉当时特定的社会风尚、时代背景和上下文语境等。

　　句法主要是作家组词成句的特点，包括对长句、短句、简单句、复杂句等的不同应用，使不同句子达到不同的效果。有些作家写的句子特别简单，短小明快；有些作家则喜欢写长句子，逻辑性强。这跟作家笔下的人物性格和叙事意图有关。

还有一个考察风格的标准，就是语气。语气是作家通过词语的用法，对人物、事件所展示出来的态度。作品中的人物是可敬可爱还是可憎可恶的，是顽皮机敏还是笨拙愚钝，都可以通过特定的用词与语气表达出来。对于一件事，是冷眼旁观还是痛心疾首，是振臂呼号还是讽刺怂恿，字里行间都传达着作家的态度和立场。

作家不像评论家那样，直接对人物进行褒贬。作家往往把他的意思隐含在他所选的词中和他所表达的语气上。作家不愿意人们问他这一类问题：这个人是好人还是坏人？你写的小说想要说明什么？他喜欢的说法是：作品都有多义性，希望你通过自己的阅读去探索。他只是把这件事情通过他的角度展示出来，具体是好人坏人、含义主题，他希望由读者来下结论。作家对人、对事的潜在态度，可以从他的行文风格、词句特点、语气口吻中看出来。

对一般读者来说，读不同的故事会有不同的感触。比如读《汤姆·索亚历险记》，会感觉轻松愉快、心情舒畅，当然，也有些地方让人紧张得透不过气来。如果读《红字》，用不了几页，你就会被迫思考一些问题，直到你能够和里面的人物一起体会悲欢沉浮。这就是不同的作品风格产生的效果。

总的来说，风格首先是一种对语言的总体感觉，其次需要我们具体分析作品的词法、句法和语气，然后再对词法、句法和语气产生的效果作出基本判断，再把作品风格和作品的人物刻画、主题意义，以及社会背景和故事语境联系到一起，对作品形成比较全面的理解。

风格与人

风格最能显示作家的个性，风格之于作家就像一个人的性格一样。他是热情还是忧郁，是孤独还是外向——不同的性格就好比作品的风格。好的作家都有自己独特的风格。大作家胸怀天下，体察世态人心，关注民族命运和苍生百姓的状况与未来。由于立意高远，大作家写书著文往往能道出万千气象。

我们想到鲁迅先生，仿佛就能感受到他的目光如炬，看什么事都深刻冷峻，语言凝练，思想深邃，一眼就能把事情看穿。他写的往往不是某个个体的人，想的往往不是某个具体的问题，而是一种类型、一个现象。他是从一个人、一件事上，看到无数同样的人和同样的事。他把民族性格十分凝练地安排在一个人身上，把对民族命运的观察放在对一个故事的描述上。这说明他关注的东西很多、他的目光很远。比如《阿Q正传》《孔乙己》《故乡》《祝福》，都是通过描写一个人反映一类人、一种性格，通过一个故事反映一个大背景、一种大命运。

大作家能对一件具体的事情举一反三，能够从一滴水中呈现出汪洋大海。相反，平庸的作家则会把一个大的东西越写越小，或写故事就仅限于那个故事本身，不能激发读者的参与和联想。看莎士比亚的作品，我们差不多通过几句话、几行字，就能认出他的风格。他的作品通常给人一种极尽华丽、极尽铺张的感觉，而有时候又简约、平淡至极。其中的思想不只是深邃，而是像宇宙星空一般浩瀚无边。这个世界有多大、人类思想的容量有多大，他就能够用多么肆意汪洋的语言来书写，将其表现得淋漓尽致。莎士比亚充分运用了英语的词汇和修辞，这是一种浓墨重彩的风格，他把这种语言用到了极致。

泰戈尔的散文诗风格独特，让我们一看就知道是泰戈尔的，因为世界上找不到第二个人能写出类似的风格。泰戈尔是什么风格？读他的《吉檀迦利》，清新如早晨的空气，透彻似露珠的舞蹈，真挚、细腻、灵动，充满着智慧的灵性，又充满着灵性的智慧。他的智慧与胸怀极大，但是用语言表达出来又特别清晰细致，有种轻轻拨动心弦、妙不可言的感觉。一个拥有不可思议的智慧的人，用细腻的笔触和具体的形象表现轻柔曼妙的情感，读来让人惊叹不已。那种感觉可以让你不断地回过头来看。他的作品，年轻的时候可以读，中年的时候可以读，老年的时候也可以读。他不仅对人生、对宇宙理解得那么透彻，还能将细腻情感和深邃智慧完美地融为一体。

纪伯伦的散文诗也很美，但和泰戈尔的不一样。泰戈尔描写飞鸟、果园、渡口；纪伯伦描写大海、沙子，他有一部作品取名《沙与沫》。两个人都以语言唯美、启迪思想著称，但是借由语言特征体现出来的作品风格不一样。

这些作家的风格得到了大家的共识和认可。在我们的阅读中，除了文学史中有定论的作家，除了大家都公认的作家风格之外，有的时候还需要我们自己去发现、去体会、去领悟、去品味。随着阅读量的增多，这种自己发现、品味的机会会越来越多。这也说明你的阅读越来越深入，越来越有自己独特的发现，越来越有自己独到的眼光。

作家风格的形成是日积月累、千锤百炼的结果。我们早就有"文如其人"的说法。在古罗马时期的朗吉努斯在《论崇高》一文中也认为，"崇高的风格是一颗伟大心灵的回声。……雄伟的风格乃是重大思想之自然结果，超高的谈吐往往出自胸襟旷达志气远大的人"①。风格的形成与作家个人经历、艺术品位和文学追求都密切相关。

当我们沉浸于一个作家迷人的风格中，我们也仿佛沉醉于作家用文字编织的奇妙世界。风格是作家用语言描绘的独特风景，让我们品味独特的感觉。比如，我们读安徒生的童话，往往惊讶于他语言的晶莹剔透、纯粹干净，仿佛一颗透明的心灵映衬出来的诗意的光芒。下面以《海的女儿》为例，欣赏一下安徒生的这种风格。

---

① 章安祺.缪朗山文集：第1卷.北京：中国人民大学出版社，2011：71.

清明澈澄的忧伤：《海的女儿》

《海的女儿》开篇描写了一个斑斓多彩的海洋世界，主人公是一条小人鱼。

> 在海的远处，水是那么蓝，像最美丽的矢车菊花瓣，同时又是那么清，像最明亮的玻璃。然而它是很深很深，深得任何锚链都达不到底。要想从海底一直达到水面，必须有许多许多教堂尖塔一个接着一个地连起来才成。海底的人就住在这下面。
>
> 不过人们千万不要以为那儿只是一片铺满了白沙的海底，不是的，那儿生长着最奇异的树木和植物。它们的枝干和叶子是那么柔软，只要水轻微的流动一下，它们就摇动起来，好像它们是活着的东西。所有的大小鱼儿在这些枝子中间游来游去，像是天空的飞鸟。①

小人鱼是海洋世界里最受宠爱的小公主，她居住在海底宫殿里，能活到三百岁。这该是多么令人羡慕、令人向往啊。但是，人鱼没有

---

① 安徒生.安徒生童话故事集.叶君健，译.北京：人民文学出版社，2011：1.

不灭的灵魂，而且永远不会有这样的灵魂，除非她获得一个凡人的爱情。小人鱼为了能过上像人一样的生活，为了一个不灭的灵魂，而放弃梦幻般美丽的海洋生活，放弃三百年的生命，并且拿自己美妙的歌声作为交换，甘愿忍受痛苦让巫婆把自己的尾巴分开。为了选择自己的生活，为了无法言表的爱情，为了那传说中的灵魂，即使牺牲了生命，即使化作了泡沫，即使她的王子毫不知情，她也愿意。

这个故事本身说明了人的可贵，也说明了小人鱼对于爱情、对于拥有一个不灭灵魂的追求勇敢而无畏，不计代价，不怕牺牲。童话的结尾处，她心爱的王子和另一个女孩结婚了，小人鱼没有得到自己向往的、为之做出了巨大牺牲的爱情，也无法得到她渴望的、不灭的灵魂。她这样做值得吗？对她来说，这不是一个问题。她知道这是她必须付出的代价。

虽然爱情不可得，安徒生却给了小人鱼一个能够为自己创造出不灭灵魂的机会。他这样描写小人鱼生命的湮灭与再生：

> 现在太阳从海里升起来了，阳光柔和地、温暖地照在冰冷的泡沫上，因为小人鱼并没有感到灭亡。她看到光明的太阳，同时在她上面飞着无数透明的、美丽的生物，透过它们，她可以看到船上的白帆和天空的彩云。它们的声音是和谐的音乐，可是那么虚无缥缈，人类的耳朵简直没有办法听见，正如地上的眼睛不能看见它们一样。[1]

---

[1] 安徒生.安徒生童话故事集.叶君健，译.北京：人民文学出版社，2011：19.

安徒生的语言是诗意的，他不是搜集、改编已有的故事，而是创作像诗一样的童话。在他之前的童话，多是民间故事的搜集和整理。他的绝大多数童话则是结合他的人生见解原创的故事。在他的童话里，他投入了自己的情感、思想和智慧。要了解他这种诗意的风格和童话里的诗性，我们需要了解他的人生。

安徒生原本想当一名歌唱家。他还自认为可以成为一名编剧。他也写作诗歌。在城市的喧闹里，他时常想起少年时在故乡听到的故事。他重写这样的故事，编织这样的故事，仿佛沉浸在自己的思想里，沉醉在自己的诗里。他通过写作召唤出心中那个无畏的少年、充满憧憬和幻想的少年。他的歌声没有留下来，他的剧作还有上演，他的诗也在诵读，但显然，他的童话流传更久远。凡是有大海的地方，凡是流水能够到达的角落，就有人能够感受到小人鱼的忧伤，就有人同情她痴情的目光。

小人鱼的故事里有安徒生的爱、祝福，还有他的忧伤、他的牺牲。他写下的是蕴藏在心底里的爱、溢满了眼眶的泪、孤独的坚强和真挚的牺牲。他对世界充满渴望。他相信自己是属于未来的诗人。人们却喜欢把他的作品只当作童话故事。他时常感到孤独。

他的童话就是他的现实人生。他终生未娶，也没有主动向谁求过婚。他和他的童话融为一体，他的人物就是他的生命。于是，他情不自禁地会做出牺牲。看见他所爱的人结婚了，看见孩子们沉睡在美梦中，他选择从烟囱送去祝福。他理解母亲的愁苦，理解锡兵的坚强，理解卖火柴的小女孩想让祖母带她走的渴望。看到皇帝的新衣一定要大喊出来，他能够体会到孩子的率真。他对丑小鸭的自卑和飞翔感同身受。他愿意和那个因为飞箱被烧掉而没有得到公主爱情的商人的儿子一道，在这个茫茫的世界里跑来跑去讲儿童故事。他爱那位苦吟的老诗人。他为他笔下的人物创造灵魂，就像他让小人鱼为自己创造灵魂一样。

作家为了文学创作所做的牺牲和小人鱼一样大。他得到尊敬，接受宴请，享有朋友的安居之所，但是，他得到了就要离开。他不习惯太舒适，不习惯太长久的陪伴。他得到了爱，但没有人能够成为他的爱人。他也不能深切地恋爱。他把自己的心和灵魂奉献给了这个世界，也为这个世界创造了灵魂。

安徒生其人物、其诗意，与其清澈澄明的风格是统一的。作为贫困家庭的孩子，安徒生比谁都理解苦难。作为终生未婚的作家，安徒生比谁都更深地体会孤独。同时，作为富有诗意的作家，他拥有一颗清明澄澈的心灵和天生的诗人情怀，这是他过滤苦难和孤独的滤网。他的童话是诗意情怀和苦难经历的结晶。如果能够这样理解安徒生，就能够理解他那诗意的语言、如水晶般晶莹剔透的心灵，以及他从苦难、孤独中提炼出来的清明澄澈的忧伤。

繁与简的极致:《老人与海》

提起海明威，我们就会想到他的冰山风格，即作品中写出来的只是露在水面之上的那十分之三，还有十分之七隐藏在水面之下。也就是说，作家只描写必要的部分，即行为本身，作品中描写的只是露出来的冰山一角；大部分的内容，比如人物性格、心理状况、行为动机等，都在水面之下，需要读者用想象力来填充。所以，他的句子比较简短，动词多，形容词和副词少；表现行动的句子多，反映心理活动的句子少。这种风格的艺术效果就是行动力很强，作品读起来简洁、明快，直截了当。这种风格比较适合描写他那个时代的男人，即两次世界大战之间饱受战争创伤的男人、孤独的英雄、坚强的硬汉。他们虽然在生活中受到挫折、遭遇不幸，精神苦闷彷徨，但不失勇气、尊严和气度，什么事情都自己做，什么压力都默默承受，一切靠行动说话。多行动，少感慨，这就是所谓压力下的优雅，是海明威小说的艺术特征。

我们读《老人与海》，能够体会到海明威冰山风格的具体运用。这部小说的第一句这样写道：

他是个独自在湾流中一条小船上钓鱼的老人，至今已去了八十四天，一条鱼也没逮住。①

这句话交代了主人公的境况。语言风格清晰明了，简约至极，一字不多，一字不少。我们得到的信息如下：作品的主要人物是一位老人；职业：渔民；捕鱼方式：独自一人，驾一条小船钓鱼；境况：八十四天没有钓到一条鱼。除了这些基本信息，这句话还引出了故事线，引发悬念：老人为什么钓不到鱼？如果说前八十四天没有什么特别的事情发生，他再去钓鱼，会有什么不同？在接下来的阅读中，我们期待老人下一步的行动，期待一个与前八十四天不同的故事：他还愿不愿意再去钓鱼？他还能不能再钓到鱼？另外，我们会问：老人为什么独自钓鱼，他有没有家人、朋友？为什么作者强调是八十四天，这个天数有何特殊？

第一段最后一句话说，老人小船的"帆上用面粉袋片打了些补丁，收拢后看来像是一面标志着永远失败的旗子"②。这是虚实相间的描写，对老人船帆是写实，仿佛那些补丁能够展现在读者眼前；对收拢之后船帆的象征是写虚，像是失败的标志，点明作品的主题：这将是一部关于失败的小说。这也表明了老人的境况和人们的看法：他是一个孤独的、失败的老人。在第三段最后一句，作家却形容老人的眼睛"像海水一般蓝，显得喜气洋洋而不服输。"③ 对老人的船帆和他的双眼的描写都采用虚实相间的手法，用词简约，意思却相反，说

---

①② 海明威. 老人与海. 吴劳，译. 上海：上海译文出版社，2001：101.
③ 同①102.

明了作品的主题。一方面，老人的船帆像一面标志着永远失败的旗帜；另一方面，老人的眼睛表明，他天性愉快，永远不肯认输。这样，通过船帆和眼睛的对比，推动小说情节发展的动力就显示出来了，即一个明明失败的老人何以证明自己没有失败？他失败了何以不肯认输？如何看待输赢得失？作品的主题在小说开始就已经埋下了伏笔。

小说的第一段第二句出现了新的人物：一个孩子，并且引出孩子父母的看法，他们认为老人倒了血霉，便让孩子上了另一条船。果不其然，孩子头一个礼拜就捕到了三条好鱼。关于孩子对老人的看法，只说他看见老人每天回来时船总是空的，感到很难受。他更多的是通过帮助老人拿卷起的钓索、鱼钩和鱼叉，还有绕在桅杆上的帆等这些行为，表达自己对老人的同情、体恤和无奈。

隔了几段之后，海明威用了这样一句话描写老人与孩子的关系——"老人教会了这孩子捕鱼，孩子爱他。"[①] 这个句子就是典型的海明威的简约风格：词句简单，意思却实虚相间。老人教孩子捕鱼是写实，容易理解；孩子爱他，是写虚。孩子对他的爱有多深，如何体现？这一点需要证明。

如果说海明威的风格之一是用词简约却力道十足，当简约处则简约至极，那么，他的风格的另一面则是细节描写生动具体，该详尽处极其繁复详尽。比如对老人面部的描写："老人消瘦憔悴，脖颈上有些很深的皱纹。腮帮上有些褐斑，那是太阳在热带海面上的反光所造

---

① 海明威. 老人与海. 吴劳，译. 上海：上海译文出版社，2001：102.

成的良性皮肤癌变。褐斑从他脸的两侧一直蔓延下去"①。这种描写生动具体，简直可以说是纤毫毕现，如在眼前。

这是一部描写老人钓鱼的小说，很多地方对劳动过程的描写也极为详尽：

> 不等天色大亮，他就放出了一个个鱼饵，让船随着海流漂去。有个鱼饵下沉到四十英寻的深处。第二个在七十五英寻的深处，第三个和第四个分别在一百英寻和一百二十五英寻深的蓝色海水中。每个由新鲜沙丁鱼做的鱼饵都是头朝下的，钓钩的钩身穿进小鱼的身子，给扎好，缝牢，因此钓钩的所有突出部分，弯钩和尖端，都给包在鱼肉里。每条沙丁鱼都用钓钩穿过双眼，这样鱼的身子在突出的钢钩上构成了半个环形。②

小说中类似的描写很多。这些细节富于质感，体现的是作家丰富的生活经验（包括亲身体验）、细致入微的观察能力和生动传神的写实功夫。这是现实主义作品的典型特征，不是凭借意识和思想就能够长篇大论的现代派写作手法。

再看一段老人拉着钓索与马林鱼周旋的描写：

> 他的右拳猛地朝他的脸撞去，钓索火辣辣地从他右手里溜出，他惊醒过来了。他的左手失去了知觉，他就用右手拚命拉住了钓索，但它还是一个劲儿地朝外溜。他的左手终于抓住了钓索，他仰着身子把钓索朝后拉，这一来钓索火辣辣地勒着他的背

---

① 海明威. 老人与海. 吴劳，译. 上海：上海译文出版社，2001：101.
② 同①120.

脊和左手，这左手承受了全部的拉力，给勒得好痛。他回头望望那些钓索卷儿，它们正在滑溜地放出钓索。正在这当儿，鱼跳起来了，使海面大大地迸裂开来，然后沉重地掉下去。接着它跳了一次又一次，船走得很快，然而钓索依旧飞也似地向外溜，老人把它拉紧到就快绷断的程度，他一次次把它拉紧到就快绷断的程度。他被拉得紧靠在船头上，脸庞贴在那片切下的鲯鳅肉上，他没法动弹。①

这种详尽具体的写实风格是海明威冰山风格的基础。阅读这样的文字不需要发挥想象力，画面展开，具体、细致，读到如同看到。这种描写相当于其冰山在水下的十分之七，是其水面上十分之三之所以能够矗立的根基。要想理解其极简的十分之三，即露出水面的冰山，则需要了解这种写实手法，需要了解作家的伏笔，同时需要结合自己的人生经验，发挥想象力去填充。

下面，我们详细地分析小说的最后部分，体会海明威的独特风格，理解他如何处理水面之下与水面之上的冰山比例，及其达到的效果。我们采用对原文批注的方式，把点评放在引文后面的括号里。主要内容是老人钓鱼回来，躺倒在窝棚里睡觉，孩子来看他。

孩子看见老人在喘气，跟着看见老人的那双手，就哭起来了。②（这句话就是冰山上的十分之三。为什么孩子一看老人的手就哭了？这需要和小说开头对老人双手的描写对照着看。小说开头对老人的手

---

① 海明威. 老人与海. 吴劳，译. 上海：上海译文出版社，2001：160.
② 以下仿宋体引文出自：①191-195。

这样描写："他的双手常用绳索拉大鱼，留下了刻得很深的伤疤。但是这些伤疤中没有一块是新的。它们像无鱼可打的沙漠中被侵蚀的地方一般古老。"① 这是具体描写，尤其强调这些伤疤中没有一块是新的。小说前后两处对老人双手的写法是一繁一简，繁复处的描写好像能够让人看到这双手的样子和伤疤。之所以开篇这样详细描写，是为了向读者介绍饱经沧桑的老渔民的手是什么样的。这是在为后面做铺垫。

而简约处的写法是根本没有提到这双手的样子，因为孩子是个有经验的人，他熟悉老人这双手，熟悉他的每一道旧有的伤痕。三天前和二天后的对比，他一眼就看出了老人手上的变化。他看到老人的手上布满新的伤疤：手勒钓索留下的痕迹，被鲨鱼锋利的尾巴剐伤、被刀和钓钩割破的伤口，以及受伤流血后浸泡在海水里留下的伤痕等。孩子之所以看到老人的手就哭了，是因为从中可以看出老人与马林鱼周旋的艰辛和他与鲨鱼搏斗的残酷。孩子的"哭"不同于小说开始他为老人感到的难过。这里应该是心疼的意思。

虽然没有正面描写老人的手经过三天三夜的海上搏斗之后有何改变、增加了哪些新伤疤，但只用了简单的一句话，就说明了老人双手的变化。通过小说前后两处的对比，我们就可以明白，作者何以写这么简单，也能够效果惊人。套用所谓冰山理论，可以这么解释：前面对老人双手的正面描写是水面下的冰山的基座，这三天三夜的海上搏斗为这双手带来的变化是水下的十分之七的冰山的冰体。有了这十分

---

① 海明威. 老人与海. 吴劳，译. 上海：上海译文出版社，2001：101.

之七的冰体衬托，才有了孩子"看见老人的那双手，就哭起来了"这句话显出的十分之三的效果。）他悄没声儿地走出来，去拿点咖啡，一路上边走边哭。（这应该是感动、敬佩、心疼，发誓要照顾好老人，也向他学习。）

许多渔夫（可以理解为同行、看客、围观者）围着那条小船，看着绑在船旁的东西，有一名渔夫卷起了裤腿站在水里，用一根钓索在量那死鱼的残骸。（画面清晰，符合人物的职业特征。那名渔夫是一个替所有人解惑的人，即弄清楚那条鱼到底有多大。）

孩子并不走下岸去。他刚才去过了，其中有个渔夫正在替他看管这条小船。

"他怎么啦?"一名渔夫大声叫道。（大家都知道他们关系亲密，也知道孩子刚才看过老人。渔夫想通过他了解老人的状态。）

"在睡觉。"孩子喊着说。（渔夫大声叫，孩子喊着说，说明二者距离远。这也解释孩子不愿意在人多的时候凑热闹，他忙自己的事，而不是在人群里显示自己。）他不在乎人家看见他在哭。（第三次哭。潜台词是：一般情况下，孩子很在乎，知道不能在人前哭，不能让人看见自己哭。而这里故意说不在乎，一是说明孩子情到真处，不怕别人知道；二是孩子潜意识明白，老人值得他这样哭。他不怕被人笑话他哭，是因为他觉得老人值得他这样。）"谁都别去打扰他。"（这是孩子认为眼下最重要的一句话。孩子设身处地，他在替老人着想。他知道老人疲惫不堪，需要完整的睡眠和充足的休息，所以他这样告诉大家。）

"它从鼻子到尾巴有十八英尺长。"那量鱼的渔夫叫道。（渔夫是好事者、同行、羡慕者，他对鱼的丈量很准确。）

"我相信。"孩子说。（这既是对渔夫的肯定，也表明孩子对老人的信任。因为相信，才尊重，才哭，才心甘情愿地帮助。）

他走进露台饭店，去要一罐咖啡。

"要烫的，多加些牛奶和糖在里头。"（这是考虑老人这种状况下最迫切的需要。）

"还要什么？"

"不要了。过后我再看他想吃些什么。"（他关心的是老人的需要，也说明他不怕辛苦，愿意多跑几趟，随时根据情况再定。）

"多大的鱼呀，"饭店老板说，"从来没有过这样的鱼。你昨天捉到的那两条也满不错。"（老板的话得体周到，照顾了两个人。前一句话说，老人的鱼大，单纯是赞美，根本没有提这条鱼只剩骨架而没有肉；第二句说给孩子听，对孩子也是一种鼓励。老板本意不错。）

"我的鱼，见鬼去。"孩子说，又哭起来了。（孩子觉得自己的鱼不值一提。又哭，是因为鱼的对比触动了孩子，孩子后悔没有和老人一起出海，感慨大鱼才是渔夫应该捕获的。）

"你想喝点什么吗？"老板问。（老板可能是为了岔开话题，也是生意人该问的话。）

"不要。"孩子说，"叫他们别去打扰圣地亚哥。我就回来。"（回答关于自己的问题，孩子用词简单到极致。他再三嘱咐，不要打扰老人。直呼其名是习惯使然，也方便老板告诉顾客老人的名字。）

"跟他说我多么难过。"（老板的形象三言两语清晰展现，生动形象：说话得体，合规合矩。）

"谢谢。"孩子说。（孩子替老人说的，两人合二为一。）

孩子拿着那罐热咖啡直走到老人的窝棚，在他身边坐下，等他醒来。有一回眼看他快醒过来了。可是他又沉睡过去，孩子就跨过大路去借些木柴来热咖啡。（孩子体贴入微，默默守在老人身边。没有直接描写孩子的心情，只字未提孩子对老人的感情，而是完全通过动作行为表现孩子的内心，这是海明威的最大特点。一方面说明老人很累。快醒了又睡去，而且是沉睡。另一方面说明孩子对老人的爱、敬佩和感动转化为守护老人的行动。这里有一种精神在传递。经过了这件事、这次守护，老人会更爱这孩子，孩子也更让老人放心，两人信任的纽带进一步增强。经验传承和生命循环的主题逐渐展现。）

老人终于醒了。（这好像是没有办法更简单的一句话了，却说明老人睡了很长时间，他很累；也衬托孩子的耐心，他一直守着，让老人睡到自然醒。）

"别坐起来，"孩子说。"把这个喝了。"他倒了些咖啡在一只玻璃杯里。（第一句话完全为了老人的健康考虑，第二句话从老人的需要出发。咖啡前面没有加热字，不知道孩子数次把由滚烫到凉了的咖啡又加热过。之所以省略，是因为我们能够根据前文"孩子就跨过大路去借些木柴来热咖啡"这一句猜出来，孩子肯定是把咖啡热了又热，随时等候老人醒来。所以，老人一醒，第一时间就有热咖啡喝。照顾过病人的读者都应该深有感触，做到这一点有多么不容易。

小说开头说的"孩子爱他"，在这里落到了实处。作家通过描写孩子的各种具体做法，说明孩子对老人的守护体贴而周到，以此体现出孩子对老人的爱。这时的爱不只是小说开头部分对老人的可怜和同情，更有理解和敬佩，也说明了孩子的成长。孩子在守护中体现了对老人的爱，孩子也在默默守护中成长。）

老人把它接过去喝了。（没有更多的动作修饰词，也没有心理活动描写。老人直接说的第一句话是下面。）

"它们把我打垮了，马诺林。"他说，"它们确实把我打垮了。"（"它们"指的是马林鱼和鲨鱼。老人对胜败的思考，对应小说开头的关于失败的主题。这句话说明，他的睡眠、醒来和他对钓鱼的挂念是连贯的，没有间断，他还在想这件事。

这句话还值得关注的是：第一次，老人称呼了孩子的名字"马诺林"。孩子每次对老人都直呼其名，叫他的名字"圣地亚哥"。此前，孩子的名字一直没有出现。这是孩子的名字第一次在小说中出现，且唯一一次被老人叫出来。这是老人随口一叫，还是孩子在老人眼中长大了，赢得了老人的喜爱、信任甚至尊重？这是作家无意的闲笔，还是说明孩子配得上拥有并被人喊出自己的名字？这个名字的意味也具有冰山效果。）

"它没有把你打垮。那条鱼可没有。"（孩子点题。那条鱼指的是马林鱼。）

"对。真是这样的。那是后来的事。"（老人表示认同，后来指的是和鲨鱼群搏斗。）

"佩德里科在看守小船和打鱼的家什。你打算把那鱼头怎么着?"（孩子岔开了话题，说明关于胜败的话题已经结束，观点已经阐明清楚，不需赘言。）

接着，孩子先表明态度：他下定决心和老人一起出海。老人推托自己运气不好，孩子毫不介意，说自己会带来好运。孩子不再觉得捕鱼是运气的问题，认为更是经验和勇气的问题。老人顾及孩子家人的看法，孩子说"我不在乎"。他相信老人是学习的榜样，也认识到自己和老人的差距以及需要学习的东西。

下一步就是两人商量具体应该做哪些准备。老人提出让孩子找旧福特牌汽车上的钢板做矛头，弄一支能扎死鱼的好长矛。孩子就答应去弄把刀子，把钢板也磨快。同时，利用还要刮三天的大风，孩子去备好一切，老人养好自己的手。他们共同期待下一次出海。小说最后一段写：

孩子出了门，顺着那磨损的珊瑚石路走去，他又在哭了。（孩子最后一次哭。哭是因为对老人的理解，为老人感动；也因为自己有了新的学习机会，领悟到了真正重要的品质。孩子为爱和成长而哭。）他又睡着了。他依旧脸朝下躺着，孩子坐在他身边，守着他。（孩子是学习者，也是守护者、见证人，还是传承者。）老人正梦见狮子。（这是小说的最后一句话，是一个只有主谓宾的单句，一个修饰语都没有。小说多次提到狮子：老人出海前在熟睡中，梦见小时候见到的非洲长长的金色海滩上的狮子。在和大鱼周旋、累倒时，他但愿大鱼睡去，他也睡去，梦见狮子。和鲨鱼搏斗时，他想到狮子，给他力量和勇气。狮子是他小时候的记忆，也是勇气、力量和希望的象征。

小说开始时，老人独自一人；结束时，有孩子守着他，有狮子在他梦中。也许是与孩子的对话给了他信心和鼓舞，也许是足够的睡眠和进食补充了体力和能量，让他拾回小时候的记忆，怀有新的憧憬，对下一次捕鱼充满了期待。作家虽然没有直接描写老人的心理活动，但我们也能够读出其中的意味：这是一个生命的延续、循环、交接与传承的故事，这是青春回来、勇气依然、力量还在的故事。最后一句，提到他梦见"狮子"，正可谓：只著一词，尽得风流。）

总结一下，我们对海明威的冰山风格的一般理解是，写出来的只有十分之三，没有写的占到十分之七。通过上面的例子，我们对他的冰山风格还可以有另一种理解，即在他写出来的文字中，写实的具体细节描写占比十分之七，通过动作或对话表现的心理活动占比十分之三。

海明威的写实远远超出一般栩栩如生、生动形象的层面，而是极度的写实，如刀刻斧削，明朗、拙朴而有力，充满细节的质感和强烈的画面感，真实可触。他写一个人的面部表情，连同人物脸上的皱纹的深浅、走向、色泽都纤毫毕现。他刻画的老人钓鱼的种种画面，清晰可见。他的描写用词字字千钧，铿锵有力；句句落在实处，掷地有声。没有拖泥带水、模棱两可。这既是写作的基本功、入门课，又是最高水准的体现，是建立在长期观察和磨炼基础上的成果。

风格与阅读的境界

　　阅读大概有两种境界。第一种是找适合自己的书看，而不是听说哪一本书很畅销，大家都在看，所以自己也去看，但看了很多页也不明白它为什么畅销。我们总会找到自己喜欢的书，找到自己喜欢的作家风格，这有助于塑造我们的性格。就像作家都有不同的风格一样，我们也会在挑书的过程中，在阅读的过程中，找到自己，找到和自己心灵最贴近的作品，找到自己最喜欢的风格和表达方式，找到自己喜欢的观察世界的角度和人生态度。这种境界和阅读方式，就是通过作品更好地认识自己。阅读适合自己的书籍，就是寻找自己心灵的朋友、灵魂的旅伴。

　　还有另外一种境界。到了一定阶段，只要是好的作品，都可以读；只要是优秀的作品，都有必要看。这种好和优秀不是根据我们个人的好恶决定的，因为我们阅读的品位、判断好恶的标准会改变。优秀的作品可以让我们拓宽视野，带我们到达未知的领域、未知的思想高度和情感深度，让我们变得更加澄明、更有勇气、更有包容心、更加无所畏惧。这样的作品能够扩充我们的心理容量，帮助我们的心灵走得更远。

　　这两种境界或者两个阅读阶段，都是我们应该经历的。它们是交叉、相容的，是可以共存的。两种阅读方式缺一不可。阅读自己喜欢风格的作品能让我们的个性更加明朗，对不同风格作品的欣赏则使我们的心灵有更大的容量。善于接受不同的东西，汲取不同风格的作家带给我们的启发，有助于养成我们独到的品位和眼光。

第七章　象征：月亮代表我的心

象征是重要的文学技巧，但在此之外，它还作为点睛的细节同时作用于故事表层和深层，拓宽小说的所有维度。

——弗兰纳里·奥康纳：《神秘与方法》

玛丽·弗兰纳里·奥康纳（Mary Flannery O'Connor，1925—1964），美国南方女作家。主要作品有长篇小说《智血》《暴力夺取》及短篇小说集《好人难寻》《上升的一切必将汇合》。

象征就是作品中的词句表达超出了字面的意思，作家用有限的语言和形象表达出更丰富的意义。文学中的象征有两种：传统象征和作家的原创性象征。

传统象征是约定俗成的，是人类共同的经验和知识。作家的原创性象征在于作家的匠心独运，背景、人物形象、人名、物品都可以用作象征。《红字》中，"A"的丰富象征有助于推动主人公形象的改变和作品主题的发展。《汤姆叔叔的小屋》中，作为汤姆居所的"小屋"具有特殊的寓意，映射出主人公的处境和命运。《白鲸》中的"白鲸"在船员眼里具有不同的形象。

在一定意义上，所有的故事都是象征。大而言之，文学本身就是象征。从对象征的理解中可以加深和拓展作品的主题寓意。

约定俗成的象征

　　约定俗成的象征又叫传统象征，代代相传，是人类共同的经验和知识。传统象征的运用最为常见，大家也都耳熟能详。比如，太阳象征光明；月亮象征浪漫的爱情，就像《月亮代表我的心》那首歌唱的那样；还有大海的象征，我们经常说，要有大海一样宽阔的胸怀，因为大海象征辽阔宽广的容量；还有颜色的象征，如红色象征热情，黑色象征神秘、黑暗等。

　　有些象征在不同的时代有不同的寓意。不同的地区、不同的民族对同样的象征物也会有不同的解释。仍以颜色为例，在法国作家司汤达的小说《红与黑》中，主人公于连有两个选择：红与黑。红代表鲜血、流血、战争、军人帽子上的红缨，引申为军功、军队的荣誉，代表世俗的权力。本来，于连想跟着拿破仑的军队驰骋疆场，建功立业，但是那个时代已经过去了。自中世纪以来，西方修道院的僧侣着黑色袍子，所以选择黑意味着披上僧袍，追逐神圣的权力。这里的黑和黑暗没有关系。

　　东西方对红、白颜色的象征理解存在很大的分歧。中国人所谓红白事，红事是结婚，白事是丧葬，以颜色作为不同的象征，分得很清楚。中国人婚礼上喜欢穿红色的衣服，象征红红火火、热闹喜庆；而在葬礼上穿白色的衣服——披麻戴孝，孝布必须是白色的。相对地，西方人觉得白色代表神圣、纯洁；在婚礼上，女方披上长长的白色婚纱，带着一颗纯洁的心海誓山盟。然而，随着时代变化，现在中国人结婚也穿白色婚纱，或者两种颜色的服装都穿一遍，中西合璧，既要喜庆，也要纯洁神圣，双重含义各取其好。

这样就可以看出，即使是约定俗成的象征，也可以变化。

所谓约定俗成，就是大家公认的、经过一定年代沉淀下来的东西。再过一个年代，在不同的语境下，这种约定俗成也会改变。例如，大海是一种宽广的象征，代表浩渺无垠，但有些人选择跳海自杀，这样有些海域就成了死亡的象征。也就是说，每一种象征都可能有不同的解释。象征具有多样性，这就给作家的创作提供了很多的可能性，作家总能写出新意。花前月下，月亮是浪漫的象征。但有的时候，月亮代表很深的孤寂，"举杯邀明月，对影成三人"，就表达了一种很无奈的寂寞。

原创性的象征：

《红楼梦》《红字》《简·爱》

除了前面讲到的约定俗成的象征，还有一类象征是我们要关注的，也就是原创性的象征，即在具体作品中，作家对一个物象的不同寻常的表现。这类象征很多，动物、植物、背景、房子、人名、地名都可以用作象征。

在《献给艾米丽的一朵玫瑰花》中，玫瑰花代表什么？玫瑰花本来是爱情的象征，那是在它娇艳欲滴的时候。但是，如果它枯萎了，还不把它扔掉，甚至放了几十年都不愿意扔，这代表什么？代表凋零的爱情吗？抑或是枯竭的生命？还是曾经珍视的一切？曾经固守的、不愿意改变的过去？这就有些复杂了。艾米丽小姐住的那幢房子代表什么？陈旧？落伍？限制？封闭？孤独？死亡？爱情与婚姻的坟墓？这些理解都可以。

还有一种，即我们常见的物品和人名的象征。《红楼梦》又名《石头记》，那块石头叫通灵宝玉。通灵宝玉是一块玉还是一个人？其实，那块玉就是那个人，那个人就是那块玉，人和玉不可分。玉在，人命在，人的灵气在；玉不在，人就糊涂混沌。玉和人密切地联系在了一起。所以，玉也是一种象征。

我们前面讲过《红楼梦》里的人名寓意，开篇人物甄士隐和贾雨村，是象征真事隐去、假语村言的意思，也就是说亦真亦假、亦真亦幻，真亦假来假亦真。作家说话为什么这么颠倒？这是因为他有他的苦衷，他有他想说又不能明说的事情、想讲又不能明讲的话、想指又不能明指的人、想表白又不能明表白的心迹。这么多的矛盾、这么多的想法凑在一起，作家非常巧妙地把诸多心迹和意图都化入作品中的人名以及意象。仅仅是这部作品里的象征，就让人着迷，够写一本厚厚的书了。

英语文学中也有这样的人名象征。比如我们讨论过的霍桑的《红字》，作品中核心的象征就是红字 A。这个符号的象征和作品主题密切相连，在不同情形下被赋予了不同的含义。A 是"通奸"（Adultery）的首写字母，女主人公海丝特被迫把它戴在胸前，作为一种耻辱的标志，代表对她的罪行的昭示和惩罚。海丝特遭到惩罚之后，一个人搬到村子外面去住，与村里人保持距离。此时，A 字又可以理解为"孤独隔离，与世隔绝"（Alone，Alienation），反映了她的处境和生活状况。到后来，她用自己精湛的绣花手艺帮助别人，为人做针线活。她的乐于助人赢得了大家的欢迎，也改变了她的形象，红字成了她"能力、才干"（Able，Ability）的象征。通过自己的努力，她洗涤了自己的耻辱和罪过，净化了自己的心灵，实现了人生境界的升华，大家都感觉她像一个"天使"（Angel）。就这样，红字 A 从耻辱的象征，到暗示她的处境，到代表她的能力，再到象征她因为赎罪而升华为天使，很贴切地说明了作品的人物发展和主题演变。

红字 A 还有一个象征。从女主人公的个人角度来讲，对于一个经历了那么多苦难的女人来说，不管别人怎么理解红字，无论是耻辱（Adultery）、与世隔绝（Alienation）、能力（Ability）、天使（Angel）等，她都无所谓。如果一个女人心甘情愿在自己胸前戴一个东西，那么她肯定愿意戴一个和她的爱人相关的东西，这样可能让她感觉好受些。而她情人的名字恰好叫亚瑟·丁梅斯代尔（Arthur Dimmensdale）。如果她把那个红字理解成自己爱人名字的第一个字母，那肯定是一种温馨美好的感觉。那样的话，自己就能心安理得地走自己的路，而不管别人把她戴的那个红字理解成什么意思。在一个女人看来，胸佩自己爱人的名字，让其日日夜夜伴随着自己，那么，所有的苦难都不再难以忍受。也许作家霍桑煞费苦心才给女主人公的情人取了这样一个名字；作为有心的读者，这样就算是领会了作家的良苦用心。当然，作家取这个名字也许是无意的，但只要这种演绎合理合度，我们对其象征意义的这种解释就完全可以成立。

再举一例。《简·爱》的女主人公是个相貌平平、性格坚强的人，她一贫如洗，默默无闻，长相平庸，个子瘦小。这是她对自己的评价。她的名字简（Jane）在英语里表示朴素、坚贞，平常却不平庸。这很符合女主人公的性格特点和命运。

小说描写的是女主人公简·爱的人生经历：从一个孤儿，到读寄宿学校，然后当家庭教师，恋爱，在婚礼当天逃离，找到自己的亲戚，最后回来找自己的终身伴侣。她的经历中有五个重要阶段，分别和她当时居住的五个地名相连，而这些地名都有象征意义，很好地反映了简·爱的处境和作品的主题。

简·爱在小说开始寄住在舅舅家，是个寄人篱下的孤儿。这个地方叫"盖茨黑德"（Gateshead），由"门"（gate）和"前头"（head）组成，"前头"（head）预示着简·爱人生历程的开端，"门"（gate）则意味着她成长过程中必须穿过的关口。她在这里得到了舅舅的关爱，也受尽了舅母和她儿子的虐待。这是她人生的起点。门在前头，她必须穿过去，勇敢地向前走。

舅舅死后，她被送到了"罗沃德"（Lowood）寄宿学校。在这所学校里，她遭遇了困顿饥饿的悲惨经历，也亲眼看到了好伙伴海伦的死去。这一段经历是她人生旅程中的一个"低点"（low），如在险象环生的"树林"（woods）。

在给了她人生有益教诲的坦普尔小姐离开学校嫁人之后，简也选择了离开学校，到桑菲尔德庄园任家庭教师。在那里，她与庄园主人罗彻斯特相爱。罗彻斯特向她求婚，并为她准备了庄严的婚礼。

可是，婚礼当天，有人出来作证：罗彻斯特尚有妻子在世，被他锁在了阁楼里，不见天日。简伤心离去。"桑菲尔德"（Thornfield）原意是"荆棘之地"（thorn field），象征着简如同戴着"荆棘王冠"（a crown of thorn）的基督一样牺牲了自己，而不是为自己的正直和诚实换得世俗的快乐和安慰。

离开庄园之后，简昏倒在荒野，得到了圣·约翰一家的救助。结果发现，圣·约翰原来就是简多年不见的表兄，这样，简顺理成章地得到了一笔遗产，成为女继承人。圣·约翰觉得简性格坚强，富有牺牲精神，是牧师天生的好伴侣，于是向简求婚，准备带她到印度传教。圣·约翰的两个妹妹黛安娜和玛丽都很喜欢简，简在这里找到了亲情的温暖。他们居住的"沼泽居"（Marsh End），标志着她历程的"尽头"（end），因为这里提供给她一种真正的生活，同时这里也是"沼泽"（marsh）。简面临人生中最后一个大的考验。正是在这里，她考虑是否要牺牲自己的一半天性嫁给圣·约翰，帮助他完成上帝交给的使命。

正当简要进行选择的时候，她听到了一阵遥远而清晰的呼唤，似乎是罗彻斯特在呼唤她回到自己身边。她立刻告别圣·约翰一家，起身前往桑菲尔德庄园。她拿定主意要和罗彻斯特厮守一生。但她回去后，看到桑菲尔德庄园已经化为一片废墟，罗彻斯特双目失明，在大火中为救妻子失去了一条胳膊。罗彻斯特的财产荡然无存，一个人搬进了一座森林小屋。这里就是简最后的落脚点"芬丁庄园"（Ferndean），意思是密林深处一座孤零零的小屋（dean，溪谷），这是她和收回了狼牙（fern，羊齿，蕨类植物）的罗彻斯特享受真爱的唯一所在。

通过以上分析，我们可以看出，简·爱一生的五个地名都富有象征意义："盖茨黑德"（Gateshead）、"罗沃德"（Lowood）、"桑菲尔德"（Thornfield）、"沼泽居"（Marsh End）和"芬丁庄园"（Ferndean），精练地概括了简·爱不同阶段的人生经历。

小屋也是纪念碑：《汤姆叔叔的小屋》

《汤姆叔叔的小屋》是美国文学史上著名的废奴小说。这本书的完整标题是《汤姆叔叔的小屋：奴隶汤姆的低下生活》。小说以汤姆叔叔的小屋为标志，写美国内战之前的奴隶生活。

小说开始，奴隶主谢尔比先生债台高筑，需要卖掉奴隶还债。奴隶贩子看上他最有价值的两个奴隶。一个是汤姆，从小在主人家长大，照顾小主人，现在是奴隶主管，深得主人一家的信任和庄园奴隶们的爱戴，他对自己的生活也很满意。小主人乔治还发誓他长大以后一定要给汤姆叔叔自由。另一个奴隶是女主人谢尔比太太的贴身女仆伊莉莎的儿子。伊莉莎不忍心和儿子分离，带领儿子连夜逃走。伊莉莎的丈夫乔治·哈里斯属于附近的另一个奴隶主。他不堪欺凌和羞辱，也选择逃跑。两人先后摆脱奴隶贩子的追捕之后，重新相聚，最后到加拿大，获得自由。

汤姆拒绝逃走。他被卖掉之后，开始的时候和其他奴隶一样，被铐上锁链。后来，奴隶贩子发现他一直安分守己，从不惹事，就解除了他的锁链，让他可以自由活动。在轮船上，汤姆救了一个意外落水的白人女孩伊娃，女孩说服父亲克莱尔买下了汤姆。汤姆的主要工作就是陪伴伊娃，他还给主人赶马车。克莱尔答应给汤姆自由。不幸的是，伊娃身体多病，最后因肺病死去。克莱尔到镇上酒馆饮酒，被误伤身亡。女主人卖掉了所有奴隶。汤姆被卖给了凶残的种植业主列格雷。汤姆因为拒绝服从让他鞭打女奴的命令，被折磨致死。汤姆原来的小主人乔治经过多方打听，赶到列格雷庄园，运走了汤姆的尸体埋葬。回到家里，小乔治给了庄园每一个黑奴自由。

根据小说的题目，小屋是重点，以小屋说明汤姆的生活。汤姆被卖了两次，经手了三个主人，一共住过三个地方。三个地方分别象征汤姆的不同生活状况和心理境遇。

在谢尔比家，汤姆叔叔的小屋靠近主人大宅外围，位置相对独立。汤姆和负责主人厨房的妻子克洛伊与孩子们生活在小屋里，小屋被收拾得干净整洁。黑人们在一天的劳作过后都来到小屋，汤姆带大家读《圣经》，唱赞美诗，讲经布道。这里既是温馨的家庭安居之地，也是汤姆和黑人的礼拜场所。

克莱尔家是一座典雅漂亮的庄园。克莱尔待奴隶宽厚仁慈，每个奴隶都衣着整洁、各司其职。汤姆住在马厩旁的独立房间里。由于克莱尔夫人玛丽喜欢干净，她要求汤姆穿的衣服必须干净得没有一点马厩味道。小屋是一处远离尘嚣的乐园，汤姆在这里能够静心读书，思考问题，陪伴天使一样美丽纯洁的伊娃，过着像田园牧歌一样的生活。

在列格雷庄园，汤姆被塞进狭小憋屈、黑暗简陋的空屋，刚刚够得上容身。在小屋里，他受尽折磨和毒打，却毫不屈服，使他的对手心灵受到震撼和感到恐惧。奴隶主列格雷后来六神无主，整日里疑心疑鬼，寝食难安。这是一种奇特的反转。汤姆在这里完成了灵与肉的升华。小屋成为他经受磨难、忍受痛苦却得以超脱尘世、解脱灵魂的地方。

三个小屋不管空间大小、条件优劣，汤姆都不在意。无论身居何处，他在里面做的一成不变的事是读书和祷告。对他来说，小屋不只是容身之地，也是灵魂寄居之所。

以他在谢尔比先生家的小屋为例，《汤姆叔叔的小屋》的开头就有对小屋的描写，结尾处重新回到小屋。前后呼应，却物是人非，原来的家庭团聚之地变成了回忆悼念之所。小乔治把黑奴的解放归因于自己受到汤姆的感召，把奴隶们得到的自由归因于汤姆的牺牲。小乔治对他曾经的奴隶们说：

> 当你们欢庆自由时，要想到你们应该因此而感谢那位好心的老人，要用善心报答他的妻子儿女。每当你们看到汤姆叔叔的小屋，就应该想到你们获得的自由，要让小屋成为一座纪念碑。[①]

《汤姆叔叔的小屋》是一部特殊时代的作品，它是一部废奴小说。同时，它也充满了浓郁的宗教色彩，还开启了美国非裔寻根文学的先河，也是一部希望与正义之作。作品既表达了对奴隶制的冲天义愤和猛烈抨击，也描写了对废奴的坚定支持和勇敢行动，传递了对弱者的真挚情感和深切关怀。小说中汤姆叔叔住过的三处不同的小屋，既起到了情节支点的作用，又以不同的象征寓意突出了作品主题。

---

① 斯托夫人．汤姆叔叔的小屋．林玉鹏，译．南京：译林出版社，2017：439.

每个人都有自己要面对的"白鲸"：
《白鲸》

《白鲸》虽然是小说的题目，然而，作为主角的白鲸，大多数时间和篇幅里仅出现在人们关于它的各种猜想、流言和传说中；书中对白鲸的直接描写仅限于小说最后三天的追逐，不到二十分之一的篇幅。船上的每个水手都有各自关于白鲸的想象。在他们的想象中，它的象征意义又不断变化。

人们第一次听说白鲸，来自埃哈伯船长的描述："刺在它身上的几只镖枪全被拧得七歪八扭；……它的尾巴一扇一扇活像被狂风撕破的三角帆。"[①] 这说明白鲸遭遇过多次捕猎，并多次受伤。可究竟是白鲸主动攻击水手，还是人类侵害了它的领地和生命，它不得已才反抗自卫，船长并没有确切说明。在小说对白鲸的正面描述中，白鲸不但不主动进攻，甚至是躲着人和船。埃哈伯率领他的捕鲸船一路打探并主动追击，才找到了白鲸出现的海域。白鲸的安逸和水手的杀气腾腾形成鲜明的对比。

---

① 梅尔维尔. 白鲸. 成时，译. 北京：人民文学出版社，2008：179.

　　白鲸在小说中共现身三次。第一次出现在船员面前。白鲸正在大海上游弋，如在自己的海上家园漫步，美丽、优雅。洋面非常平静，像是拉过了一张地毯铺在波浪之上；又像是正午时分的草场，幽静地铺展开去。正是在这样的平静中，船长开始了对白鲸的围捕猎杀。一个回合的争斗下来，埃哈伯船长体力衰竭，动弹不得，像一个被象群践踏过的人。但是，过了不久，他重新恢复了精神。

　　第二天，船员们达成了共识，把白鲸当成了每个人的敌人，开始对它发狂似地追击。白鲸受到挑衅之后，奋力来了一个罕见的姿势——鲸跳，准备一决雌雄。一场拼杀过后，白鲸身受重伤。埃哈伯的假腿再次被咬掉。他最厉害的一个镖枪手的尸体被卷在了白鲸身上。白鲸受伤，也伤了人。

　　第三天也就是最后一天的追击，船长和他的水手成了嗜血狂徒。白鲸意识到自己被绝命追杀，便以死相拼。在船长和水手们一再的围追堵截下，它奋力用脑门撞向大船的船头，与之同归于尽。

　　三天的追击中，白鲸的形象不断变化。它一次比一次潜得深，跳得却越来越高。海洋由宁静的家园变成了杀戮的战场。这三天的追击恰似人类与动物、与自然界相处的三个阶段的历史进程。

　　白鲸是什么？白鲸的形象在小说中是不断变化的。作品主题的丰富性很大程度上在于白鲸象征的含混和丰富，说不清其所指，似有所指又似无不指。它一开始是人类用油的来源，肉、鲸鱼骨的提供者，是大自然的馈赠，是工业和人类生活的驱动力。同时，它是最大、最有力量的生物，具有不可预知的突如其来的危险性和破坏性。它不可描述，不可接近。或者，也可以说，是人类打破了大海的宁静，打破了白鲸的平静生活。白鲸并没有主动侵犯人类，反而是被人类追逐、围捕、猎杀。白鲸可能就是一条根本不愿与人有交集的大鱼，一种自由自在、两不相害的生命存在。

白鲸出现前，一切都平静协调。捕鲸船上，劳动的快乐与秩序井然并存，这是正常的生产状态。从这次捕鲸的收益看，并不需要这头白鲸：捕鲸船已经收获满满了。捕杀白鲸属于节外生枝，埃哈伯船长以一己之私带领捕鲸船偏离原本的目标，驶向不可知的命运。

在埃哈伯的眼里，白鲸不仅仅是一条伤害过他的鱼，而且是一种可以激起他的报复心、嫉妒心的象征。白鲸改变了他对世界的看法。他不仅把白鲸视为复仇的对象，随着他的不断思考，他把白鲸看成了一个无处不在、强大到让他发狂的对手。最终，他把战胜白鲸看成人生的唯一目标。

在这次狂热的远航中，船员们追逐的究竟是什么？似乎没有人能够说得清。这次捕鲸的旅程开始于各种各样的期待，比如为了换个活法、为了养家糊口、为了惊险刺激等，终止于一个把所有人凝聚在一起的方向，那就是追踪白鲸。这样，船、人、大海、鲸鱼处于一种相互影响的关系中，这种关系有时懒散、无聊，难以打发；有时充满期待、探询；有时则紧张得让人窒息。

在水手当中，白鲸的神秘感与日俱增。随着人与鲸鱼的较量升级，白鲸不再只是一个生物体，而成为除了人之外的所有力量和自然界、整个对人类构成威胁和挑战的对立面。它象征复仇，象征挑战，也象征对人类雄心的一种考验。它最终被描述为不朽不死的存在，成为终极真理、真相和命运的化身。追逐白鲸成为挑战命运和追逐真相之旅，追逐本身成为一船人的宿命。

在追逐的过程中，在对白鲸的想象中，船长、船员、叙述者这些人先后化身为复仇者、煽动者、冷静的旁观者、狂热的追随者、猎杀者、见证者、幸存者，他们表现出了对待白鲸的不同方式和态度。

这样一头白鲸，让我们想到很多。作为读者，也会有自己的看待白鲸的态度和方式。如果白鲸是一个传说，那么每个人都有自己的理解和想象。如果你把白鲸想象成真实的存在，也许你会把它当成一个伤害过你的人、一个你嫉妒的对象，或者是单位里一个权威人物、一个让你不舒服的同事等。这也许源于你抽象的恐惧、没来由的嫉妒，也许它只是源于一种心理上的魔障。

不管它是什么，重要的是我们如何对待它。人生如旅途，人人都在船上；人生如船，每个人都是自己的船长。白鲸在海里游，你我都是观鲸者。每个人都有自己要面对的"白鲸"；每个阅读者都是幸存者，都是自己人生故事的讲述者。我们如何扮演自己在船上的角色？如何面对自己人生中的"白鲸"？怎样讲述自己的故事？

在我们的人生中，我们每一个人都有自己的"白鲸"。

文学本身就是一种象征

　　每个作家都有自己的表达方式，都有自己的象征系统。大而言之，所有的文学作品都有超出作品本身的寓意。

　　对于作品中描写的人和事，我们不会当成只有那部作品里才有的人和事来阅读。我们都希望从中看到我们周围认识的人，看到自己原本不知道的或没有亲身经历过的事。

　　一切的文学作品都是象征，都有它的象征意义，都有超过作品本身的所指。文学的创作就是一种由己推人、由此及彼的能力的体现，可以由一个故事推及其他故事。文学的欣赏就是阅人观己，看到小说里的人，想到自己。这也是一种同情心的培养，即一种设身处地的美德或智慧。文学让我们对人有同情心，能够理解别人，理解我们没有亲身体验的生活，接受超出我们个人经历之外的思想和智慧的启迪。经典的象征具有穿越时间的品质，总能给人丰富的启示。

第八章   背景：站着与坐着大不同

　　时代给出画面，我只是为它们做注解。而且，我叙述的并非我个人的命运，而是整整一代人的命运——我们这代人遭遇了有史以来绝无仅有的命运磨难。

——斯蒂芬·茨威格：

《昨日世界：一个欧洲人的回忆》

斯蒂芬·茨威格（Stefan Zweig，1881—1942），奥地利著名作家。代表作有小说《一个陌生女人的来信》《象棋的故事》《心灵的焦灼》和回忆录《昨日世界：一个欧洲人的回忆》等。

人物描写和事件需要在特定的背景下展开。背景能够创造合适的氛围，展示人物的性格，起到加强主题的作用。

　　《一位女士的画像》中，伊莎贝尔回家看到的一个细节引起了她的沉思，随之揭开了一系列谜团。这是文化背景所起到的关键作用。《汤姆叔叔的小屋》深刻地反映了美国内战之前奴隶的悲惨命运。《简·爱》说明了财富、地位和习俗对人的影响。《德伯家的苔丝》则揭示了环境给苔丝身心造成的深重伤害。劳伦斯以爱情主题著称的《虹》中，农场、城镇、矿井和学校既是爱情发生的背景，也是他审视和批判的对象。在《恋爱中的女人》中，浪漫恋人既"恣意游荡"，也对所感所遇的时代弊病进行了猛烈的抨击。

　　背景提供了人物活动的场所。而人物在背景下表现出来的品质，正是文学作品的魅力所在，也是它的精气神所在。

背景的分类与作用

背景指文学作品发生的环境，可以是历史的、地理的、自然的、人文的。历史背景就是时间或时代特征；地理背景就是地点、地形、地势；自然背景就是野外或室外的环境；人文背景就是在室内或者有人为痕迹的、有文化氛围的环境。简单地说，背景是故事发生的特定时间、地点、环境和氛围。背景要和作品的主题、人物、情节设置相辅相成，可以为故事提供适宜的氛围。

不同的背景能够对主题的表达产生不同的强化作用。如果两个人之间有好感，其中一人想表白，将背景安排在花前月下就比较合适。如果两个人站在悬崖边互诉衷肠，就有些悲壮的意味了。一个人因为欣喜若狂，或要宣泄愤懑，才会跑到山顶，对着四周喊叫。所以，同样的人物、同样的故事，背景不同，展示的主题也不相同。春夏秋冬的季节变化，室内室外的地点更换，都能带来不同的影响。

我们前面讲过亨利·詹姆斯的《一位女士的画像》，伊莎贝尔郊游完回到家里看到的一幕情形让她心生疑窦：她的丈夫在客厅的椅子上坐着，梅尔夫人在他身边站着。这有违社交礼仪，引发了她对很多事情前因后果的联想，让她发现了丈夫与梅尔夫人的情人关系，看透了丈夫的本质，认清了自己的处境。站着和坐着大不相同，这个细节对女主人公的人生道路产生了深远的影响，对推进故事发展起到了关键的作用。这个例子说明，社交礼仪也可以构成背景。

室内和室外的影响也不一样，封闭的环境和开放的环境能对故事的发展起到不同的推动作用。比如《泰坦尼克号》，浪漫故事发生在船上，那是一个封闭的空间、一个独立的世界，跟外面的世界没有关系，跟杰克漂泊不定的那种生活没有关系，跟露丝下船之后要面对的经济困境暂时也没有关系，是一个特别适合两个人产生恋情的地方。在这个地方，杰克展现出他最好的一面：积极热情，自由自在，尤其是他作为一名画家才华横溢的一面。而在杰克眼里，心情郁闷、孤独寂寞的露丝显得异常美貌，雍容华贵，气质不凡。在这种特殊的环境中，各自在对方眼里都有特殊的吸引力，致使两个人能在一个相对平静的背景下产生恋情，发展关系。

前边讲过小说《汤姆叔叔的小屋》中的小屋的象征。关于这部小说，我们最经常听到的是美国总统林肯在接见作者时说过的一句话："你就是那位引发了一场大战的小妇人。"林肯总统说的这一场大战就是美国南北战争。矛盾尖锐到不得不通过一场战争才能解决的，是关于奴隶制的存废问题。

当时，美国北方各州主张废除奴隶制，南方各州则要求保留奴隶制。这是小说的时代背景。北方主要以工业为主，需要大量能够自由流动、有一定技术和技能的劳动力。于是，废除奴隶制对北方是必需的。而南方主要是种植园经济，棉花是主要的经济作物和经济支撑。种植园需要大量劳动力，主要是黑人奴隶，因此保留奴隶制就对南方有利。在奴隶制下，奴隶没有人身自由，奴隶主根据需要可以自由买卖奴隶。奴隶主经营不善，可以卖掉值钱的奴隶抵债，以平衡账务。种植园根据农活需要或规模变化，也有奴隶买卖的情况发生。不同的奴隶主、不同的管理方式会决定奴隶的不同生活和不同命运。这种种情况，《汤姆叔叔的小屋》中都有描写。小说揭露了美国内战之前的奴隶的悲惨命运，抨击了惨无人道的奴隶制。了解这些背景，对小说的情节、人物和主题会有更深刻的理解。

背景有利于作品的主题揭示、人物塑造和故事发展。人物会做出什么反应，故事将朝哪个方向发展，在这个过程当中，背景都有一定的影响。下面，我们对几部作品的背景作较为详细的分析。

财富、地位与习俗:《简·爱》

《简·爱》讲述了一个动人的爱情故事。它最吸引人的地方是两个人由地位悬殊到平等相爱。男女主人公跨越了在当时社会上难以跨越的障碍,他们所跨越的障碍本身构成了这个故事的背景。我们挑选小说中最为大家津津乐道的两次对话进行背景分析,一次是罗彻斯特和简·爱的第一次爱情表白,另一次是小说最后简·爱重新回到罗彻斯特身边时两人的对话。

在第二十三章,两人傍晚在花园散步时,罗彻斯特对简说,他准备结婚,而一旦他与人结婚,按照当时的惯例,作为家庭教师的简·爱就必须离开这个家庭,另找一份工作。

> 很快,我的——,那就是,爱小姐,你还记得吧,简,我第一次,或者说谣言明白向你表示,我有意把自己老单身汉的脖子套上神圣的绳索,进入圣洁的婚姻状态……正是你以我所敬佩的审慎,那种适合你责任重大、却并不独立的职业的远见、精明和谦卑,首先向我提出,万一我娶了英格拉姆小姐,你和小阿黛勒两个还是立刻就走好。……阿黛勒必须上学,爱小姐,你得找一

个新的工作。①

两人在财富、地位上相差悬殊，简·爱是家庭教师，罗彻斯特是她的雇主。那个时代的家庭教师住在主人家里，帮忙照顾主人的孩子。在孩子眼里，家庭教师和家长是一个阶级；在家长看来，家庭教师又不是他们的一部分。这是家庭教师在孩子和大人之间的特殊处境，是家庭教师地位上的尴尬。当时的知识女性要想自立，除了当家庭教师之外，很难找到第二种职业。这是想靠自己的职业安身立命的知识女性的另一种尴尬。从理性的层面来讲，罗彻斯特很尊重这个家庭教师，也很敬佩简·爱一直以来的审慎，这种审慎符合家庭教师的职业要求。

基于简·爱的良好表现，他愿意给她推荐一份新工作。他从未来的岳母那里了解到一个适合简去的地方，就是爱尔兰康诺特的苦果旅馆，他推荐她到那里去当家庭教师，教奥加尔太太的五个女儿。罗彻斯特故作轻松地说，简的离开没有关系。而简想到自己要离开这个家，而且要离开英格兰，心里很难受：

> "不是航程，而是距离。还有大海相隔——"
>
> "同什么地方相隔，简?"
>
> "同英格兰和桑菲尔德，还有——"
>
> "什么?"
>
> "同你，先生。"

---

① 勃朗特. 简·爱. 黄源深，译. 南京：译林出版社，2010：249.

我几乎不知不觉中说了这话，眼泪禁不住夺眶而出。但我没有哭出声来，我也避免抽泣。一想起奥加尔太太和苦果旅馆，我的心就凉了半截；一想起在我与此刻同我并肩而行的主人之间，注定要翻腾着大海和波涛，我的心就更凉了；而一记起在我同我自然和必然所爱的东西之间，横亘着财富、阶层和习俗的辽阔海洋，我的心凉透了。①

她说这番话的时候，她的感情表达是千回百转的，心也凉了再凉。一是她要走了，离开一个熟悉的环境，到另外一个未知的地方，承担一份新的工作。人生地不熟，心里自然会失落，这是一般人的正常反应。二是一旦离开，她和他之间将有大海相隔。此刻二人尚能并肩而行，之后就要相隔大海重洋，心里更凉。实际上，在"并肩而行"的同时，她已经意识到了两个人之间相隔的不仅是空间距离中的大海和波涛。

还会有什么能够比隔着大海更遥远呢？他们两个人感情上相互理解，心贴得很近。这从罗彻斯特的行为上就可以判断出来，因为按照常理，他要向谁求婚、是否准备结婚，没必要向他的家庭教师说。那么，对于男主人的个人生活，这个家庭教师难道有责任要非常审慎、精明、有远见且谦卑地提出自己的见解吗？更没有。所以，这本身就是一个信号：罗彻斯特爱她。她也爱罗彻斯特——爱得自然而且必然。自然是发自内心情感的流露，必然是性格所向的结果，所以简的爱是彻底的。但是，纵然此刻并肩而行，纵然罗彻斯特的爱毋庸置

---

① 勃朗特. 简·爱. 黄源深，译. 南京：译林出版社，2010：250.

疑，简还是深切地感受到了"我同我自然和必然所爱的东西之间"横亘着比大海更遥远的距离。这种距离一是财富，二是阶层，三是习俗。所以，简的心凉了三次。

这些隔阂就是简和罗彻斯特相爱的背景。在一个看重财富、阶层、习俗的社会里，两个人需要跨越所有这些障碍。首先是财富的不平等。罗彻斯特是有产阶级；而简·爱一贫如洗。其次是阶层的不平等。两人的社会地位有巨大差距，罗彻斯特是绅士阶层，有社会地位，是这个家庭的男主人；简只是他为自己监护的女儿请的家庭教师。两个人是雇佣关系，一个是雇主，一个是受雇者。再次是社会习俗的偏见：男主人跟女家庭教师结婚属伤风败俗，要么是男主人自我放纵，要么是女家庭教师勾引了他。

所以，虽然彼此相爱，两个人的感受却不一样。罗彻斯特是在试探简。但在简看来，这种试探是一种伤害。虽然罗彻斯特无心用这些隔阂刺痛她，但由于这些隔阂根深蒂固，简还是深受伤害。

在两人相互表明了对彼此的难舍难分之后，罗彻斯特又要求简留下来。

"不，你非留下不可！我发誓——我信守誓言。"

"我告诉你我非走不可！"我回驳着，感情很有些冲动。"你难道认为，我会留下来甘愿做一个对你来说无足轻重的人？你以为我是一架机器？——一架没有感情的机器？能够容忍别人把一口面包从我嘴里抢走，把一滴生命之水从我杯子里泼掉？难道就因为我一贫如洗、默默无闻、长相平庸、个子瘦小，就没有灵魂，没有心肠了？——你不是想错了吗？——我的心灵跟你一样丰富，我的心胸跟你一样充实！要是上帝赐予我一点姿色和充足的财富，我会使你同我现在一样难分难舍。我不是根据习俗、常规，甚至也不是血肉之躯同你说话，而是我的灵魂同你的灵魂在对话，就仿佛我们两人穿过坟墓，站在上帝脚下，彼此平等——本来就如此！"[①]

这是简·爱一段最经典的话，"我的心灵跟你一样丰富，我的心胸跟你一样充实！"她以此表明了自己人格的独立、灵魂的高贵和对平等的渴望。她还希望能够有办法使罗彻斯特同她一样对对方难舍难分，但是做到这一点需要两个条件：第一是上帝再赐予她一点姿色。在简的意识中，女人要长得漂亮一点。这实际上反映了性别对长相的不同要求，也是一种不平等的表现。第二是上帝再赐予她充足的财富，这样她才有自信。

从这里，我们可以看到简心目中理想的自己：要拥有一点姿色；要有充足的财富；要求两个人能够超越习俗、常规，甚至血肉之躯，进行灵魂的对话。换一种角度看，这些都是横亘在他们之间的障碍。

经历了婚礼上的逃离、获得遗产等变故，在小说最后，简回来了。意味深长的是，在回到罗彻斯特身边之前，她一一实现了与罗彻斯特在财富和社会地位上的平等，她甚至改善了自己在罗彻斯特心目中的姿色！两人实现了角色的转换。我们来看简回来之后两人之间的对白：

---

① 勃朗特.简·爱.黄源深，译.南京：译林出版社，2010：252.

"是你——是简吗，那么你回到我这儿来啦？"

"是的。"

"你没有死在沟里，淹死在溪水底下吗？你没有憔悴不堪，流落在异乡人中间吗？"

"没有，先生。我现在完全独立了。"

"独立！这话怎么讲，简？"

"我马德拉的叔叔去世了，留给了我五千英镑。"①

罗彻斯特的第一句问话当然是先确定简回来了，因为他此时双目失明，所以他这样发问。简顺势作答。在罗彻斯特表明了自己对简的关心之后，简主动说的第一句话是："我现在完全独立了。"她见面正式说的第一句话，不是"我爱你"，而是说：我现在完全独立了，我想爱你就能爱你，你要接受我的爱。罗彻斯特说的第一句话也不是"我爱你，我需要你"，而依然是探试，因为现在他主动说爱底气不足。

两人下面的对话依然不是关于爱情，而是关于简如何成为一个独立的、有钱的女人。她的叔叔去世了，留给她五千英镑，这是她独立的底气和标志。

"呵，这可是实在的——是真的！"他喊道："我决不会做这样的梦。而且，还是她独特的嗓子，那么活泼、调皮，又那么温柔，复活了那颗枯竭的心，给了它生命。什么，简，你成了独立

---

① 勃朗特. 简·爱. 黄源深, 译. 南京: 译林出版社, 2010: 437.

的女人了？有钱的女人了？”

“很有钱了，先生。要是你不让我同你一起生活，我可以紧靠你的门建造一幢房子，晚上你要人做伴的时候，你可以过来，坐在我的客厅里。”

“可是你有钱了，简，不用说，如今你有朋友会照顾你，不会容许你忠实于一个像我这样的瞎眼、瘸子？”

“我同你说过我独立了，先生，而且很有钱，我自己可以做主。”

“那你愿意同我呆在一起？”

“当然——除非你反对。我愿当你的邻居，你的护士，你的管家。我发觉你很孤独，我愿陪伴你——读书给你听，同你一起散步，同你坐在一起，侍候你，成为你的眼睛和双手。别再那么郁郁寡欢了，我的亲爱的主人，只要我还活着，你就不会孤寂了。”①

简带着五千英镑回来了。听她宣告这个事实之后，罗彻斯特感到欣喜异常。然后，他表示了对她“独特的嗓子”的欣赏，紧接着又连连发问，一再确认：“你成了独立的女人了？有钱的女人了？”什么叫独立？她本来性格就很独立，从小就敢于反抗，无论是在舅妈家，还是在学校里，包括后来敢于拒绝向她求婚的表兄。所以，这个“独立”的潜台词就是：你有钱了，你成为有钱的女人了。这两句是连在一起的：有钱了才叫独立。

---

① 勃朗特．简·爱．黄源深，译．南京：译林出版社，2010：438.

简表达了自己有钱之后的打算，罗彻斯特表达了对她有钱的担忧。有钱意味着和没有钱的人有了地位和财富上的隔阂，就像当初他对简的影响一样。所以，罗彻斯特心有疑虑地说："可是你有钱了，简，不用说，如今你有朋友会照顾你，不会容许你忠实于一个像我这样的瞎眼、瘸子？"他的条件句是：因为你有钱了，所以你的朋友不会允许你照顾我这样一个人。条件在前边。

这样分析是不是有点削弱了爱情的浪漫？是否有点残酷？我们要知道，即使是最浪漫的爱情小说，也要看它的背景。在这种背景下，我们更能感觉到简的可贵。她有钱了，可以用来实现自己的意志。简对钱的态度是："我同你说过我独立了，先生，而且很有钱，我自己可以做主。"也就是说，她不需要听朋友的劝解，不需要顾忌社会的习俗，不需要顾忌阶层的差别。这样才达到了真正的平等。在财富上，她有钱了，这是一个很大的前提。在社会地位上，她是一个女继承人，有了自己的身份，找到了自己的亲戚，不再是一个一贫如洗、无依无靠的孤儿。

除了克服财富和社会地位上的差距，还剩下最后一个天然的障碍，那就是她的长相。简一直自认为"长相平庸"，而此时的罗彻斯特已双目失明，她的长相平庸根本就不再重要，让罗彻斯特迷恋的是她的声音；而对自己的声音，简一向自信。罗彻斯特一下就能辨别出"她独特的嗓子，那么活泼、调皮，又那么温柔"。

此时，两个人的处境颠倒过来了。罗彻斯特失去了财富，桑菲尔德庄园已经在大火中化为灰烬。他孑然一身住在森林深处的芬丁庄园。地位上，罗彻斯特不再是主人，简亦不受雇于他。就血肉之躯而论，简健康活泼如初，罗彻斯特已然残疾。她成了（女）主人，他需要她的引导，而她愿当他的护士、管家，成为他的眼睛和双手。这时的罗彻斯特是个身心疲惫的残疾人，而简像一个救世圣母。这时，简实现了她心目中理想爱情的所有条件：社会地位、财富、家庭角色，甚至改变了她在爱人心目中的姿色。

这部小说的爱情之所以令人刻骨铭心，不仅因为它克服社会地位的隔阂、跨越财富的鸿沟、破除世俗的偏见，更在于女主人公在这些压力下产生的精神品质，以及在这种束缚中彰显的个性独立。小说不仅揭示了阶级、财富、社会、地位、习俗的差别，更重要的是，主人公勇于跨越这种差别，勇于和这种习俗做抗争，这是她可贵的地方。压力越大，精神力量就越强大。这就是背景对人物塑造和主题表达所产生的影响。

背景提供了人物活动的场所。但是，人物在背景下表现出来的品质，是文学作品的魅力所在，也是它的精气神所在。

环境造成的牺牲：《德伯家的苔丝》

《德伯家的苔丝》是英国作家托马斯·哈代的作品，以爱情主题著称，同时又深刻揭示了女主人公悲剧的社会原因。

苔丝是个农家女孩，她父亲听说自己家祖上原来有可能是世族大户，而邻村有一家贵族与自己同姓，觉得自家和他们家多年前应该有点联系。于是，她母亲就让苔丝去攀亲。苔丝到了那个所谓的贵族亲戚家，被那家少爷亚雷·德伯诱奸。苔丝有了身孕，独自回家生下孩子，结果孩子死掉了。她好不容易收拾起自己疲惫的身心，到了另外一个没有人认识她的地方，做挤奶女工。在这个奶牛场，她遇到了安玑·克莱——一个善解人意的年轻人。两人一见钟情，直到正式结婚。洞房花烛夜，安玑·克莱面对"纯洁无瑕"的苔丝，心怀内疚，向苔丝开诚布公，坦白了自己曾经犯过一次错误——和别的女人有过性接触。苔丝宽宏大量，原谅了他。苔丝也向他坦诚相待，讲了自己和亚雷那不堪回首的过去。安玑·克莱却无法接受，他选择离开苔丝，去了遥远的巴西。

苔丝的生活又陷入了非常艰难的困境之中。她有已婚女人的名分，却没有得到一个家，没有丈夫照顾她、保护她，反而既要养活自己，又要照顾家人。她非常辛苦地打短工，但生活还是难以为继。亚雷·德伯又找到苔丝，说自己认识到了原来的错误，要洗心革面，痛改前非，求苔丝给他机会补偿她。在父亲去世、家人饥饿困顿、连租住的房子都被人收回的情况下，万般无奈，苔丝被迫与他同居。

正在这个时候，安玑·克莱回来了。经过时间的磨炼和遥远的分离，他已幡然悔悟，认识到苔丝的纯洁和善良，觉得自己不应该抛弃这样好的妻子，原来那么做完全是因为自己的懦弱和虚伪。

这样，苔丝被置于一种难以言表的尴尬处境。她要面对两个都口口声声说爱她、又都以不同方式深深伤害过她的男人：一个是她深爱的丈夫；另一个是她厌恶的，但是为了生计不得不跟他在一起。她觉得这样做背叛了自己的丈夫：她是一个结了婚的人，虽然有名无分，但她仍然觉着羞愧难当、愧疚不堪、愤怒异常。在复杂的情绪冲动之下，她拿起一把刀把亚雷·德伯杀死了，然后赶到火车站追上安玑·克莱。在逃避警察搜捕的紧张气氛中，安玑·克莱和苔丝一起度过了她生命中难忘的五天五夜。苔丝心满意足，甚至觉得这种幸福她不配享有。她给安玑·克莱留下遗嘱，希望安玑·克莱娶她的妹妹，因为她的妹妹丽莎·露像她一样美貌，但是比她纯洁，她希望他教导她的妹妹，把她妹妹培养成理想的妻子，就像原来希望她自己能够做到的那样。最后，苔丝被判处绞刑，像献给神的牺牲一样，她安然受死。小说最后写道："埃斯库拉斯所说的那个众神的主宰，对于苔丝的戏弄也完结了。"① 作家把标题命名为"一个纯洁的女孩"。

---

① 哈代．德伯家的苔丝．张谷若，译．北京：人民文学出版社，1984：460.

这个故事让我们很感动，仿佛它是一个纯粹的爱情故事。但是，我们不禁要问这样一个问题：这个悲剧是如何发生的？亚雷·德伯为什么有机会引诱她？她为什么要到别人家去攀亲戚，还要外出做工？原因就在于当时两个人的社会地位、经济地位的差距，才让亚雷·德伯有机可乘。

从故事发生的环境看，小说写作的年份是 1891 年。当时，英国在世界上的工业垄断地位被打破，传统农业社会解体，农业生产者遭受重大损失。在这种大的社会变革中，农民的处境尤其是自己家没有耕地的佃户和小贩的处境非常悲惨，生活没有保障。苔丝是一个传统的农家女子，美丽、纯洁、勤劳、善良，一心只想着别人。在社会变革的大环境下，她不得不离开自己的家，外出求人打工。

亚雷·德伯家是商人，并不是德伯家的后裔，只是为了假名借姓来光耀门楣，才把自己家的姓氏由"斯托"改为当地已经没有后代传人的贵族姓氏"德伯维尔"，简称"德伯"。所以，小说中的德伯维尔家是个冒牌贵族，名不副实。传统的贵族除了拥有荣誉、权力、财富之外，还应该代表勇气、胆识，是社会责任和社会生活的典范。在描写贵族的传统小说中，贵族应该像骑士一样，敢于担当责任，有义务保护弱小，尤其是解救处于困难和危险中的美丽女人。但是，亚雷是个冒牌贵族，传统意义上的贵族荣誉感和社会责任，在他身上一点也看不到，他更像个纨绔子弟。天真无助的苔丝在他眼里，就像一只任人宰割的羔羊。

安玑·克莱出身牧师家庭，他注重精神生活，不计较传统世俗，所以离开家庭，在奶牛场自食其力，学习农活，打算将来开办自己的农场。他标榜自己是新派人物，能够以开放的心态接受一切他认为有意义的东西。然而事实上，他的旧观念依然存在。

这三个人物都面对着一个变化了的社会，都带着过去的痕迹，又不得不面对新的变化。对于这些新的变化，他们只有两个选择：一是适应新的环境，随着社会而改变；二是固守自己的初衷，在新旧交替的碰撞中依然故我。在一个变化了的社会环境中，苔丝固守着自己的纯洁、坚贞和善良，这是她非常动人的一面。从这个角度理解苔丝，就可以知道她为什么会杀死亚雷。当她丈夫再次回来时，因为她正在和亚雷同居，这使她无法面对自己的丈夫。她觉得羞辱。亚雷不仅玷污了她的纯洁，还毁掉了她作为一个人的尊严。在一次次地被利用、被剥削、被玷污中，她的固守、她的坚持、她的贞洁根本就被忽略了。一个善良的女人只有在这种无颜面对的极度受辱的情况下，才会激起那么大的愤怒，铤而走险，动手杀死置她于这种不堪境况的人。她的激愤完全源于她不容玷污的纯洁的内心和对传统价值观的固守。她保留了传统社会赋予她的一切美德：坚贞、纯洁。结婚了就要对丈夫忠诚，这是她的信念，所以她才会情有不堪，无颜面对她的丈夫。

如果说亚雷第一次从身体上玷污了她，第二次他再回来，等于从精神上摧残了她。他回来的借口是他已经成为一个改过自新的人，他要弥补自己的错误，他要让她幸福，而实际上他试图利用苔丝拯救自己堕落的灵魂。在这个意义上，他回来找她，是把她当成一个弥补过错的工具，而不是当成一个活生生的人。

安玑·克莱敢于跨越社会地位和教育背景的隔阂，和一个挤奶女工恋爱结婚，这非常了不起。但是，在他应该承担责任的时候，他缺乏勇气，显得脆弱，内心仍然受到传统观念的束缚，以至于把新婚妻子推到了举步维艰的绝境，间接造成了苔丝的悲剧，也亲手葬送了自己的幸福。

在这种情况下，苔丝一次又一次地受到伤害：亚雷·德伯和安玑·克莱先后分别以欲望的名义、以灵魂拯救的名义、以爱的名义、以宗教的名义、以道德的名义、以夫妻伦理的名义等，从不同层面让她受到伤害。为什么苔丝会受到这么多不公平的对待？为什么男人把各种借口与不同层面的伤害都加在她一个人身上？

苔丝的命运是现代人处境的一种象征。她的身世背景，她的性格特征，她的善良、纯洁与美貌，使她容易受到伤害，反映了她所处于的那个社会动荡时期的特征。可以说，苔丝的悲剧是现代社会的伤痛。原因就在于：一方面，维多利亚时期的道德观、价值观还保留在人们的头脑中；另一方面，由于现代社会的冲击，这种道德观、价值观发生了改变，把人冲击得支离破碎。这三个人都是社会环境的产物，都面临着现代人不得不面对、又没有太大的能力和勇气应对的挑战。小说既反映了人物之间的爱情纠葛，也反映了社会环境的影响和时代特征。

在社会动荡下，每一个人的灵魂都有不完整性和易碎性，要把它弥合起来，必然会有代价，要经历伤痛。安玑·克莱似乎是个正面角色。他在新婚之后出走，跑到巴西，然后又回来。时间和距离治愈了他的伤痛，但是他没有意识到这种行为给妻子造成的伤害已经难以弥补。这种弥补是以两个人的生命为代价的。这种代价很沉重。所以，苔丝在小说中受到的伤害，正是以亚雷为代表的反面人物，以及以安玑·克莱为代表的正面人物这两种力量的交织和冲突造成的。这种交织和冲突的代价集中体现在苔丝身上。

我们从这个意义上看到了这部小说的现实意义，也发现了苔丝的可贵之处。她的可贵之处就在于虽然一次次地受到伤害，但仍然坚持自己的信念、道德观、价值观。不管受到怎样的剥削、利用、玷污、抛弃，她依然坚守自我，纯洁如初，这种一如既往的不放弃和不改变，是她感动我们的根本所在，也是这个小说人物的光芒所在。

农场、城镇、矿井与学校：《虹》

一切文学作品都是特定背景下的产物。即使是两情相悦、至真至纯的爱情，也难以脱离特定的时代痕迹。劳伦斯作品中的社会批判意识为爱情描写增添了浓重的底色。

《虹》是劳伦斯雄心勃勃的一部长篇巨著，和《恋爱中的女人》构成姐妹篇。这是一部家族小说，写的是19世纪下半叶一直到20世纪初的五六十年间，一个家族三代人的故事。19世纪下半叶，英国处于从农业社会向工业社会的转型时期。汤姆·布朗温作为小说描写的第一代农民，像他的祖先一样，耕种着自己家族的土地，但他对现实生活有点儿不甘心，希望有一些新奇的事情发生，希望在遥远的地方有些不同寻常的东西。

终于有一天，他在从地里回家的路上，看到一个名叫丽蒂雅·兰斯基的波兰寡妇带着自己的女儿安娜。他觉得这个女人能够满足他对外部世界的新奇感，就向她求婚。然后，两人结婚。因为不同的家庭背景和不同的生活习惯，两个人免不了会有冲突，经过不断的调和，终于安定下来。随着时间的推移，丽蒂雅依次实现了从寡妇到妻子、母亲再到老祖母几种角色的转换。两个人过着传统的生活，互敬互爱，稳定而和谐。

　　难道他的生活就一无是处？他难道没什么东西、没什么成就可以示人吗？他不去计算自己的工作，谁都能干那个。他只知道跟妻子这漫长的婚姻是情谊深厚的，不知道别的。真怪，这就是他的生活，你就是说什么，这也该算点什么吧，这是不朽的……这就是一切的一切，没什么别的好说。是的，他为此而自豪。①

第一代人有冲突、有希望，最后稳稳当当地在自己祖先留下的土地上扎下根来。这是一个传统的故事。这个家族的第一代女性丽蒂雅是一个传统的妇女角色。

接着是第二代人主要是丽蒂雅的女儿安娜的故事。安娜比她的上一代人更有主见，更有个性。她不满足于周围的环境，敢于向周围世俗的一切挑战。她相信自己是个独立的人，足够勇敢，可以做一个自由的、骄傲的、超凡脱俗的女子。她爱上了她的堂兄威廉·布朗温，也就是她的继父汤姆的侄子。威廉在发电厂做制图员，爱好是给教堂做装饰用的木刻。两人结婚之后，安顿下来，发生过冲突，但很快就又恢复了平衡。随着孩子的出生，安娜有了改变。她总共生了九个孩子，她把精力都集中在家庭和孩子身上，成为一个内心幸福、生活安稳的家庭主妇，一个本分的妻子、称职的母亲。

威廉喜欢教堂，他把精力用在给教堂做木刻、修家具、参加唱诗班上，还给村里的孩子们办了一个木工班。他投身到自己的爱好中。

---

① 劳伦斯．虹．黑马，石磊，译．上海：上海文艺出版社，2015：125.

两人相安无事，过着平静的家庭生活。后来，威廉成了诺丁汉县城一个文法学校的手工艺教师，将家搬离了原来的农村。较之布朗温家的第一代——汤姆和丽蒂雅在自家的农场上过着自给自足的生活，安娜和威廉的生活方式发生了很大变化，他们实际上过的是城镇生活，和社会的接触增多，但最终还是按照传统的家庭生活方式稳定了下来。

小说的重点转移到了第三代人厄秀拉身上。厄秀拉是威廉和安娜的女儿。她和男孩一样上学读书，先在家乡和当地农民的孩子一起读公立小学，12 岁时父母把她和妹妹戈珍一同送往诺丁汉的文化学校，每天搭火车上学。她比她的母亲更独立，更要求自由，更有一种超凡脱俗的气质。她是一位典型的现代女性，要按照自己的想法生活。

厄秀拉为能够融入社会感到自豪，对于女性来说，这意味着很多，同时，她也付出了很大的代价。她找到了一份小学教师的工作。当她把第一次领来的薪水的一部分交给母亲时，她很骄傲，觉得自己已经完全独立了，能够自谋生计，成为社会的一个重要成员。但是，在学校里，需要通过惩罚孩子才能树立教师的权威。她不得不学会用棍子教训不听话的学生，这让她感到事与心违，难以承受。

> 可是，如果她教不了，她就要一败涂地。她就得承认男人的世界对她来说太强大了，她没法在里面占有一席之地；她就要在哈比先生面前败下阵来。那么，从此以后她的一生，还像过去那样，永远无法在男人的世界赢得自由，永远得不到进入这个重要

世界担负要职的权利。①

可以说，她走向社会的每一步都是在痛苦中挣扎。在她争取自己独立生活的同时，她也在加深着对社会的认识，冷静而清醒地表达着自己的看法。后来，她完成了两年的小学教师生涯，到大学深造。大学也令她失望。她的心头不时掠过一种幻灭感。她接触社会越多，越是不满。

她在个人的情感方面进行了同样的挣扎，也经历了同样的失望。她和安东·斯克里宾斯基恋爱了。斯克里宾斯基是军队里的工程师。作为军人，他为大英帝国感到骄傲。他相信权力，有控制欲。而厄秀拉相信自由，渴望平等。因此，冲突在所难免。两人之间由隔膜到敌对，恋爱了又分手，分手了再复合。分别了几年之后，斯克里宾斯基从南非回到英国。他回来找她，她决定跟他同居。她这样做不仅是为了拯救爱情，也是为了了解自己，为了让自己弄明白到底爱不爱他，到底在什么程度上两个人能够经过磨合在一起。结果，两个人发现越来越不对劲，分歧越发不可弥合。最后，斯克里宾斯基走掉，很快便和上校的女儿结婚，到印度去当殖民地军官。

厄秀拉伤心地大病一场。在小说最后，她身体虚弱，坐在自己的小房间里，打量着眼前丑陋的世界："这一片枯燥烦人、不堪一击的污浊在大地上蔓延。她感到恶心极了，坐在那儿就要冻僵了。接着，在漂浮的云层中，她看见一条淡淡的彩虹架在那座小山的一边。"②

---

① 劳伦斯. 虹. 黑马，石磊，译. 上海：上海文艺出版社，2015：403.
② 同①509.

如果只看这段引文，我们很难看出这是在描写一个女孩失恋后的心境。通过这样的描写，劳伦斯表达的是他对现代社会的批判。即使在恋爱中，即使在失恋后，他的人物也一直表现出对所处的社会背景的关注。把爱情探索和社会批判的主题结合在一起，这是劳伦斯的作品和一般的爱情小说最大的不同，也是他的深刻之处。

劳伦斯以机器、矿井和学校为代表，让我们看到了一种让人非常难受的、压抑的、丑陋的、毁灭性的、死亡一样的、像皮肤病一样的现代社会。透过这丑陋的世界，他让厄秀拉看到了天边的彩虹，并让她相信这个彩虹的美丽。这部小说就这样结束了。当然，这只是她的象征性的理想，是她希望的梦幻，并不是现实。所以，她将会继续探索下去。

从这三代人的故事中，我们发现，每一代人的环境变得越来越社会化。第二代人把家从农场搬到了城镇。第三代的厄秀拉从小城镇来到大城市，到大学读书，自由恋爱，她的形象我们非常熟悉。这三代人接触的社会面越来越大，同时感到的来自社会的压力越来越大，社会对人物的影响也越来越大。

> 在离家外出谋生这件事上，她已经朝着解放自己的方向迈出了坚定而又痛苦的一步。但是得到的自由愈多，却使她愈深地意识到需要更大的自由。①

每一代人都在呐喊，要走向更大的世界，去面对不可预知的命

---

① 劳伦斯.虹.黑马，石磊，译.上海：上海文艺出版社，2015：418.

运，希望了解这个社会的本质，了解人生存在的真正意义。这种渴望在厄秀拉身上得到了完整的体现。

厄秀拉是名探索者。她的际遇应该是每个现代人都会面对的，她所提出的问题、她所遇到的情况是现代人都可能遇到的。到最后，她的探索悬而未决。在看到了社会的丑陋、经受了社会的压力、遭遇了个人生活的巨大困境之后，她心里还有彩虹，还依然保有希望。所以，劳伦斯还要写下去。

"恣意游荡"与死于冰山：《恋爱中的女人》

《恋爱中的女人》主要讲厄秀拉和妹妹戈珍不同的恋爱故事。厄秀拉依然被刻画为一个严肃认真的探索者。她想弄明白：一个女人在这个社会中能够处于一个什么样的地位，思想能够走多远？对于现代人遇到的各种问题和多种可能性，她都愿意承担，愿意去探索。

> 厄秀拉总是那样神采奕奕，似一团被压抑的火焰。她自己独立生活很久了，洁身自好，工作着，日复一日，总想把握住生活，照自己的想法去把握生活。表面上她停止了活跃的生活，可实际上，在冥冥中却有什么在生长出来。要是她能够冲破那最后的一层壳该多好啊！她似乎像一个胎儿那样伸出了双手要冲出母腹。可是，她不能，还不能。她仍有一个奇特的预感，感到有什么将至。①

厄秀拉喜欢学校监察员卢伯特·伯金。两个人都在学校里任职，

---

① 劳伦斯. 恋爱中的女人. 黑马，译. 北京：中央编译出版社，2010：4.

却都痛恨学校的体制，一边痛恨社会的压抑，发泄自己的不满，一边
又不得不在其中生存。两个人的关系敞开、平等，相互尊敬。他们在
一起无话不谈，即便一起乘坐电车时，也在表达着对人类的看法和对
未来的畅想。用伯金的话说，就是"我们将在地球上恣意游荡""我
们会看到比这远得多的世界"①。这真正是"谈"出来的恋爱。谈的
内容非常有意思，不是什么柴米油盐、房子车子、工作薪水等物质需
求，而是对矿山、教育、爱情、婚姻，以及对人性、社会、世界的看
法。两个人不断地交流，不断地争执，探索现代人遇到的各种处境。
厄秀拉提出问题，伯金回答问题，然后两个人辩论。所以，劳伦斯想
说的话、想提出的问题都通过这两个人表达了出来。

厄秀拉作为一个现代女性，她的角色和母亲、祖母相比有了彻底
的改变。首先，她作为独立的女性，经济上独立，社会身份上独立。
她作为女教师，有自己的收入，有自己的社会地位，而不是依附于丈
夫的妻子、依附于孩子的母亲。她就是她自己，思想开放，畅所欲
言。现代社会的很多问题，她都遇到了，并且和她的恋人进行了充分
的交流和沟通。最后，两个人结婚了，虽然还会有不断的争执和无穷
无尽的问题，但是可以相处下去。

厄秀拉的妹妹戈珍具有艺术气质，更加自我，她做的一切都是为
了个人的幸福、为了自己的自由。戈珍先是跟煤矿主杰拉德谈恋爱。
杰拉德是名现代矿井的管理者、工业资本家，干什么都喜欢完全掌
控、井然有序。

---

① 劳伦斯. 恋爱中的女人. 黑马，译. 北京：中央编译出版社，2010：350.

他把民主——平等的问题斥之为愚蠢的问题，对他来说重要的是社会生产这架机器，让机器工作得更完美吧，生产足够的产品，给每个人分得合理的一份——多少根据他作用的大小与重要性而定，每个人只关心自己的乐趣与趣味，与他人无关。

杰拉德就是这样赋予大工业以秩序……他要与物质世界斗争，与土地和煤矿斗。他唯一的想法就是让地下无生命的物质属从于他的意志。①

戈珍觉得杰拉德身上有一种可怕的、凶悍的、令人生畏的美的力量。两个人都觉得对方有致命的吸引力。这是一种肉体和激情的爱情。为了激情的吸引力而投身对方怀抱，这种结合只能是短暂的，两个人身体上的吸引力和感情上的激荡难以持久。后来，杰拉德在他们外出滑雪度假时，冻死在了冰山里。戈珍跟一个德国雕塑师跑掉，继续她的精神和恋爱冒险。

劳伦斯描写了两种不同的爱情，对人物结局的处理表达了他的褒贬。此外，他还探索了男人与男人之间、女人与女人之间建立和谐关系的各种可能。

如果把《虹》和《恋爱中的女人》这两部小说读下来，我们发现，每一代人都要面对和经历共同的事情，比如出生成长、恋爱结婚、生儿育女、子女长大、安顿下来。然后，下一代依然如此。这是小说的基本结构，它呈波浪形，每一代人都遇到出生成长、恋爱结婚等这样一个循环周期，但是他们的反应各不相同。在社会背景的改变

---

① 劳伦斯.恋爱中的女人.黑马，译.北京：中央编译出版社，2010：220.

之下，每一代人的角色、家庭生活都有所改变。每一代人的变化趋势都不是平稳的，而是波浪越来越大，变化和波动的幅度越来越大，也就是：面向的世界越来越广阔，与外面的接触越来越多，社会给人的压力越来越大，面对的问题越来越复杂，同时，人物的性格越来越独立，心态越来越开放，人物的角色越来越多样化。

劳伦斯最后的作品是写于 1928 年的《查泰莱夫人的情人》。主人公勇敢地面对现实的挑战，同时作品表达了劳伦斯一向关注的社会变化对人命运的影响的主题。我们先来看这部小说的开篇：

> 我们这个时代根本是场悲剧，所以我们就不拿它当悲剧了。大灾大难已经发生，我们身陷废墟，开始在瓦砾中搭建自己的小窝儿，给自己一点小小的期盼。这可是一项艰苦的工作：没有坦途通向未来，但我们还是摸索着蹒跚前行，不管天塌下几重，我们还得活下去才是。
>
> 康斯坦丝·查泰莱的处境大致如此。①

劳伦斯写的是处于这种大背景下的人，他关注的是在这种背景下，人如何有意义地生存。劳伦斯作品中对社会的批判和对爱情的探索相辅相成。因为对社会的批判，他的爱情才那么沉重；因为对爱情的探索，他才为现代人找到了出路。所以，即使像劳伦斯这样被公认的爱情小说家，他的作品中也表现出了非常广阔、深刻的社会背景，对现代社会的批判甚至成为他作品的主题。

---

① 劳伦斯. 查泰莱夫人的情人. 黑马，译. 北京：中央编译出版社，2010：1.

　　背景是作品的底色，能够使主题和内容显得厚重而丰富。一切文学都属于特定的时代，一切文学作品又都带有超越时代的追求和努力。深刻揭示时代属性的作品反映了人类认识的深度，超越时代表征的努力则使作品显得崇高。

第九章　维度：多面的《简·爱》

当命运仿佛已经使我们的身躯回归乌有，而我们仍然希望精神能够永存时，我觉得，这种情感是我情感中最崇高的。

——歌德：《纪念莎士比亚命名日》

约翰·沃尔夫冈·冯·歌德（Johann Wolfgang von Goethe，1749—1832），最伟大的德国作家之一，主要作品有《少年维特之烦恼》《浮士德》等。

《简·爱》是一部既感动读者又吸引批评家的小说。随着时间的推移，它的魅力有增无减。它丰富的内容和极具个性的人物形象深受读者喜爱。

　　小说具有典型的写实主义风格，又包含了哥特式小说的诸多特征。女主人公的心路历程既是一种浪漫理想的追求，也符合原型批评的要素，更是阐释精神分析理论的范本。小说也是构成圣经文学传统的重要文本。在把它看作一部"成长小说"进行理解时，大家容易达成共识。作为女性主义的文本，在不同阶段，小说则被赋予了不同的寓意。

　　因为文学观念的多元化，读者会从这部作品中看到文学的丰富性和多义性。和《简·爱》相似，很多文学作品都可以从多种角度、多个层面理解。

小说种类的多种解读

到此为止，我们讲了文学作品的几个要素。不同的作品有不同的情节设置、人物塑造、主题立意、叙述视角，以及不同的风格、象征和背景。

除了从作品本身的各种要素进行文学阅读和欣赏之外，从作家的创作、从读者的接受、从作品与世界的互动影响等不同角度入手，也可以产生对文学的不同看法。在本章，我们以《简·爱》为例，说明如何对文学作品做多重解读。

首先，《简·爱》是一部现实主义小说。作者描写了 19 世纪早期工业革命之前的英国社会，具有明显的时代特征，符合当时的社会状况，尤其展现了特定时代女家庭教师的地位，她的尴尬、她的希望、她的梦想、她的冲动、她的愤怒和她的追求等。所以，可以把它看成一部现实主义小说。

其次，《简·爱》有明显的哥特式小说的特征。哥特式小说的特征是：神秘幽暗的建筑里，有神秘幽暗的人物，隐藏着不为人知的秘密，会做出疯狂的举止和行为。主题也总与情爱仇杀有关，情节发展突兀怪诞。小说中庄严肃穆、气氛怪异的桑菲尔德庄园，罗彻斯特时而阴郁怪异、时而冲动暴躁的性格，还有疯女人伯莎·梅森的存在，都符合这些特征。伯莎·梅森是罗彻斯特的妻子，却被他终年锁在阁楼上，不得露面，没有言语，没有对她的形象描写。最后，她将桑菲尔德庄园焚于一把大火。简被关在"红屋子"里时看到里德先生的魂灵，在饥寒交迫、走投无路的情况下正巧倒在莫尔顿的沼泽居门前，并遇到自己的表兄妹，在莫尔顿听到罗彻斯特发出的呼唤等超现实因素，正是典型的哥特式小说和浪漫主义小说的元素。

再次，可以用精神分析的方法来看待这部小说。弗洛伊德的精神分析理论认为，作家的写作是为了实现在现实生活中实现不了的梦想。作家和精神病人的区别在于，作家把自己的白日梦以一种很巧妙的伪装形式表现出来，表现得符合大众的道德观念，以此来使自己的白日梦意识得到宣泄和满足，获得他本来在现实生活中没有能力获得的东西，比如权力、财富和爱情。以这些观念看《简·爱》，这部小说体现出来的作家的白日梦是什么？夏洛蒂·勃朗特出身于牧师家庭，她一出生母亲就去世了，她希望有一位母亲可以给她人生道路的指引和身处困境时的安慰。小说中缺乏可亲可敬的母亲形象，这可以追溯到作家在实际生活中自幼没有母亲保护的心理根源。女主人公实现了找到理想的爱人、理想的家的梦想。从这个角度看，《简·爱》的写作符合弗洛伊德对作家白日梦与文学创作关系的论述。

此外，小说也是原型批评的例证。原型批评的主要思想是，人类的故事不管有多少，它总是包含着几种基本原型，有着大致相似的结构特征。

《简·爱》的故事情节安排是从一个地方到另一个地方的结构，

和很多史诗结构相仿。主人公的自我发现和成长历程契合很多英雄史诗的主题。《简·爱》还符合童话原型的九个特征：

第一，主人公的孤儿身份。很多童话故事中的主人公都是一个孤儿，他在人生的道路上寻找自己的生身父母、寻找自己的家庭。

第二，邪恶的继母形象。如果主人公是一个女孩的话，她一般有一个邪恶的继母，这个继母总是待她不好，总会迫害她，把她逼得流离失所，让她受尽折磨。同时，这个继母会有自己的孩子，也就是主人公总会有同父异母的兄弟姐妹。这个继母形象就是小说中的简的舅妈。

第三，受到不公正迫害的女主人公。简·爱自幼的痛苦遭遇就是明证。

第四，邪恶的同父异母的兄弟姐妹。在小说中，体现为简·爱寄住在舅妈家时，舅妈的儿子对她很不好。

第五，寻找之旅。小说描写的就是一个孤儿寻找一个家的历程。

第六，替罪羔羊和受害牺牲者。不管主人公命运多么坎坷，总是有人在关键的时候做出牺牲，从而使主人公摆脱相同的命运，走上一条比较光明的道路。小说中，这体现在简·爱在寄宿学校时的好朋友海伦身上。

第七，历尽艰险和痛苦考验的成长道路。整部小说都是描写简·爱面临种种考验不断成长的历程。

第八，发现真实父母和血缘关系，找到自己的真实身份。这体现为简·爱在沼泽居遇到表兄妹。

第九，和意中人幸福地结婚。这是小说的美满结局。

再有，作品所传达的宗教主题和故事情节也非常吻合。小说借用了众多的圣经象征意象，与很多宗教小说在结构与寓意上都很契合。大部分的宗教小说都是描写主人公踏上漫漫的寻找归宿的道路，中间经过许多曲折，最后到达理想的彼岸。所以，《简·爱》构成了圣经文学传统的一个重要文本。

小说的主人公和一般宗教小说的人物不一样的地方在于，她渴望在这个世俗的世界寻找她的家园，而不是寄希望于未来和到达天国之后的救赎。《简·爱》和纯粹圣经文学作品的不同之处，表现在主人公拒绝了牧师圣·约翰·里弗斯的求婚，而选择了世俗的爱情，也就是选择嫁给罗彻斯特。这样一种在世俗和神圣之间的抉择，给传统的圣经文学增加了新的内容。在简·爱看来，圣·约翰对上帝的奉献精神固然可嘉，然而，她所追求的却是世俗的世界和现实生活的幸福。小说的结尾写道："我们步入林中，朝家走去。"小说要表达的中心内容是对真正的家的渴望，就像简对浪漫爱情的渴望一样。

最后，《简·爱》还是一部象征主义小说。作品中的每一个人名、每一个地名都有象征意义，这在前面谈到象征的时候讲过。

相同的成长主题

　　尽管关于《简·爱》的各种归类都有，但最一致的看法是，这是一部"成长小说"或"教育小说"，它反映了一个人的成长历程。

　　一般认为，女主人公的成长分为五个阶段，分别以五所房子为代表：童年时寄人篱下的盖茨黑德的舅妈家、少女时代的罗沃德寄宿学校、任家庭教师的桑菲尔德庄园、和表兄一家相认的沼泽居、最后的归宿芬丁庄园。以这五个地点为代表的人生的五个阶段构成了小说的主要结构和故事框架，反映了主人公不同阶段的心路历程。每个地方有不同的困境、不同的磨难，她最终克服这些困难，寻到了自己理想的归宿。

　　在简·爱成长的每一个阶段，都有一位起主导作用的父亲般的男性起到保护和引导作用；每一个地方都是一个封闭的世界，有待简破茧而出。成长和自由的愿望最终使她挣脱男性的保护和束缚。作为一个孤儿，简在不断地寻找一个真正属于自己的家，也在寻找爱和公正。

　　在小说开始的盖茨黑德，也就是在她的舅妈里德太太的家里，里德太太的儿子想方设法折磨和羞辱她这个外来人。里德舅舅代表了这个家里唯一的权威和公正，他主动为简提供安身之所。但是，里德舅舅去世后不久，简就被舅妈锁在他生前的"红屋子"里。在这里，里德舅舅的鬼魂形象让人恐惧。在简的心目中，里德舅舅是一个善良的父亲角色，如果他还活着，就会给简提供庇佑和爱，但是这种庇佑和爱随着他的去世而消失了。简被冷酷的、毫无母爱的里德太太所控制，还要受到她儿子的虐待。这里不是简要找的真正的家。

在罗沃德寄宿学校，布洛克赫斯特先生成了第二个权威人物。他反复强调要用宗教思想压抑学生的天性。尽管罗沃德学校也有各种让人恐怖之事，但总的来说还称得上是简的一个家。在这里，坦普尔小姐教她学会了自制，海伦·蓬斯为她树立了忍耐与宽恕的榜样。在坦普尔小姐结婚之后，简决定离开这个由规章制度统治的地方，渴望到更广阔的世界里去经受希望与恐惧，寻找生活中的真知。

她带着强烈的追求、变化的渴望来到桑菲尔德庄园。在这里，她发现了和她以往的经验非常不同的浪漫和激情。罗彻斯特既坦诚又专横的方式让简对他也坦诚相待，两人相识相爱。简后来决定逃离，说明了她情感上的无所归依和对爱的失望。在此之前，她一方面渴望一种权威、一个主人、一种公平和正义；另一方面，她发现权威总是伴随着专横和不可信赖。

小说中的几个以权威自居的男性形象都有这种特点，布洛克赫斯特、约翰·里德、罗彻斯特和圣·约翰·里弗斯莫不如此。在桑菲尔德，简虽然感到自己长相一般、地位卑微，但她相信自己在智力和精神上与人平等。离开罗彻斯特尽管痛苦，她却获得了自尊和忠于内心的正直。当罗彻斯特无法娶她为妻而要求她做情妇时，她在梦中听到了自然母亲的声音：

> 随后碧空中出现了一个白色的人影，而不是月亮了，那人光芒四射的额头倾向东方，盯着我看了又看，并对我的灵魂说起话来，声音既远在天边，又近在咫尺，在我耳朵里悄声说：
>
> "我的女儿，逃离诱惑。"
>
> "母亲，我会的。"①

这样，她抗拒了她所爱着的、也是她生命中的第三位家长式的权威，开始了心路历程的下一个阶段。

在莫尔顿的乡村，简找到了她的第四个家。这里和盖茨黑德一样有她的亲人：三个姐妹和一个兄弟，就像作者出生的家庭一样。里弗斯一家关系和睦，其乐融融。他们对简平等相待。在到达这个代表了俗世的家庭乐园之前，简经历了困顿饥饿等艰难考验。和里弗斯姐妹在一起，简享受到了相互尊重。这一阶段的权威体现在圣·约翰·里弗斯身上。他仪表堂堂，学识渊博，对宗教有着圣徒般的热情和诚恳。他希望到印度传播福音，教化俗众。他向简求婚，提供了让简遵循可靠的道德和精神引导的机会。和罗彻斯特相比，他是个无瑕的圣徒和道德英雄。然而，在简看来，他会像约翰·里德一样独断，和布洛克赫斯特一样霸道。简虽然可以考虑辅助他到印度传教，却无法忍受嫁给他而没有爱。

> 他珍视我就像士兵珍视一件好的武器，仅此而已。不同他结

---

① 勃朗特. 简·爱. 黄源深，译. 南京：译林出版社，2010：320.

婚，这决不会使我担忧。可是我能使他如愿以偿——冷静地将计划付诸实施，举行婚礼吗？我能从他那儿得到婚戒，受到爱的一切礼遇（我不怀疑他会审慎地做到），而心里却明白完全缺乏心灵的交流？我能忍受他所给予的每份爱上对原则的一次牺牲这种想法吗？不，这样的殉道太可怕了，我决不能承受。[①]

简拒绝了约翰的求婚，而选择回到罗彻斯特身边。简最后的家或者说心灵栖居地"芬丁庄园"坐落在森林深处。这里像一个浪漫的迷宫，也是世外桃源。简在这里和罗彻斯特结婚成家，象征着简经历了理性和责任的选择后，回归了浪漫的自我。

《简·爱》中的五个家在结构和主题上标志着简不同阶段的生活经历和心路历程。从叛逆无爱的童年起，她开始寻找公正、爱和宗教安慰。坦普尔小姐、海伦·蓬斯、布洛克赫斯特和罗彻斯特分别给过她指引。她对圣·约翰·里弗斯的拒绝说明了她必须听从自己的引导，她的力量在于她自身。然后，她才能够获得自由，并帮助罗彻斯特解脱。小说的结尾说明，除了建立在宗教原则上的自我品质之外，没有别的权威。当她能够听从自己内心做出选择时，她找到了真爱，完成了自己。

---

① 勃朗特. 简·爱. 黄源深，译. 南京：译林出版社，2010：408.

不同的女性主义

　　如果说大家都认可《简·爱》是一部成长小说的话，那么对于作为一部女性主义作品的《简·爱》，则众说纷纭，看法各异。《简·爱》是女性主义者用来解释年轻女性如何在男权文化中艰难行进的重要作品。小说第一人称叙述带来的紧张的情感体验让一代又一代女性读者深受启发。自《简·爱》出版以来，它最早期的读者也都发现了夏洛蒂·勃朗特的作品和"女性问题"的关联。后来的女性主义研究长期以来都把《简·爱》看作丰富的女性主义作品，从理论、政治或者社会学等不同的层面对小说进行深入细致的探讨。

　　大家比较一致的看法是，小说作为女性作家的作品，描绘的又是女主人公的内心世界，作家对主人公心路历程的描绘比任何 19 世纪早期的心理学作品都要细致、复杂，其中有很多女性经验的独特描写。《简·爱》作为一部经典的女性小说，提出并揭示了女性成长要面临的各种问题。在简的叙述中有对妇女压抑的剖析，也树立了女性成就自我的榜样。

　　简的成长可以看成象征所有女性必须克服男性家长式统治的历程。简在罗沃德及在沼泽居两次遭遇的父权制宗教也是绝大多数女性必须面对的。基督教本身就是"以男性为中心"的宗教，有一个男性的上帝，教导女性对男性的服从。在《简·爱》中，像布洛克赫斯特和圣·约翰·里弗斯等男性都相信他们是为上帝代言的，而像坦普尔小姐和简注定要通过布洛克赫斯特和圣·约翰·里弗斯以及其他的男性来聆听上帝的声音。简拒绝接受别人的断言或依靠外在的力量获得拯救的幻想，她要自己判断。她坚持自己有权利判断自己的行动，坚信自己能够听到上帝的呼唤和上帝对她命运的安排。但这不是通过圣·约翰·里弗斯，而是通过自然母亲听到的。

在桑菲尔德庄园，以及后来在莫尔顿的沼泽居，简面对的是很多女性都会面对的一个挑战：如何抗拒一个过分强大的男性意志，避免成为男性意志的工具和依附，而完全没有了自己的意志和自我身份。自然母亲告诉她要"逃离诱惑"，这种诱惑不仅是指屈从于激情的诱惑，而且包括放弃为争取自我身份进行斗争，而让另外一个人——一个男人来彻底控制她的命运。简最终实现了作为女性的理想：和罗彻斯特平等结合——此时的他离开了象征着男权地位的庄园，失去了蛮力，以及能够照看她生活的视力。她将照亮他的生命，而不是相反。简·爱因此成为灰姑娘原型故事的女性主义版本。简和灰姑娘辛德瑞拉的相似性毋庸置疑，但与辛德瑞拉不同的是，简不是被动地等待她的水晶鞋，而是自己坚持不懈，争取到了平等的婚姻。

随着女性主义对不同种族的妇女、女同性恋和下层妇女的关注，人们发现，传统的女性主义一直以来只是关注中产阶级白人妇女的权利，而忽视了对其他种族的、来自不同文化的，或者属于低收入阶层的妇女的关注。按照这种思路，伯莎·梅森这个被罗彻斯特关在阁楼上的疯女人受到了人们更多的关注。不管她是否是白人，她显然不是在英国出生的。她和她的母亲出生在牙买加，是西印度群岛的土著人。简似乎理所当然地认为伯莎必然疯掉，因为她没有受到训导——她之所以没有受到训导，是因为她不是英国人，她被锁在阁楼里理所当然。而西印度群岛不仅是罗彻斯特财富的来源，更主要的还是让简·爱成为一个独立的女人的遗产的来源。[1] 伯莎被罗彻斯特禁闭在一座优雅的英国庄园里，她成了帝国主义压迫下作为那些 19 世纪英国早期财富来源的、被掩盖的历史的象征性人物。

阅读《简·爱》有很多种不同的方式。把它看作现实主义、浪漫主义、象征主义、哥特式文学可以，把它理解成女性小说、成长小说、爱情小说、励志小说也可以。因为文学观念的多元化，不同的读者能从这部作品中看到文学的丰富性和多义性。

很多文学作品都可以像这样从多种角度、多个层面阅读和理解。文学的魅力正在于对其不可穷尽及无限可能的阐释与阅读中。

---

① GLEN H. New Casebooks：Jane Eyre. NewYork：St. Martin's Press，1997：78—91.

第十章 经典：歧义与共识

　　一部经典作品是一本即使我们初读也好像
是在重温的书。

　　　　——伊塔洛·卡尔维诺：《为什么阅读经典》

伊塔洛·卡尔维诺（Italo Calvino，1923—1985），意大利著名作家，主要作品有小说《看不见的城市》《如果在冬夜，一个旅人》《树上的男爵》《不存在的骑士》等。

人们对一部作品可以有多种读法，甚至还会产生相互矛盾的看法，这些都属正常。所谓"说不尽的莎士比亚"，就是讲莎士比亚作品的丰富性不可穷尽。

　　诺贝尔文学奖、普利策文学奖都是影响巨大的文学奖项，不少获奖者的作品都在经典文学之列。一方面，经典文学作品有固定不变的标准，凝聚了一代又一代人的共识；另一方面，文学作品都具有特定的时代特征。美国文学经典曾经是各种力量博弈的结果，英国文学经典的确立曾经受文化输出需要和国家地位变迁的左右。

　　文学应该有一种精神的传承，人类文明的发展应该有一条内在的线索，这种传承和线索就是由经典构成的。经典的界定和文学精神的传承是每一代人都要面对的问题。

文学的种类

到目前为止，我们援引的主要是小说的例子，因为小说是我们现在阅读的主要文学形式。其实，在人类发展过程中，不同时期有不同的占据主导地位的文学形式。除了小说之外，还有诗歌、戏剧和散文等不同的文学形式，其中，每一种形式又可以细分为不同的种类。

诗歌可以分为史诗、民谣、颂诗、十四行诗、抒情诗等。对于戏剧，以英国戏剧为例，著名的有莎士比亚的悲剧、喜剧、悲喜剧、历史剧、传奇剧，萧伯纳的问题剧，王尔德的讽刺剧，贝克特的荒诞剧。小说是较晚的文学样式，按照篇幅，可以分为长、中、短篇；按照题材，可以分为历史小说、侦探小说、武侠小说、言情小说等；按照读者对象，可以分为女性文学、儿童文学等。随着作品的丰富，小说的种类越来越多，各种题材、内容、适合各种阅读对象的作品都有。

每个时期的主导文学形式都在不断变化。我们每个人的阅读经历也能让我们体会到文学形式的变迁。比如儿童时期，我们一般喜欢阅读充满幻想和有道德寓意的童话，以及合辙押韵、朗朗上口的诗歌；少年时期开始大量阅读内容丰富、感情充沛的诗歌，充满奇幻色彩的历险记和曼妙浪漫的言情小说等；青年时代则爱看大部头的、描写现实的小说和探索新知、拓宽视野的作品，还有名人传记；中年时期的阅读趋向实用和与自己的人生体会相结合的作品，比如非虚构作品和对人生有所思考的作品；到了晚年，散文、随笔、杂记则是最好的阅读伴侣。简言之，幼儿时期的童话、少年时期的诗歌、青年时期的小说、中年与老年的散文，是一般人阅读的文学形式的大概轨迹。不同的心境和阅历体验也与不同的文学形式相对应。

通过对文学形式的简单描述，我们对经典的产生和经典的概念有了一个先期的体会，那就是，不同时期有不同的经典文学形式。这种形式之所以被大家普遍接受，原因有四：第一，不同的文学形式功能不同；第二，不同的文学形式描写对象不同；第三，不同的文学形式的表达方式不同；第四，读者对文学形式的需求和期待不同。所以，一种文学形式之所以被接受，是受到其所承担的功能、内容、表述方式以及读者阅读风尚等多重影响的。经典的确立同样如此。

我们一般所谓的经典都是在文学史中得到确认的，即文学史中有定论的作品就是经典的作品。而有些作品非常畅销，读者非常喜欢，为什么不是经典？这就牵涉一个问题：经典的标准是什么？而因为标准是由人来制定的，这就引出第二个问题：谁来制定这些标准？

诺贝尔文学奖与经典作家

　　我们先来说说影响最大的诺贝尔文学奖。它的标准为授予"在文学领域里创作出具有理想倾向的最杰出作品之人士"。最杰出的作品，第一要对人性有最深刻的揭示。所谓最深刻，就是最真实，要求作家诚实、无畏地描写人类生活的真实面貌，揭示人类生存的真实状况。第二要体现语言的最高表现力，具有高超的写作技巧，艺术水平必须是那个时代的最高峰。第三要保有文学的特征，给人希望，具有理想倾向。这三个标准是最基本的：揭示人类真实的生存状况；体现语言最高的艺术水平；具有理想倾向。

　　人们对前两个标准的理解一般没有问题，而对于"具有理想倾向"往往觉得不好把握。其他的学科只要发现真相、揭示规律，就算是最高的境界和水准。而文学还要能给人带来理想，带来一种超越现实的方向感。这不好把握的一点正是诺贝尔文学奖的一个标准，是诺贝尔对文学寄予的理想。

　　诺贝尔奖是诺贝尔个人捐资设立的，包括物理学奖、化学奖、和平奖、生理学或医学奖和文学奖，他本人是一位科学家，饱读文学作品，也梦想过做一个诗人。他一定深深懂得科学和文学的不同，懂得文学能够起到科学之外的作用——文学的这个特殊作用应该就是表达绝望中的美感、悲剧中的希望、苦难中的坚强。文学可以最具艺术性地揭示深刻动人的人类现实，使人即使在面对最绝望的苦难时仍然怀有希望。的确，文学必须描写苦难，直面最惨烈的真实，不少描写荒诞、绝望的作家也获得了诺贝尔奖。这种希望和理想不是硬生生地提出来的，而是以文学的方式表达出来的信仰。

威廉·福克纳于1949年获诺贝尔文学奖，他的获奖演说辞中有两段话值得每一个人，特别是每一位向往诺贝尔文学奖的作家学习和珍藏：

> 作家必须把这些铭记于怀，必须告诫自己：最卑劣的情操莫过于恐惧。他还要告诫自己：永远忘掉恐惧。占据他的创作室的只应是心灵深处的亘古至今的真情实感，爱情、荣誉、同情、自豪、怜悯之心和牺牲精神，少了这些永恒的真情实感，任何故事必然是昙花一现，难以久存。他若是不这样做，必将在一种诅咒的阴影下写作。因为他写的不是爱情而是情欲；他所写的失败里，谁也没有失去任何有价值的东西；他所写的胜利里没有希望，而最糟糕的还是没有怜悯或同情。他的悲伤并不带普遍性，留不下任何伤痕。他描写的不是人的灵魂而是人的内分泌。

> 我相信人类不但会苟且地生存下去，他们还能蓬勃发展。人是不朽的，并非在生物中唯独他留有绵延不绝的声音，而是人有

灵魂，有能够怜悯、牺牲和耐劳的精神。诗人和作家的职责就在于写出这些东西。他的特殊的光荣就是振奋人心，提醒人们记住勇气、荣誉、希望、自豪、同情、怜悯之心和牺牲精神，这些是人类昔日的荣耀。为此，人类将永垂不朽。诗人的声音不必仅仅是人的记录，它可以是一根支柱，一根栋梁，使人永垂不朽，流芳于世。①

每位作家的内心都应该激荡着这样的情怀。根据这个标准，如果我们回顾诺贝尔文学奖的获奖史，会发现大部分作品都维持在一个相当高的水准上。仔细想想，人类的一切信仰和智力活动的努力，包括宗教、哲学和其他一切的人文社会科学，难道不都是试图为人类释义一种更为理想的状态和方向吗？

一年一度的诺贝尔文学奖评选是寻找最杰出作家的过程，诺贝尔文学奖的历史就是界定、遴选经典作品和作家的历史。理想的作家是具有理想主义倾向和深切现实关怀且艺术水准最高的作家，这是由诺贝尔文学奖的历史得出的结论。

为了寻找理想的作家，为了寻找理想的作品，文学的形式和边界从来都不是困扰。诺贝尔文学奖评选委员会不断界定新的文学形式，开放和扩大文学的领域，小说、戏剧、诗歌、散文、神话作品均可，历史类作品、哲学类作品、传记甚至演讲和歌曲亦在获奖作品之列。对于作家的启发是，文学要深刻如哲学，而更具深刻的启示性；真诚

---

① 福克纳.在接受诺贝尔文学奖时的演说.张子清，译//李文俊.福克纳评论集.北京：中国社会科学出版社，1980：254-255.

如历史，而更具普遍的真实性；如演讲般激情，似歌曲样深情，而更富有诗意。诗意是文学的标志。这种诗意是语言的艺术性、思想的深刻性与现实情怀的完美融合。

如果有一种领域能够代表人类的理想，文学正是这样。用文学书写世界，这本身就是一个理想。所幸的是，人类不断有优秀的作家涌现，书写这个世界的诗意与理想。

美国的文学奖与经典的变化

经典的确立有固定的标准，这些标准是通过文学的传统传承下来的，是一代又一代人的共识。这种共识很多时候的具体体现是文学奖。下面以美国两种最著名的文学奖为例，说明文学奖与美国文学经典的关系。美国最著名的文学奖是美国国家图书奖和普利策文学奖，这两个奖可以看成美国文学的风向标。

美国国家图书奖于 1950 年由美国出版商协会、美国书商协会和图书制造商协会联合设立，其宗旨在于提升大众对优秀美国文学作品的认识，并从整体上促进阅读风气。美国国家图书奖评奖对象主要分为虚构、非虚构、诗歌、青年文学四类作品。每类作品都有一个小组负责评选，每个小组五人，其中有一位是主席，是由国家图书基金会选出的。每个种类一年只评选一本获奖作品，进入最后终审名单的作品也有适当奖励。

普利策文学奖开始是新闻奖，1917 年根据美国报业巨头约瑟夫·普利策的遗愿设立，在每年春季，由哥伦比亚大学的普利策奖评选委员会的 14 名会员评定，当年 4 月中的一天公布结果，并于 5 月由哥伦比亚大学校长颁奖。普利策本人是新闻行业出身，他根据自己的品位爱好设定了一个标准，慢慢地被大众接受。新闻强调的是客观、真实，要求作品揭示现实的问题，描写每一个人或者大部分人都能遇到的实际生活。所以，普利策新闻奖的大部分获奖作品都跟人们的现实生活息息相关，能够比较客观地反映现实，打动人心。比如描写日常生活中的温情、人类心灵的触摸和交流，加之客观冷静、近乎新闻的题材和笔法，传递一种现实的画面。这也是普利策文学奖的特色。

美国国家图书奖和普利策文学奖由少数专家进行评判，能够做到比较客观。很多经典的作品在这两个奖项中都榜上有名。这就说明，虽然最初标准的设定是因个人的喜好，或者因各种不同需要而产生，但是这个标准之所以被接受并延续下来，说明它得到了很多人的认可。

除了文学奖的标准之外，在美国作家心目中，"伟大的美国小说"的概念深入人心。这个概念源于1868年迪佛瑞斯特给伟大的美国小说下的定义："一部描述美国生活的长篇小说，它的描绘如此广阔、真实并富有同情心，使得每一个有感情、有文化的美国人都不得不承认它似乎再现了自己所知道的某些东西。"这是一个近乎完美的概念。抛开国别，不论达到与否，凡是要写作的人，都要有这样一种追求。

另外，经典也是会发生变化的。具体到每一个作家、每一部作品，其实都有一定的时代特征。在这个时代是经典作家，在下一个时代就不一定还是。在这个时代非常著名的作品，在下一个时代也许就无人提及。同一位作家的作品，则有些文选里有、有些文选里没有。

下面以美国文学史为例，看一看文学经典是如何确立的。美国宣布独立以后，由于原来是英国的殖民地，美国最初的文学和英国有着不可分割的关系。第一批美国作家如欧文·华盛顿、库柏等，都是借用英国文学的叙事技巧来写美国题材。1836 年，思想家、哲学家爱默生提醒美国人培育本土文化。1837 年在哈佛大学演讲时，他以《美国学者》为题，呼唤结束"依赖模仿外国文化的日子"，宣告美国文化的独立。他呼吁从美国的现实中发现问题，构建新的思想，研究新大陆的新问题。1848 年，爱默生又发表《诗人》一文，他提出美国诗人要树立与美国的抱负相当的文学标准，挖掘美国的"无与伦比的诗歌素材"，表达美国的"新的诉求"。爱默生的呼吁催生了美国的文艺复兴，在美国诞生了一批伟大的美国作家，包括他本人、《瓦尔登湖》的作者梭罗、《红字》的作者霍桑、《白鲸》的作者梅尔维尔，以及《草叶集》的作者惠特曼等。

虽然美国产生了第一批伟大的本国作家，他们的地位在精英圈里也比较确定，但在大部分读者那里，他们并不被认可，因为美国作品的粗犷豪放不符合英国文化培养出来的审美观。《红字》当时只卖出七千册，而与霍桑同时代的女作家苏珊·波加特·沃纳的作品则很容易就卖到二三十万册。《红字》现在是经典作品，每年在一个国家都能够卖出不止七千册；而那些当年轻易就有二三十万册销量的女作家的作品，现在几乎销声匿迹了。这就是文学经典的确立和文学品位的转移，这种品位是慢慢建立起来的，标准也是逐步界定出来的。

美国文学崛起的第一次机会来自第一次世界大战。开赴战场、打仗、面对死亡，需要勇气，需要男性气概。这使一些男性作家的作品受到欢迎，并成功地进入了美国文学史。这主要得益于文学课堂，常规化的文学教学与文学理论的探讨使大家有了共同的标准。阅读的主要场所从温馨、浪漫、优雅的客厅转到了大学教室、图书馆和校园。

另外，第一次世界大战之后，美国在国际上的影响力开始扩大。随着国际地位的提高，在政治和经济的影响力提升之后，美国亟须提升自己的文化影响力，希望美国文学在欧洲得到承认。20 世纪 30 年代，美国文学在欧洲备受关注。1930 年，辛克莱·路易斯获得诺贝尔文学奖，这是美国第一位获诺贝尔文学奖的作家。1936 年，美国第二位获诺贝尔文学奖的是戏剧家尤金·奥尼尔。1938 年，出现了第三位获奖的小说家赛珍珠，她是美国女性小说家，用中国题材写作。这样，在不到十年的时间里，先后有三位美国作家获得诺贝尔文学奖，这就说明诺贝尔文学奖开始承认并重视美国文学，同时代表着美国文学被国际认可。

到了 20 世纪 60 年代，美国文化出现多元化。信奉文化多元化的教授开始推介他们认可的作家、作品。1990 年，《希斯美国文学选集》收录了亚裔文学作品。美国文学的源头被上溯到了北美的原住民，就是印第安人的口头文学，并作为美国文学传统的一部分得到接受。这说明文学经典的范围是不断扩大的。

经典的确立与歧义：《失乐园》

关于经典话题的另一个现象是，一位作家得到的评价会随着时代的改变、标准界定的背景不同而变化。此外，在这种改变当中，有些作家永远占据着经典地位。比如莎士比亚，无论谁编撰英国文学史，都不可能把他漏掉。而有些作家，则需要批评家或者有话语权的精英人士去发现，有些作品是在不断阐释中才确立了其经典的地位。

下面以英国文学中弥尔顿的长诗《失乐园》为例，具体说明对文学经典由产生歧义到达成共识的过程。《失乐园》的创作是在英国资产阶级大革命失败之后。当时，王室复辟，革命领导人克伦威尔的尸体被人们从墓穴里拉出来鞭打。弥尔顿曾任克伦威尔的拉丁文秘书，也受到通缉。他因为已经双目失明，被抓住几天后就放了出来。他重新拾起了少年时期的文学梦想，开始口述长诗，让他的女儿或秘书记录下来。他的作品就是这样写出来的。

文学史中有不同评价的作品不少，但围绕弥尔顿的《失乐园》的争议是个令人瞩目的现象。无论在诗体、主题或形象塑造方面，历史上对《失乐园》几乎都有过差异很大的评价。歧义首先来自对《失乐园》所采用的诗体的不同理解。弥尔顿喜用生僻词，又善用典，在史诗中杂糅了古希腊的句法结构，所以他书写的是一种不同于日常语言的庄重文体。批评家对弥尔顿的诗体历来褒贬不一，毁誉互见。积极的评价是：弥尔顿的《失乐园》读来富于乐感，气势磅礴，不仅让人觉得其主题伟大，语言也精美绝伦，有其独特的韵味和魅力。这是文学史中的"定论"。负面的意见认为：弥尔顿的语言表达与人们的感觉脱节，破坏了英语的生动鲜活，其影响之恶劣甚至成为从 18 世纪到 19 世纪英国诗歌发展的障碍。[①] 这是著名批评家兼诗人艾略特的看法，接受这种观点的也大多为专业批评家。

歧义其次来自对《失乐园》主题的理解。有人发现，史诗中的上帝由于说话太多而失去威严和神秘性，所以，上帝不像人们所期待的那样令人敬仰，反倒是向上帝权威挑战的撒旦形象被描写得绘声绘色，更像史诗的主人公。有人因此推断，弥尔顿将很大的同情寄予了撒旦。还有意见认为，如果按照人物形象丰富生动而论，亚当和夏娃的形象确实是反映了人类复杂性的原型。也有人根据弥尔顿在英国资产阶级大革命中的个人经历，将史诗主题阐释为"政治之道""反叛与革命之道"。还有的观点认为，"诗作中所表现的不是从前的对人、对运动的革命信念，而是对上帝、对个人灵魂复苏力的净化了的信念"[②]。

《失乐园》带来的另一个争论在于对撒旦形象的不同理解。由于对弥尔顿政治倾向的不同理解，也由于撒旦形象本身的复杂性，再加

---

① 麦钱特．史诗论．金惠敏，张颖，译．太原：北岳文艺出版社，1989：91.
② 美国不列颠百科全书公司．不列颠百科全书：第 11 卷．北京：中国大百科全书出版社，2002：213.

上批评家自身的思想需要不同，以及诗人的叙事手法等种种原因，自《失乐园》问世以来，撒旦形象的阐释一直是一个难有定论的话题。另外，随着女性主义批评的兴起，史诗中的夏娃形象也成为人们关注的新焦点。

作品出版的第一个阶段是诗人形象的转变和诗名的奠定。在当时人们的心目中，弥尔顿是个什么样的形象呢？大革命时期，他宣扬离婚，宣扬出版自由，宣扬很多激进的想法，这些多是教会和王权所极力反对的。《失乐园》出版于 1667 年。当时，政治形势复杂，当局对议会和新闻思想界控制严格。在当局看来，弥尔顿是个危险的政治分子、极端分子。弥尔顿的《失乐园》面世时，正值大规模瘟疫暴发和伦敦大火刚刚停息，人心惶惶，人们心里充满着灾难感和恐惧感，一种忏悔的情绪笼罩全国。在这种背景下，尽管出版审查者怀疑弥尔顿还可能会写反对君主的内容，但是，由于史诗的内容直接取材于圣经，因此出版审查者没有理由不让该史诗面世。弥尔顿声称，他创作这部史诗的目的是"能够阐明永恒的天理，向世人昭示天道的公正"①。这一表述非常复杂，看起来不像是政治主题，而更像宗教主题，这和当时人们急于向上天忏悔、向上帝忏悔自己的罪过的普遍蔓延的情绪似乎很合拍。所以，史诗所谓"向世人昭示天道的公正"这一主题的复杂性使作品在审查中过关。在印刷期间，英国在第二次英荷之战中的失利再次损害了君主政体的声誉，不同的政见重新出现，主张对英国非国教教徒采取稍微宽松的宗教政策的呼声时有耳闻。

---

① 弥尔顿. 失乐园：第 1 卷. 朱维之，译. 上海：上海译文出版社，1984：4.

《失乐园》所包含的宽容、忍耐以及道德更新的需要等思想适逢其时，因此被广泛接受。

弥尔顿作为诗人以及他的作品作为史诗被公众接受有一个过程。这一过程得益于卓有见识的批评家们的不懈努力。英国著名的散文家艾狄生在其主编的《旁观者》上发表了有影响力的评介文章，为弥尔顿赢得了更多的读者，也指导了读者如何欣赏弥尔顿。自1750年始，各种文学选本开始收入弥尔顿的作品，各种选编本、简写本、改写本和注释本不断出现，根据史诗改编的其他形式也繁荣起来。

后来，随着英国帝国版图的不断扩大，需要地道的本土英语作品，弥尔顿就逐渐被提升到伟大的民族诗人的地位。可以说，大英帝国版图的扩张见证了弥尔顿的声名远扬。到18世纪中期，弥尔顿诗歌在教学中被广泛采用。

19世纪是弥尔顿在文学史中地位持续稳固的时期。浪漫派诗人威廉·布莱克、华兹华斯和雪莱都高度赞扬弥尔顿的民主精神，普遍推崇他崇高的诗风，而且不约而同地将弥尔顿的诗作尊崇为诗歌的最高典范。

通过对《失乐园》这样一部作品成为经典的确立过程的探讨，我们发现，文学史中被认为经典的作品，大都经历了这样一个过程：由一开始的分歧，逐渐达成共识。《失乐园》作为经典的确立轨迹，是一个先从对弥尔顿的政治身份的关注到对其诗人身份的关注的转化，又由关注其诗人身份转而关注其作为人的多方面存在的过程。初期的弥尔顿批评都竭力强调他的诗人身份，有意淡化或刻意回避他的政治生涯。可以说，早期批评家的最大挑战是分离弥尔顿的诗歌和他的政论文章，尽量改变人们对他反对王权的小册子的印象，把《失乐园》从诽谤中伤中拯救出来，以确立他的诗名。

现代学者的最大努力是重新将二者联系起来，从弥尔顿的政治信仰方面理解这部杰出的史诗，以此奠定他的诗人地位和作品名声，使作品得到普遍的认可。换句话说，对作品内容的重视和对诗人政治身份的淡化成就了《失乐园》的经典地位。如果不把《失乐园》单纯看成一部宗教史诗，也不把它单纯看成一部革命史诗，而是看成一部伟大的触及人类心灵的作品，则诗人探索了人类最深层的道德、精神和信仰，这无疑是经典作品的品质。

经典需要传承

　　经典之作的一大特点就是常读常新，不同年龄段、不同背景的读者能够有不同层次、不同角度的理解，可以得到不同的经验和体会。所以，说到经典，不是一个时代的问题，而是一个文学精神传承的问题。

　　虽然我们每一个人都有自己的标准，但是总有一些共同的东西。不同时代、不同民族的文学作品之所以能够得到其他的时代和民族的接受和欣赏，说明这些文学作品中肯定有一些共同的东西。而对这些共同的东西的欣赏与共识，是构成经典的一个重要品质。

　　这也解释了经典和畅销之间的关系问题。可以这样说，伟大的、经典的作家一般都是畅销的作家，反过来则不一定。莎士比亚和狄更斯的作品一开始就很受欢迎。莎士比亚在他的时代就是一位上座率很高的剧作家，到现在他的作品早已成为经典。查尔斯·狄更斯的作品既多又好，当时非常畅销，在报纸、杂志上连载的时候，很多人争相阅读，然后再出单行本，他的作品到现在已经被多次改编成电影。经典作家的销量说明了文学品质的延续。

　　经典应该是有标准的。文学应该有一种精神的传承，人类的文明发展、文化延续应该有一条内在的线索，而这种经典的标准如何界定、精神如何阐释、传统如何继承，是我们每一代人都需要认识的问题。或者说，文学经典传到了我们这一代的时候，轮到我们给孩子讲故事、读小说、挑选诗词的时候，你会选择哪一部分，你会选择哪一首，你会选择哪一篇？这就是你对经典的认识与界定。对此，每一个家庭都有自己的传统，每一个人也都有自己的精神气质。通过阅读经典来营造家庭氛围、塑造个人气质、维系家族传统，需要一代又一代人不断地努力。所以，对经典的认识和经典的确立值得探讨，经典也需要传承。

第十一章　结语：文学之外

我们用心中情感的溶液，融化外部世界，使它成为我们特有的世界。

——泰戈尔：《泰戈尔谈文学》

拉宾德拉纳特·泰戈尔（Rabindranath Tagore，1861—1941），印度著名作家、诗人。1913年获诺贝尔文学奖。主要诗集有《吉檀迦利》《新月集》《飞鸟集》等。

文学从来都不是孤立存在的，它的发生、发展既有其自身的规律和特点，亦受时代、地域和种族的制约，更不断接受着其他学科的冲击和影响。

　　文学从诞生之日起，就和哲学、宗教、美学有着密切的关系。科学、心理学、语言学、接受美学、女性主义等先后对文学产生深刻影响。文学之外的力量的介入，影响和改变着文学的特点和走向，为文学提供新的动力、提示新的角度，提升文学的品质，拓展人类的思想疆域。

　　人生的每个阶段都需要好书相伴。通过读书，可以培育自己独特的精神气质，构建自己的阅读书系。每个人的人生都有可写之处，每个人都是一部书。在阅读中写作，在写作中阅读，是文学给予我们的最好的馈赠。

时代、地域与文学

到目前为止，关于文学的创作与欣赏，我们的探讨已经接近尾声。除了文学作品的各种要素、文学作品的多重解读、关于文学经典的歧义与共识，文学还与文学之外的因素有关。文学除了自身的发生发展的规律和特点以外，还受到时代、地域和种族的制约，更不断接受着其他学科的冲击和影响。

首先，文学与时代有关。在讲到背景的时候，我们谈到时代背景对作品人物和主题的影响。这里要说的是时代对文学的总体影响。在西方古典文论中，对时代与文学的关系论述得比较明确的是朗吉努斯。他在《论崇高》的最后一部分，提到了他当时所处的古罗马时代是一个奴隶制盛行的时代、禁锢人心灵的时代，所以他觉得奴隶制不利于自由思想的发挥，而没有自由的思想就没有文学的崇高。同时，他觉得金钱和贪欲对文学天才的腐蚀也应引起足够的重视。对金钱、贪欲和享乐的追求让人心灵冷漠，而冷漠是文学最大的敌人。

其次，伟大的作家和他所处的时代总是密切相连，他的作品能够揭示特定时代的社会特征，描绘那个时代人们的生活状况和精神面貌。比如提到查尔斯·狄更斯，我们就会想到他所代表的维多利亚时代，他独特的叙事风格、丰富的主题和栩栩如生的人物形象，都具有那个时代的典型特征。提起菲茨杰拉德，我们就会想到他是爵士时代的代言人。提起海明威，我们就会想到他是迷惘一代的代表。不同的时代产生不同的作家，每一个时代都有它杰出的代表。文学作品中，对于时代的描写，最经典的范例莫过于狄更斯《双城记》的开头部分：

> 那是最好的年月，那是最坏的年月；那是智慧的时代，那是愚昧的时代；那是信仰的新纪元，那是怀疑的新纪元；那是光明的季节，那是黑暗的季节；那是希望的春天，那是失望的冬天；我们将拥有一切，我们将一无所有；我们直接上天堂，我们直接下地狱——简言之，那个时代跟现代十分相似，甚至当年有些大发议论的权威人士都坚持认为，无论说那一时代好也罢，坏也罢，只有用最高比较级，才能接受。①

同时，伟大文学的可贵之处正在于它既能反映典型的时代特征，又具有超越时代的品质。比如狄更斯笔下小人物的善良、在残酷现实中表现出的脉脉温情，至今读来依然让人心动；菲茨杰拉德对财富和梦想的描写仍然让人唏嘘；海明威硬汉面具下的孤独依然让人忧伤。这些品质，产生于那种特殊的时代，却在不同的时代都有共鸣。

再者，文学与地域相连。很多作家都有自己钟情的写作领地，擅长从自己的个人经历中提炼独特的写作素材。说起马克·吐温，我们

---

① 狄更斯. 双城记. 石永礼，赵文娟，译. 北京：人民文学出版社，2004：1.

就会想到密西西比河。他在密西西比河畔的汉尼拔镇长大，长大后在渡轮高高的领航台上工作了四年，对大河上的每一个暗礁、沙洲、河湾了如指掌。他的两部历险记《汤姆·索亚历险记》《哈克贝利·芬历险记》和回忆录《在密西西比河上》写尽了童年的欢乐和大河展示的辽阔世界。可以说，密西西比河淙淙流淌，就像他的血液一样，构成了他独特的文学格调和气质。谈到罗伯特·弗罗斯特这位 20 世纪美国伟大的民族诗人，我们就会想到他的新英格兰农场。他的大部分诗歌灵感都来源于在农场上的劳作和对自然景色的观察。还有威廉·福克纳，他被称为南方作家，他写的故事大多发生在他虚构的约克纳帕塔法县这块"邮票大的"地方。

很多中国作家都写出了鲜明的地域风格。比如老舍的老北京，莫言的山东高密乡，刘震云的延津，贾平凹的商州和棣花村。作家和他成长的土地血脉相连、水乳交融，作家的故乡为他的写作素材、风格和主题打下了深深的烙印。

哲学、宗教、美学与文学

文学以外的领域对文学的影响由来已久。从文学诞生之日起，文学就和哲学、宗教、美学的发生发展有着非常密切的关系。

在西方，和文学发生关系最早、最密切的是哲学。柏拉图说，哲学与诗歌的争执由来已久。这既说明了哲学与诗歌的对抗，又说明了二者解不开的渊源。柏拉图本人就是最具诗人气质的哲学家。无论是他笔下栩栩如生的苏格拉底的形象，还是他所采用的对话文体的写作风格，乃至他绚烂瑰丽、气势磅礴的语言表达，上天入地、天马行空的思想方式，都毫不逊色于最优美的文学华章。从理式世界到理想国的宏大构想中，他对诗的本质、诗的来源、诗的功能、诗的效果，以及诗人迷狂的状态和诗人的角色都进行了深入的论述。他的思想几乎涵盖了文学批评的方方面面，对后来的浪漫主义和现实主义等诸多文学观念都产生了不可估量的深远影响。

西方的第一部专门而系统的文学理论著作《诗学》同样出自哲学家亚里士多德之手。以后的许多哲学家都把文学纳入了自己的思想和视野，比如普罗提诺的《九章》，用"太一流溢"与"分有神性"来理解艺术之美、艺术家之美、知识之美和美的本质。还有康德的《判断力批判》、黑格尔的《美学》以及叔本华的《作为意志和表象的世界》，都有很多关于诗人和文学本质的理解。

叔本华为了理解艺术家，专门跑到疯人院去研究患者病例，研读精神病理学著作。他发现天才可能显示出一些近乎疯狂的特征，天才和疯狂甚至有可能相互转化。他还发现了天才的几个特点：第一，具有天赋的艺术家一般数学都很糟糕。第二，天才人物在天才焕发之时往往不谙世故。这就像一个聪明人在深明世故时绝不会是天才一样。第三，伟大的天才极少与卓越的理性相结合；相反，天才人物往往被强烈的情绪和无理的激情所支配。所以，天才总是有极端的行为——他不知有中庸适度的言行，缺乏处世的智慧。他能够充分认识"理式"但不能认识个别的东西。所以，"一个诗人能够深刻地彻底地认识人类，但是只能极其拙劣地认识具体的人；他很容易受欺骗，他是狡猾者手中的玩具"①。他说，艺术家的特殊本领在于：

> 艺术家让我们通过他的眼睛看这世界。他具有这种眼光，他能够离开事物的一切关系认识到事物的本质，那是天才的禀赋，是生而固有的；但是他能够把这种禀赋借给我们，把他的眼光授予我们，这却是后天获得的，是艺术的技巧。②

艺术家的眼睛让我们透过纷繁的世界表象，直逼事物的本质。叔本华的这些发现对我们理解作家的特质有很大帮助。

哲学家尼采在《悲剧的诞生》中，对"酒神精神"和"日神精

---

① 章安祺. 缪朗山文集：第 2 卷. 北京：中国人民大学出版社，2011：273.
② 同①274.

神"进行了论述。他说诗人生命力充盈,比一般人的生命力要旺盛得多,所以才有巨大的创造力。伯格森说诗人具有最超脱的心灵。克罗齐说每个人天生都是诗人。现代哲学家海德格尔说,诗人传达存在的天命、守卫语言之家、看护诗意的栖居。他还专门论述了贫乏时代的诗人的命运,论述了在现代这样一个充满算计的时代,诗人如何守卫、看护人类心灵的栖居地。很多大哲学家都对文学进行过深入思考,而且他们的见解非常精深,对文学的发展产生非常重要的影响。如果我们忽略了哲学对文学的影响,就等于忽略了一个宝藏。

哲学家关于文学的思考既是其哲学体系的有机组成部分,又可以成为文学发展重要的思想来源。还有一些文学家,直接用文学作品阐明自己的哲学思想。也有的哲学家,选择用文学的形式表达自己的哲学思想。比如贝克特的《等待戈多》、加缪的《西西弗的神话》等,这些都是富有哲学意味的文学作品。这也就解释了这样一个现象:伟大的文学都具有哲学的深刻性,或者具有不输于哲学的深刻性。换言之,伟大的文学作品都具有哲理。

宗教对文学的影响同样古老而常新。宗教故事和寓意从来都是取之不竭的文学素材。比如中国文学中的《西游记》,还有很多其他古代文学作品,都有佛教的劝谕色彩,很多故事包含生命轮回和因果报应的思想。在西方文学中,提到文学与宗教,很容易就能想到圣经文学。圣经是宗教典籍,也可以把它看作文学读本。圣经对文学影响的传统源远流长。很多西方文学作品当中都有丰富的圣经意象,有不少作家具有宗教情结,写出了受到宗教思想影响的作品,比如我们前面讲过的《简·爱》。

美学与文学的关系更是难解难分，二者既有共享的研究资源，也可以相互启发许多相通的法则，所以很多美学家同时也是文学理论家，很多美学著作同时也是文学批评的重要文献。比如朗吉努斯的《论崇高》——崇高是个美学的观念，当然也是一种文学品质。再如普罗提诺对艺术家心灵和知性美的揭示、康德的《判断力批判》、黑格尔的《美学》、尼采的《悲剧的诞生》等，同时也是哲学、美学和文学的阅读书目。

科学、心理学与文学

　　科学对文学的影响就如同它给社会生活带来的改变一样来势凶猛。它一出现就对文学产生了不可估量的、排山倒海的重大影响。科学是对我们身边的物质世界的规律的揭示，科学的成果彻底改变并且继续不断地改变着我们的物质生活，当然也会相应地影响我们的精神生活。

　　19世纪科学主义的兴盛直接催生了实证主义文学批评和自然主义文学。在科学主义思潮和实证主义哲学的直接影响下，批评家圣伯夫提出研究作品就是研究作家，开创了传记文学批评的模式，对文学史的编写和我们对文学的理解产生了重大影响。他说批评家就应该像科学家研究生物一样，搜集有关文学家、文学史确定的种种事实，包括作家所属的种族、国家，所生活的时代，他的家庭背景、幼年环境、所受教育、首次的成功与失败等。只有把作家当作标本一样加以研究考察，揭示作家隐秘的内在的自我，才能更准确地解释和评论其作品。这是实证主义的典型观点。

　　在文学创作上，自然主义作家、法国小说家左拉提倡用科学研究、科学实验的方法来进行文学创作。我们可能听说过，有的作家为了体验某种职业的生活方式，跑到某些地方充当那样一种职业的人。这就是典型的自然主义的做法和文学观，这样做是为了细节的真实。左拉提倡对人的描写就像是科学家解剖生物一样，要做到准确、细微，用科学的精神来对待文学作品。所以，自然主义作家主要描写环境对人的影响。所谓人都是环境的动物，这是受到达尔文进化论的影响而产生的自然主义文学观。此类的著名作品有美国作家德莱塞的《嘉莉妹妹》、杰克·伦敦的《荒野的呼唤》，讲的都是环境对人物、对作品主角的影响。这是科学主义对文学创作的影响。

科学与文学的结合还繁衍出了新的文学品种：科幻小说。此外，值得关注的还有文学作品中的科学因素，即科学发明成果在实际生活中的应用，以及它对社会生活的改变；注意文学作品中的科学家形象，注意科学如何改变科学家本人的行为；还有科学实验动机和科学伦理等问题。

20 世纪以来，几乎每一次文学观念的重大突破和方法更新都与跨学科的介入有关，它们丰富了文学的创作和阅读体验。心理学、语言学、人类学、神话学、文学批评、文化批评、性别研究、历史话语、生态研究等先后对文学产生过深刻的影响。由于文学之外的学科不断介入、不断影响，这些学科也在不断改变着文学的品质和走向。

首先对文学产生影响的是心理学尤其是精神分析学说，它引发了文学的向内转向。提到精神分析，我们能想到的是：无意识、欲望、白日梦等。带来这次转向的是心理学家弗洛伊德，谁也没有想到肇始于他在诊所里对病人的观察能够对文学批评产生如此重要的影响。

此前的文学作品多以现实主义为主，大多描写外部世界，描写社会、历史、地理等因素对人的影响，描写人在社会上的成败得失和各种经历，描写崇高、善良、同情心等人与人关系中展示出来的品质。在弗洛伊德提出精神分析之后，现代主义大行其道，意识流、白日梦、性驱动力等成为文学的主要描写对象。文学由对外部世界和社会环境的关注转向了对人内心世界的探索。作家由巴尔扎克所定义的"人类的导师"和叔本华所定义的"人类的明镜"变成了由弗洛伊德定义的"白日梦者"："真正的艺术家……知道如何润饰他的白日梦，使之失去个人色彩，而为他人共同欣赏；他又知道如何加以充分地修改，使不道德等等根源不易被人探悉。"①

现代主义文学替代了现实主义文学，成为文学的主流。作为对精神分析的反驳，弗洛伊德一开始最亲密的同路人荣格与之分道扬镳，创办了分析心理学派，提出了集体无意识的概念，区分了"作为个人的艺术家和作为艺术家的个人"，来对抗弗洛伊德的个人无意识。荣格认为，作为个人的艺术家，当然有他的梦想、欲望和白日梦。但是，作为艺术家的个人同时也是集体无意识的代言人：

> 艺术家不是拥有自由意志、寻求实现其个人目的的人，而是一个允许艺术通过他实现艺术目的的人。他作为个人可能有喜怒哀乐、个人意志和个人目的，然而作为艺术家他却是更高意义上的人即"集体的人"，是负荷并造就人类无意识精神生活的人。为了行使这一艰难的使命，他有时必须牺牲个人幸福，牺牲普通

---

① 弗洛伊德. 精神分析引论. 高觉敷，译. 北京：商务印书馆，1984：303 – 304.

人认为使生活值得一过的一切事物。①

荣格极大地矫正、修订了弗洛伊德的精神分析学说，使人们对文学艺术能够有比较全面、公允的认识。荣格的思想受益于人类学家詹姆士·弗雷泽的巨著《金枝》，这本人类学巨著为文学提供了丰富的滋养。

---

① 荣格. 心理学与文学. 冯川，译//朱立元，李钧. 二十世纪西方文论选：上卷. 北京：高等教育出版社，2002：351.

语言学、接受美学与文学

　　下一个引起文学转向的是语言学。语言学介入文学研究，把文学批评的重点由作家中心转向了作品中心。借助于索绪尔的语言学，以雅各布森等为代表的俄国形式主义提出了文学研究科学化的主张，为理解文学引入了诸如文学性、陌生化等关键词。他们的著名观点就是：作者是整合语言的工匠，作家和作品无关，以此割裂了文学作品与社会历史的联系，把文学封闭起来。之前，我们都认为文学和社会历史有密切的关系，作家品质和气质与文学的品质密不可分。然而，按照形式主义的观点，你可以不知道作家是谁，照样能把这个作品分析得头头是道。这种把作品孤立起来阅读的文本中心论占据了长久的统治地位。

　　文学的又一次转向是由文本转向读者中心论。到了20世纪六七十年代，随着各种形式主义的衰落，德国学者赫伯特·姚斯和他的同事沃尔夫冈·伊塞尔共同提出了文学接受美学，"期待视野"和"作者意图"等成为核心术语。原来一向被认为被动的阅读者展现了新的活力，文学作品的多重性和意义的相对性成为新的共识。读者有各自不同的阅读需要和意图，所以能从相同的文学作品看出不同的立意和主题。鲁迅先生谈到《红楼梦》时，曾经这样说：

> 单是命意，就因读者的眼光而有种种：经学家看见《易》，道学家看见淫，才子看见缠绵，革命家看见排满，流言家看见宫闱秘事。[1]

所谓"一千个人眼中有一千个哈姆莱特"，这是对读者反应论和接受美学的通俗解释。

在文学之外的力量的一次次冲击下，文学的领域不断得以拓展。以美国文学为例，民权运动和种族意识的觉醒使得非裔文学逐渐纳入美国文学的版图，犹太文学、拉美裔文学、亚裔文学、离散文学渐次成为美国文学的有机组成部分。女权运动和性别研究直接启发女性主义重新打量文学史。新历史主义消解了宏大叙事，后殖民主义解构了殖民主义观点。这些都是从文学之外介入文学的现象，并给文学带来了新的影响。

无论我们对上述内容是否熟悉，至少从中可以得出一个印象：文学既可以从内部研究，也可以从外部来观察和打量。从时代、地域、环境和种族的角度，从哲学、美学和科学的角度，从精神分析、语言学的角度，从性别的角度，从东西方的角度，等等，都能有新的发现。

由此可见，文学之外的力量为文学不断提供新的动力，注入新的活力，碰撞、激活了文学阅读者的知识储备，提示新的角度，拓展新

---

[1] 鲁迅. 鲁迅全集：第 8 卷. 北京：人民文学出版社，1957：145.

的视野，以此提升文学的品质。一切的学问、一切的文化都是为了作用于人的思想，作用于社会的发展，作用于人对世界的认识。将文学置于人类的整个知识架构和思想领域中进行思考，可以更深刻地体会文学独有的智慧和光芒。

构建自己的阅读书系

文学经典代代相传，总有一种共同的东西，像大河一样滚滚向前，像血脉一样不停流淌，因为它有它的活水源头和生机所在。文学的生生不息一定有它异于其他学科的特点和品质。喜欢文学的人应该对文学传统进行有意识的继承和传承。

人生苦短，求知无涯。人生不过是历史长河中的片段，个体不过是人类长河中的匆匆过客。我们尽其所能所掌握的、乃至于人类现有的全部知识，以历史的眼光看，也只是一种际遇而已——比如文学，只是碰巧在我们的这个人生阶段遇到了这种文学形式，创作了这些文学作品。在历史的长河中，这都不过是沧海一粟。所以，我们要有一种更宏大的视野，有一种从自己个体的有限的生命的局限中超脱出来的意识。

超脱生命的现实存在是文学的一种特有品质，寻找自己心目中的文学是一种超脱的方法和途径。这也是对文学精神的传承意识的体现。具体做法就是结合自己的经历，培养自己的阅读品位，读对自己的人生、对自己的思想有启发的好书，构建自己的阅读版图，悉心领悟经典名著的创作，情有所依，心有所悟。

　　那些文学之外的领域的阅读者都是能够把自己的阅读经验和自己的领域结合起来，然后对文学作品的现象进行生动的阐发，解读出新意味的人。我们的阅读也应该能够和自己的情趣、品位、生活经历结合起来，在茫茫书海中寻找自己感兴趣的作家和书籍。

　　即使我们对所有的领域都有所涉猎，具有广博的知识，面对浩瀚的文学作品，如果缺乏一种思想的支点，还是会不知所措。那么，静下心来，问问自己喜欢读哪一类作品、喜欢哪一类作家，为什么对死亡、爱情、友谊、艰难困苦加诸人的磨砺感兴趣，为什么对诗歌的兴趣大于散文，为什么对描写现实的作品的兴趣大于科幻作品……知道自己喜欢什么，就知道自己独特的气质，明白自己的知识储备和思想支点，以及向前走的情感动力和思想源泉。

　　我们要构建自己的阅读体系，培育自己独特的精神气质，在读书中寻找、发挥、滋养自己的个性。读书让我们有高贵的朋友相伴，感到内心充盈、气质上扬。有人说，三代培养一个贵族。我们说，心灵的高贵和精神气质的养成，依靠一套适宜自己的书就够，足以享用一生，且传至后世。看看自己的书架，检验自己的阅读品位和情趣是否总受世事影响、随潮流而动。好书相伴，让人有定力。不同的书可以使人养成不同的气质。判断一个人的趣味，看他的书架即可。如果他有一套让你爱不释手的书，那么，他肯定可以成为你的朋友。

　　每个人都在以不同的方式表达自己。读书、识人、自知与洞达人生，都是为了自己心灵的愉悦和充盈。充盈至极，则外溢。腹有诗书气自华。情有感而发，感顺时而动，则自然会想到写作。其实，每个人都有可写处。通过不同的形式，送一份礼物表意，写一张贺卡传情。时时处处，均可写作。日记年表，亦可留下自己的成长足迹和人生感悟。

每个人都是一部书，书的内容可以是生理的、心理的、心灵的、社会的、历史的、民族的、宗教的、艺术的、理性的、浪漫的、伤感的、现实的。

人生的每个阶段都需要好书相伴，读书也是读自己。

在阅读中写作，在写作中阅读，是文学给予我们的最好馈赠。

参考文献

李文俊．福克纳评论集．北京：中国社会科学出版社，1980.

鲁迅．鲁迅全集：第 8 卷．北京：人民文学出版社，1957.

王运熙，顾易生．中国文学批评史新编：上册．上海：复旦大学出版社，2001.

章安祺．缪朗山文集：第 1 卷．北京：中国人民大学出版社，2011.

章安祺．缪朗山文集：第 2 卷．北京：中国人民大学出版社，2011.

章安琪．缪朗山文集：第 3 卷．北京：中国人民大学出版社，2011.

朱立元，李钧．二十世纪西方文论选：上卷．北京：高等教育出版社，2002.

安徒生．安徒生童话故事集．叶君健，译．北京：人民文学出版社，2011.

勃朗特．呼啸山庄．杨苡，译．南京：译林出版社，2010.

勃朗特．简·爱．黄源深，译．南京：译林出版社，2010.

狄更斯．双城记．石永礼，赵文娟，译．北京：人民文学出版社，2004.

菲兹杰拉德．了不起的盖茨比．巫宁坤，译．上海：上海译文出版社，2011.

弗罗斯特．弗罗斯特集：上．曹明伦，译．沈阳：辽宁教育出版社，2002.

弗洛伊德．精神分析引论．高觉敷，译．北京：商务印书馆，1984.

福克纳．献给艾米丽的一朵玫瑰花．李文俊，等译．北京：人民文学出版社，2021.

福克纳．喧哗与骚动．李文俊，译．上海：上海译文出版社，2011.

福斯特．小说面面观．朱乃长，译．北京：中国对外翻译出版公司，2002.

哈代．德伯家的苔丝．张谷若，译．北京：人民文学出版社，1984.

海明威．老人与海．吴劳，译．上海：上海译文出版社，2001.

亨利．欧·亨利小说全集：第1卷．王永年，译．北京：人民文学出版社，2003.

霍桑．红字．胡允桓，译．北京：人民文学出版社，2008.

劳伦斯．查泰莱夫人的情人．黑马，译．北京：中央编译出版社，2010.

劳伦斯．儿子与情人．张禹九，译．上海：上海译文出版社，2007.

劳伦斯．虹．黑马，石磊，译．上海：上海文艺出版社，2015.

劳伦斯．恋爱中的女人．黑马，译．北京：中央编译出版社，2010.

麦钱特．史诗论．金惠敏，张颖，译．太原：北岳文艺出版社，1989.

梅尔维尔．白鲸．成时，译．北京：人民文学出版社，2008.

美国不列颠百科全书公司．不列颠百科全书：第 11 卷．北京：中国
　大百科全书出版社，2002.

弥尔顿．失乐园：第 1 卷．朱维之，译．上海：上海译文出版社，1984.

莎士比亚．莎士比亚全集．朱生豪，译．北京：人民文学出版社，2014.

斯托夫人．汤姆叔叔的小屋．林玉鹏，译．南京：译林出版社，2017.

吐温．哈克贝利·芬历险记．刁克利，译．北京：中国少年儿童出版
　社，2007.

吐温．汤姆·索亚历险记．刁克利，译．北京：中国少年儿童出版
　社，2007.

詹姆斯．黛茜·密勒：亨利·詹姆斯中篇小说选．赵萝蕤，等译．上
　海：上海译文出版社，2007.

詹姆斯．一位女士的画像．项星耀，译．北京：人民文学出版社，1984.

GLEN H. New Casebooks：Jane Eyre. New York：St. Martin's Press，1997.

创意写作书系

　　这是一套广受读者喜爱的写作丛书，系统引进国外创意写作成果，推动本土化发展。它为读者提供了一把通往作家之路的钥匙，帮助读者克服写作障碍，学习写作技巧，规划写作生涯。从开始写，到写得更好，都可以使用这套书。

综合写作		
书名	作者	出版日期
成为作家	多萝西娅·布兰德	2011 年 1 月
一年通往作家路——提高写作技巧的 12 堂课	苏珊·M. 蒂贝尔吉安	2013 年 5 月
文学的世界	刁克利	2022 年 12 月
创意写作大师课	于尔根·沃尔夫	2013 年 6 月
渴望写作——创意写作的五把钥匙	格雷姆·哈珀	2022 年 6 月
与逝者协商——布克奖得主玛格丽特·阿特伍德谈写作	玛格丽特·阿特伍德	2019 年 10 月
心灵旷野——活出作家人生	纳塔莉·戈德堡	2018 年 2 月
从创意到畅销书——修改与自我编辑	詹姆斯·斯科特·贝尔	2016 年 1 月
来稿恕难录用——为什么你总是被退稿	杰西卡·佩奇·莫雷尔	2018 年 1 月
虚构写作		
小说写作教程——虚构文学速成全攻略	杰里·克里弗	2011 年 1 月
开始写吧！——虚构文学创作	雪莉·艾利斯	2011 年 1 月
冲突与悬念——小说创作的要素	詹姆斯·斯科特·贝尔	2014 年 6 月
情节与人物——找到伟大小说的平衡点	杰夫·格尔克	2014 年 6 月
人物与视角——小说创作的要素	奥森·斯科特·卡德	2019 年 3 月
经典人物原型 45 种——创造独特角色的神话模型（第三版）	维多利亚·林恩·施密特	2014 年 6 月
情节线——通过悬念、故事策略与结构吸引你的读者	简·K. 克莱兰	2022 年 3 月
经典情节 20 种（第二版）	罗纳德·B. 托比亚斯	2015 年 4 月
情节！情节！——通过人物、悬念与冲突赋予故事生命力	诺亚·卢克曼	2012 年 7 月
如何创作炫人耳目的对话	詹姆斯·斯科特·贝尔	2016 年 11 月
超级结构——解锁故事能量的钥匙	詹姆斯·斯科特·贝尔	2019 年 6 月
故事工程——掌握成功写作的六大核心技能	拉里·布鲁克斯	2014 年 6 月
故事力学——掌握故事创作的内在动力	拉里·布鲁克斯	2016 年 3 月
畅销书写作技巧	德怀特·V. 斯温	2013 年 1 月
30 天写小说	克里斯·巴蒂	2013 年 5 月
从生活到小说（第二版）	罗宾·赫姆利	2018 年 1 月
小说创作谈	大卫·姚斯	2016 年 11 月
写小说的艺术	安德鲁·考恩	2015 年 10 月

虚构写作		
成为小说家	约翰·加德纳	2016 年 11 月
小说的艺术	约翰·加德纳	2021 年 7 月
非虚构写作		
开始写吧！——非虚构文学创作	雪莉·艾利斯	2011 年 1 月
写作法宝——非虚构写作指南	威廉·津瑟	2013 年 9 月
故事技巧——叙事性非虚构文学写作指南（第二版）	杰克·哈特	2023 年 1 月
光与热——新一代媒体人不可不知的新闻法则	迈克·华莱士	2017 年 3 月
自我与面具——回忆录写作的艺术	玛丽·卡尔	2017 年 10 月
写出心灵深处的故事——非虚构创作指南	李华	2014 年 1 月
写我人生诗	塞琪·科恩	2014 年 10 月
类型及影视写作		
金牌编剧——美剧编剧访谈录	克里斯蒂娜·卡拉斯	2022 年 3 月
开始写吧！——影视剧本创作	雪莉·艾利斯	2012 年 7 月
开始写吧！——科幻、奇幻、惊悚小说创作	劳丽·拉姆森	2016 年 1 月
开始写吧！——推理小说创作	劳丽·拉姆森	2016 年 7 月
弗雷的小说写作坊——悬疑小说创作指导	詹姆斯·N. 弗雷	2015 年 10 月
好剧本如何讲故事	罗伯·托宾	2015 年 3 月
经典电影如何讲故事	许道军	2021 年 5 月
童书写作指南	玛丽·科尔	2018 年 7 月
网络文学创作原理	王祥	2015 年 4 月
写作教学		
剑桥创意写作导论	大卫·莫利	2022 年 7 月
小说写作——叙事技巧指南（第十版）	珍妮特·伯罗薇	2021 年 6 月
你的写作教练（第二版）	于尔根·沃尔夫	2014 年 1 月
创意写作教学——实用方法 50 例	伊莱恩·沃尔克	2014 年 3 月
创意写作思维训练	丁伯慧	2022 年 6 月
故事工坊（修订版）	许道军	2022 年 1 月
大学创意写作·文学写作篇	葛红兵 许道军	2017 年 4 月
大学创意写作·应用写作篇	葛红兵 许道军	2017 年 10 月
小说创作技能拓展	陈鸣	2016 年 4 月
青少年写作		
会写作的大脑 1——梵高和面包车（修订版）	邦妮·纽鲍尔	2018 年 7 月
会写作的大脑 2——怪物大碰撞（修订版）	邦妮·纽鲍尔	2018 年 7 月
会写作的大脑 3——33 个我（修订版）	邦妮·纽鲍尔	2018 年 7 月
会写作的大脑 4——亲爱的日记（修订版）	邦妮·纽鲍尔	2018 年 7 月
奇妙的创意写作——让你的故事和诗飞起来	卡伦·本基	2019 年 3 月
成为小作家	李君	2020 年 12 月
写作魔法书——让故事飞起来	加尔·卡尔森·莱文	2014 年 6 月
写作魔法书——28 个创意写作练习，让你玩转写作（修订版）	白铅笔	2019 年 6 月
写作大冒险——惊喜不断的创作之旅	凯伦·本克	2018 年 10 月
小作家手册——故事在身边	维多利亚·汉利	2019 年 2 月
北大附中创意写作课	李韧	2020 年 1 月
北大附中说理写作课	李亦辰	2019 年 12 月
有个性的写作（人物篇＋景物篇）	丁丁老师	2022 年 10 月

创意写作课程平台

从入门到进阶多种选择，写作路上助你一臂之力

扫二维码随时了解课程信息

　　"创意写作课程平台"由中国人民大学出版社"创意写作书系"编辑团队精心打造，历经十余年积累，依托"创意写作书系"海量素材，邀请国内外优秀写作导师不断研发而成。这里既有丰富的资源分享和专业的写作指导，也有你写作路上的同伴，曾帮助上万名写作者提升写作技能，完成从选题到作品的进阶。

写作训练营，持续招募中

● 叶伟民故事写作营

　　高人气写作导师叶伟民的项目制写作训练营。导师直播课，直击写作难点痛点，解决根本问题。班主任 Office Hour，及时答疑解惑，阅读与写作有问必答。三级作业点评机制，导师、班主任、编辑针对性点评，帮助突破自身创作瓶颈。

● 开始写吧！——21 天疯狂写作营

　　依托"创意写作书系"海量练习技巧，聚焦习惯养成、人物塑造、情节设置等练习方向，21 天不间断写作打卡，班主任全程引导练习，更有特邀嘉宾做客直播间传授写作经验。

精品写作课，陆续更新中

● 小说写作四讲

精美视频＋英文原声＋中文字幕

　　全美最受欢迎的高校写作教材《小说写作》作者珍妮特·伯罗薇亲授，原汁原味的美式写作课，涵盖场景、视角、结构、修改四大关键要素，搞定写作核心问题。

● 从零开始写故事

　　高人气写作导师叶伟民系统讲解故事写作的底层逻辑和通用方法，30 讲视频课程帮你提高写作技能，创作爆品故事。

精品写作课

作家的诞生——12位殿堂级作家的写作课

中国人民大学习克利教授10余年研究成果倾力呈现，横跨2800年人类文学史，走近12位殿堂级写作大师，向经典作家学写作，人人都能成为作家。

荷马：作家第一课，如何处理作品里的时间？

但丁：游历于地狱、炼狱和天堂，如何构建文学的空间？

莎士比亚：如何从小镇少年成长为伟大的作家？

华兹华斯和弗罗斯特：自然与作家如何相互成就？

勃朗特姐妹：怎样利用有限的素材写作？

马克·吐温：作家如何守望故乡，如何珍藏童年，如何书写一个民族的性格和成长？

亨利·詹姆斯：写作与生活的距离，作家要在多大程度上妥协甚至牺牲个人生活？

菲兹杰拉德：作家与时代、与笔下人物之间的关系？

劳伦斯：享有身后名，又不断被诋毁、误解和利用，个人如何表达时代的伤痛？

毛姆：出版商的宠儿，却得不到批评家的肯定。选择经典还是畅销？

作家的诞生
——12位殿堂级作家的写作课

一个故事的诞生——22堂创意思维写作课

郝景芳和创意写作大师们的写作课，国内外知名作家、写作导师多年创意写作授课经验提炼而成，汇集各路写作大师的写作法宝。它将告诉你，如何从一个种子想法开始，完成一个真正的故事，并让读者沉浸其中，无法自拔。

郝景芳：故事是我们更好地去生活、去理解生活的必需。

故事诞生第一步：激发故事创意的头脑风暴练习。

故事诞生第二步：让你的故事立起来。

故事诞生第三步：用九个句子描述你的故事。

故事诞生第四步：屡试不爽的故事写作法宝。